偶遇

陈武文集·北京追梦故事

陈武 著

中国文史出版社

图书在版编目（CIP）数据

偶遇／陈武著．--北京：中国文史出版社，
2023.7
（陈武文集；北京追梦故事）
ISBN 978-7-5205-4219-7

Ⅰ.①偶… Ⅱ.①陈… Ⅲ.①长篇小说-中国-当代
Ⅳ.①I247.5

中国版本图书馆 CIP 数据核字（2023）第 139435 号

责任编辑：胡福星

出版发行：**中国文史出版社**
社　　址：北京市海淀区西八里庄路 69 号　　邮编：100142
电　　话：010-81136606　81136602　81136603　81136642（发行部）
传　　真：010-81136655
印　　装：廊坊市海涛印刷有限公司
经　　销：全国新华书店
开　　本：880×1230　1/32
印　　张：10.875
字　　数：234 千字
版　　次：2024 年 1 月北京第 1 版
印　　次：2024 年 1 月第 1 次印刷
定　　价：58.00 元

目录

CONTENTS

菜园

1

葛大智不知怎么就找到菜园里来了，不知怎么就让他找到他父母的菜园了。他父母的菜园在菜园界口碑很好，在同类菜的历次评比中，都名列前茅，斩获很多奖项。葛大智并不知道这些。他只知道父母种了几年菜，和这个都市里的愿景农场所在的方位。所以葛大智的突然出现，还是惊到了他们。

母亲说："怎么来啦?"

葛大智说："牙疼。"

母亲说："吃饭啦?"

葛大智说："牙疼。"

母亲说："拔点菜回去吧。"

葛大智说："牙疼。"

葛大智只会说这一句话，就像复读机一样，语感没有一点变化。而母亲的话，先是好奇中略带惊喜，接着是关心，再接着是疼爱。

“你哪里不疼?”父亲冷冷地撂下这一句，拂袖而去，打好的一桶水，也没有拎去浇菜。

葛大智和父母的关系不好，尤其是和父亲的冷战，不是一年两年了，有十多年了。葛大智本来有很好的工作，但他辞职不干、自主创业了，先是搞咖啡厅，后又搞酒吧，最后是在搞影吧时，新冠疫情暴发，生意就做不起来了，连绵了几年，终究还是死在了影吧上。这不过是他和父亲关系不好的原因之一。还有更多的原因，观念上的，认知上的，其中也有关于婚姻的。葛大智谈过多次恋爱，和多个女孩有过同居史，和一个长沙女孩同居两年居然也分手了。最近十年，他父母也懒得问他了，四十岁的人，什么不懂?他父母都是1977年恢复高考时的大学生，毕业后被分配在北京，都退休多年了，孙子没抱上，就在郊野公园边上的愿景农场包了一百平方米的菜园，种菜玩。种菜是他们的强项，高考前就熟能生巧了，那时候种菜是为了生活，现在是为了玩，乐在其中。对这个儿子，就像菜园外的野草，任其自生自灭了——不是他们不管，是管不了，也不值得管。

母亲看老头子走了，要跟老头子保持同一战线，带了点青菜，也走了。走前说:“中午去不去吃饭?”

“牙疼。”葛大智还是这一句。他所在的小区再次封闭了一个多月，刚可以远足，人还有点犯傻，可能只会说这一句话了，也可能确实是牙疼。

菜园里，就葛大智一个人了。葛大智坐在雨棚下，这个小角落，是菜园的“客厅”，有一张小方桌子，有三把传统的木头椅子，地上还铺着木条组成的镂空地板，上面铺着人造草坪。在临路一面的网格式栅栏边，安置了一个水龙头，还有一口塑料水缸和几个桶，有的桶上封着盖子，可能沤着绿肥，有一点点异味。葛大智目极之处，是茂盛的菜园，一格韭菜，一格黄瓜，一格苜蓿，还有一格四季豆，樱桃萝卜已经进入收获季节了，有一格里的大叶秧子上，长着金色的瓜，叫黄金西葫芦，又叫香蕉西葫芦，是新品种。另有几格，可能刚刚下种，有的出了苗，有的还没有出苗。黄瓜最大的还没有落花，只有手指那么大，还不能吃。樱桃萝卜可以吃了。葛大智在想着要不要揪几个嫩黄瓜或拔一把樱桃萝卜当午餐，哄哄肚子？这念头只是一闪而过，就打消了。在菜园的隔壁，还是菜园，隔壁的隔壁也是菜园，一眼望过去，望不到边的，全是菜园，每一个用绿色网格栅栏隔开的菜园里，都有人在劳作。

“叔叔，你哭了吗？”一个童稚的声音。

葛大智扭头一看，一个四五岁的小女孩，穿着好看的花衣裳，趴在他身后的绿色网格栅栏上，睁大亮亮的眼睛，一脸同情地问他。小女孩身后，一个年轻妈妈在菜地除草。这个菜园杂草很多，也没有什么正经菜，只有一格黄不啦叽的青菜，有一个格子是新翻的土，只翻了一半。葛大智朝小女孩咧咧嘴，本想一笑的，却只是生硬地咧嘴，说：“干吗说我哭啦？”

“你一动不动，牙疼……爷爷奶奶不理你……你怎么不哭？”在小女孩看来，他一动不动时，应该是哭了，如果没哭，就不对了。

葛大智就装作很伤心的样子，呼呼呜呜地哭起来，还两手蒙面，左一把右一把地抹眼泪。

“哈哈哈，假的。”小女孩开心了，“没有眼泪。”

忙碌的妈妈听到了，也回头朝这两人笑。她这无意中的回眸一笑，惊到了葛大智，心里一个激灵，朱株？她当然不是朱株了。朱株要是不死，应该四十岁了。这个年轻妈妈太年轻，相差十多岁呢。但，这也太神似了吧？天下会有这么相像的人？会有这么巧合的事？这不是他第一次被惊到了——春节期间，他的影吧还正常开放，她和一个和她年龄相仿的女人来看电影，他给她们调试时，听到她们的聊天，知道她经营着牙科诊所，还知道她们也在愿景农场种菜。没想到居然和父母是邻居。他庆幸牙疼正是时候，小区解封也正是时候。

“牙还疼吗？”小女孩认真地问。

“疼死了……呜呜呜……”他继续假哭，继续逗小女孩玩。不过这回的假哭，心里有了寄托，为这次意外“重逢”，为二十年前过世的同班同学，为他心中永远的女神，也是他的初恋女友——心中的悲伤居然无差别地转换，真的流泪了，真的抱头哭了一会儿，把小女孩都吓着了。

2

“你怎么也种菜？”几句客套话之后，葛大智问马株。葛大智知道她叫马株了。她不是朱株，她叫马株，名字里也带“株”，猪马牛本是一家嘛。他把这也当成了巧合。那个小女孩是她女儿，叫小株，或小株株。此时已是中午，小株株盖着小毛毯睡着了。

“还能做什么……都撂荒了。”言下之意，已经很懒了，很不像话了。所以必须要来摆弄菜园了。可能是看葛大智脸上还有疑问之情吧，接着说：“这个菜园是去年菜季结束时从一个朋友手里转租来的。一百平方米，这个农场的菜园租赁，是一百平方米起租，年租金一万。朋友是请农场代种的，每二十平方米三千八百块钱，一年一万九千块——拿这个钱买菜也吃不完，你是不是这么想的？其实，主要是双休日时，可以带孩子来玩，种菜，野餐，拓展视野，增加亲情。可是去年我朋友离婚了，菜园种不下去了，就转给了我和我的闺密。我们两家包了这一块。我们不请农场代种，自己种，反正疫情期间，生意不好做，闲得腚疼，陪孩子种菜玩。两家种，负担也不重，不是指钱，是指种菜。可过年时还好好的，过了年，我们一家和闺密一家还来翻了地，种了小青菜，规划了菜园。谁料到我这闺密是个人精，不，狐狸精，一点征兆都没有，突然跟一个日本人跑上野去了，就是鲁迅“上野的樱花烂漫”的上野——就是私奔，太刺激了。这他妈情变是有传染的……”马株不说了，正要发挥时，却突然戛然而止了，她看了看葛大智，发现葛大智脸上有微波荡过，眼神还跳动一下。

葛大智和马株隔着栅栏。马株不再劳作时，就完全是一个居家小女人了，她坐在她家的“客厅”里，抱着膝盖，露出脚丫子，话多，一开口就滔滔不绝，且表情丰富，除了精致的红框眼镜没有变化，脸上每一寸地方都有不同的表达。所以她看葛大智眼神中的那一跳，立马觉得自己说多了，虽然前边的话无法收回，后边就紧闭了双唇。她的嘴唇是丰满型的，上唇略微有点翻，性感，可能是漂过红也未可知，细看有点像山口百惠的嘴型，山口是圆脸，她是鹅蛋脸，脸色也有点像鹅蛋，白中泛青，说话时，喜欢让白森森的牙齿露出来。相比较葛大智父母的菜园“客厅”，她家的“客厅”太“豪华”了，一看就是祖上阔过，雨棚是那种正经的体育商店买来的，四面可以放下来，组成一间小屋，桌子是多用途的那种，下边的腿实际上是一个橱柜，可以放杂物，凳子全木的，可以折叠，还有一张行军床。她女儿小株株正在行军床上酣然入睡。“客厅”的布置，包括地板、人造草坪等，都比他父母的菜园“客厅”高出一档。而她抱着膝盖、露出脚丫子的随意和放松，也像极了来自湖南山村的朱株。

“你吃饭吧。”葛大智吸着气（牙疼）说，“看你饭都冷了。”

“不想吃了，不饿——你吃吧？”马株说着，端起面前的餐盒，意欲送他。

葛大智不停地摆手，指指腮帮子，说：“吃了几十天外卖，吃成废人了。”

这是真话。葛大智早餐没怎么吃东西，也是饿的。但他真心不想吃外卖了。好像外卖都是一个味，油大，口重，什么菜都放酱，生生把他吃残了，如果再封控下去，害死他的，就不是新冠病毒，而是外卖了。

“牙疼，我听你刚才说了。我这儿有蛋糕，还有这个，都是软口的。”马株从包里一连拿出几样东西，她举着一个小包装袋说，“都是女儿的小零食，你可以来点。”

葛大智看上面的字叫“玛奇朵”，还有一行小字，“可可味吸吸冻”，犹豫着说：“不能吃小乖的好东西吧？这多不好?”

“没事，她多了。”马株拍拍那只包，站起来，把玛奇朵从栅栏上方递给了葛大智。

这是一种儿童果冻，里面还有一袋袋更小的小包装。葛大智没有吃过。他拧开一个，往嘴里一吸，两口就吸了一小袋。葛大智一口气吸了两袋。这玩意儿不用咀嚼，味道还不错，淡而微甜。他像小孩子一样乐了。只可惜牙疼，笑也别扭。葛大智把余下的递了过去。

“你都留着吧。”马株的话是真诚的。

“不，回了——你都看到了，我在这儿不受欢迎，我爸我妈都不种菜了。我连他们的菜都不如，懒得搭理我了，我可不能影响他们种菜，菜是无辜的。”葛大智的话连一点伤感都没有，反而还有一种喜庆，被爸妈嫌弃的喜庆，其实也是一种自嘲。

葛大智嘴上说要回，身体还没动——眼睛在肆无忌惮地看她，从她脸部往下，像探照灯一样进行了仔细的探测。她穿黑色的T恤，修身的那种，牛仔裤很干净，脚上是旅游鞋，应该是为干活而新换的。可能是身材本身的优势吧，她这身穿搭还说得过去。他并不忌惮自己对她近乎蛮横的观察，特别是他眼神还在她胸部和小腹那儿回溯、荡涤了一遍，脑子里的影像发生了短暂的错乱，让她和记忆中的朱株重叠在了一起。最后他发现自己的眼神叫马株发现了，马株目不转睛地盯着他的眼神，仿佛洞穿了他的心思，他只好一笑道：“今天让你见笑了。”

“哪里……”马株没有顺着他所谓的见笑往下说，而是问他，

“你知道潮街那边有个美芽美吗?”

“有印象。”葛大智又用眼神问她，“干吗?”

马株读懂了他的眼神，说：“你牙疼，可以到那里看看。不过现在是疫情期间，美芽美已经关停几周了。那是一家牙科诊所，好像晚上八点后有人值班，你去敲个门，要悄悄的，三长两短，对上暗号后，才有人开门——虽然不许营业，但有些老客户还得照顾，矫正牙齿的学生啊，洗牙美牙的 VIP 会员啊，所以你可以去试试。你不是 VIP，不要紧，因为你知道暗号，知道暗号的人可比 VIP 还厉害的。你可以去试试，牙疼——总之是个病嘛。”

葛大智对治牙没有兴趣，知道他的牙疼不过是吃外卖吃的，吃几天蔬菜，消消火，就自动好了。但听到要对暗号时，兴趣就来了，待听她最后又强调了一遍暗号，觉得这个牙科诊所可能有点意思，这个马株也是有意思的人，甚至不只是有意思，真的能重温他遗失很久的初恋。他就点头表示要去，又故意问：“然后呢?”

“然后……然后就有人开门。你问，有白菜吗? 对方回答，没有，有白牙。你就可以进去看牙病了。”

3

回家后的葛大智并不因为父母不理他而感到沮丧。父母再不理他，那也是他的父母。父母不理他是他们的事，他要不去看父母就是他的事了。重要的，是他在看望父母的同时，心遂所愿地再次巧遇了她，一个叫马株的牙科医生。而这个马株，又和他二十年前的已故女友非常相像，连声音都如出一辙，同时，马株的生活可能正在经历艰难的低潮期。这么想来，或许这次接头，就有可能产生特别的意义了。他反复把暗号默诵了几遍。就想着怎么去了。开车？目标太大。再说，晚上了，停车是个问题。地铁？草房站和常营站都封站了，就算开通，也只有一站地，没必要，就算开通，如果步行到草房，他也差不多到常营潮街了。步行？看来只有步行了，半站地也不远。但是，穿什么衣服呢？突然要用暗号去看牙疼，像一名秘密工作者那样去接头，不能穿普通的衣服，最好是三十年前流行的大翻领的宽松而肥大的风衣，他小时候见过父亲有那种款式的风衣。现在的局势，父亲不会借给他的。就算借给他，那件风衣在不在还难说。要不要戴一顶礼帽呢？礼帽他也没有，倒是有一顶棒球帽。

晚上七点多。在保利嘉园通往潮街的常营中路上，走来一个身材挺拔的大龄青年，他穿一条黑色牛仔裤，一件黑色 T 恤，脚穿黑色旅行鞋，戴墨镜，一顶同样是黑色的棒球帽。他这一身全黑的穿搭，也是第一次。特别是这条黑色牛仔裤，很少穿。偶尔穿一次，也是和白色 T 恤混搭。棒球帽也只有开车去郊外烧烤时才戴。

他就是葛大智。因葛大智的装束，让整条小街突然陌生起来。

葛大智出来早了，五月下旬的七点半，天还没有黑，路灯倒是亮了，像他一样性急，同时也和他一样，有点鬼鬼祟祟的意思。他觉得应该准时，组织指示是八点后，至少应该八点才能去接头。他便拐进了路边的保利园。这是一家街边小公园，他进去就后悔了，各种锻炼的大妈们目光全都集中到他身上，如果他抖动一下，身上会掉下一吨的眼珠子。他在林子里停止行走，仰望一棵树，假装观察着什么，心里想着的是接上头以后的行动——他要在心理上做好充足的准备。他在除了树叶什么都没有的树上一直望到天黑，有那么几个闪念，仿佛看到天堂中的朱株，但他眼睛抓不住朱株了，总是无法让她停下来。

八点十分了，时间正好。

这个叫“美芽美”的牙科诊所，他以前真的在路过时念过这三个字，他把美芽美，念成了美呀美，虽然“芽”字是美术体。他觉得叫“美呀美”更吸引人的眼球，或者叫“美哎呀美”，也要强于“美芽美”，如果叫“美哎呀哎呀美”，就天下无敌了。这个“芽”字有些不伦不类，虽然是想借用谐音，同时又有让牙齿重新发芽健康成长的意思，总之是过于牵强附会了。美芽美在潮街的中间位置，门向东，大门上还有小门。此时的大门小门都是紧闭的，从外面看不出屋里是不是开了灯。因为潮街上的街灯更为明亮。如果是在这轮疫情之前，潮街上是热闹非凡的，街心一溜几十张方桌上，会坐满来休闲的人。现在不行了，桌子还在，凳子被收走了，有桌无凳，让人无法聚集。冷清的潮街上，一点“潮”气都没有，连街灯都是苍白和乏味的。但是，如果诊所里有人，会看清他的面目，欣赏他酷酷的装扮的。他便做了个京剧中亮相的姿势，才去敲门。

“笃。笃。笃。笃笃。”葛大智心跳的速度比他敲门的速度快了很多，但他还是稳健地发出了暗号，三长两短，他把三长中间的句号都敲出来了，而两短之间的顿号都没有——这是他在家练了好几遍才达到的效果。

小门从里边拉开一条缝，一只手迅捷伸出来，像是在等候多时一样，稳准狠地一把揪住他衣服，把他拉了进去。葛大智像遭遇了虹吸现象，瞬间消失。门又迅速关上。这一切发生的时间只有几秒钟，甚至一秒，对方就紧贴上来，搂住他的脖子。他暗号还没有说出口，就被炽热的嘴唇封住了嘴。这也是暗号吗？他仿佛早有心理准备，迅速回应了她，比她更蛮横更粗野。

4

牙科诊所里，根本不用亮灯，潮街上的灯光，从玻璃门上渗进来，在紫罗兰色纱帘的过滤下，显得朦胧而暧昧。葛大智和马株已经从地板上转移到了沙发上，衣衫已经恢复到原来的整齐。葛大智发现她的连衣裙很漂亮，无袖的，料子是仿丝绸的那种，手感非常柔顺、爽滑，和她身体结合得很紧密，就像她的肌肤一样。他们依偎着，仿佛这才是开始，这才是序曲，还没有翻开篇章正文似的。

“有白菜吗？”葛大智轻声说。

“没有。有白牙。喽——”马株说，她还把白牙龇出来，白森森的一闪，又迅速把脸埋进葛大智的胸脯上，窃窃地笑。这也好比任务都完成了，才想起来要对接头暗号。但是，马株笑着笑着，就变成了哭，汹涌而出的泪水很快湿透了葛大智的T恤。在她由笑转哭的过程中，葛大智并没有以为她是在哭，还以为她一直是在笑，他也便轻轻抚摸着她，有力的大手在她身上蛇形游动，感受着还在延续的美好。但是当发现胸部一片湿热时，她已经哭了一会儿了。他猛然意识到什么，心里也惊悚般地战栗一下，搬起她的脸，吻了又吻，像是安慰，也像是表白。她再次被触动了，突然暴发般地大哭起来。她的哭，有委屈，有隐忍，有发泄，也有幸福，还伴随着一丝柔弱和矫情。

“他是何时离开的？”在她差不多要哭累的时候，葛大智问。葛大智所说的他，是指她失去的那个男人，或是丈夫，或是同居男友，总之，是小株株的爸爸。

“两个月前。”她完全听懂了。

“和她一起？”

“嗯。”马株也听懂他所说的她了。

“她是诊所的护士？”

“嗯。”

“年轻漂亮？”

“鬼了。”

“她没有你好，也没有你漂亮，你会比他们更幸福。”葛大智用力搂了搂她。

“……你怎么知道？”马株说，“你怎么知道你说的那个小贱货？”

“你在讲你闺密的时候，把没说的话透露出来了。”

“你这人很坏呀……我就是不甘心，他们就在我眼皮底下，就在这个诊所里，苟且了那么久。你知道他们去哪里啦？打死我都不相信，他们去了芬兰，芬兰，多么苦寒的地方，带走了所有的钱……留下一屁股贷款给我——这间诊所我是业主，他是我聘的医生。妈的，以为他是尊重我，没想到是彻头彻尾的利用。”马株从葛大智的怀里抬起头，像黏人的小猫咪一样偎偎，“下午在菜园里，和你妈妈聊了聊。老人家很好啊。”

“哦，聊了啥？”

“我也不敢多问，是她主动说的，说你的影吧，说尽赔钱，还说你一事无成，说你从小就叛逆，一直和你爸对着干。说你这样子，都是因为没有成家造成的，说成家才能立业，四十岁的人了，还长不大，什么什么的。后来你爸给她使眼色，她才不说。”

“影吧我申请倒闭了，房租也是六月到期。”葛大智松一口气道，“反正我也没事了，每天去陪你种菜，晚上来对暗号，接头——对了，小株株呢？”

“在家了，有保姆陪着。种菜不行，咱们……先保密，不能让你父母看出来。我看你爸是个老顽固，很霸道，你妈都怕他。他都没正眼看我。你妈后来给我几棵茄子苗，他一脸的不乐意，我的菜园都荒成那个样子了，没一点同情心，我也不喜欢你爸。你猜我怎么着？反正我是他们的邻居，再讨厌的邻居也是邻居，邻居是搬不走的，我就厚着脸跟你爸要莜麦菜的菜苗，他还真给我拔了一把，你妈看不过去，又主动赠送一把，还额外给了几棵莴笋苗，栽了整整一棋格子。哎呀，光顾瞎聊了——我给你看看牙吧，牙疼不好，什么都会影响。”

“我看什么都没影响。”葛大智狡黠地说。

“下流！”她也秒懂了，命令道，“过来，看看你的狗牙。”

“别了吧，万一被防疫办的人查到，就不好了。”

“这又不是营业，我们的私事……家里的私事他也管？我开盏小灯，聚光的，专看你的狗嘴。”

葛大智就随马株进了里间，在她的指导下，躺到诊所那把怪异的工作台上，周边都是金属架子，影影绰绰的，他像躺在金属的丛林中。葛大智乖乖地让马株在聚光灯下，翻来覆去地查看他的口腔，马株还用金属小钳子在他牙齿和牙龈上戳戳捣捣，所得结论和他自我感觉一样，上火了。不过马株提醒他，牙上有结石，得便可以清洗。他在听她说话的时候，嘴巴被她控制着，自己无法说。但是，他能切近地看见她的脸，有时候，她眉毛都差不多触到他的额头了，也能感受到她嘴里的气息，她有几根散乱的发丝，会在他脸上轻荡。诊所里并没有医院常有的那种气味，有的是她身上的甜腻味。奇怪的是，她身上的甜腻味，居然和朱株身上的气息一样。他再一次产生了错觉，像看到了近在眼前的朱株。她看到他在看她了。她也这么看着他。从相互的眼睛里，他们都看到了对方的爱意。

5

葛大智也要看她的嘴，看她的口腔，看她的牙齿。她不允，还说他犯傻了。还说他是不是没安好心，想谋害她。他说不是犯傻，万一疫情过去了，诊所开业了，他也能帮她看看牙科。她说得了吧，医生有那么好当的？如果不是专业院校毕业，也要有执业证照好不好？你以为看牙是种菜啊，谁都能包块地？

这是第二天的晚上了，也是他们第二次秘密接头。

对过暗号，他们接上关系，把前一天接头时的功课全都复习了一遍，之后的话全都是喁喁情话了。但情话也经不住反复地说。葛大智说着说着就搂搂她，一双无处安放的手重新对她的身体进行检阅，还要看她的牙。她真的以为葛大智是犯傻，男人和女人一样，都容易在爱情面前犯傻。她要把话题岔开。她今天和女儿还有保姆一起去了菜园，在菜园里忙了整整一天，菜园才有了菜园的样子。关于菜园，关于他父母，她也有话要对他说。

“知道吗?”马株逮住他的手，“我们早上还没到菜园，你妈——我这样说不好吧？应该叫阿姨哈——就进我们菜园了——她找到我放在人造草坪下的钥匙，把那一格茄子都栽满了。可能她老人家看我那半格茄子不好看吧，又间了几棵茄秧。现在，我有一格茄子了！我喜欢你妈，爱死她老人家了，本来我的菜园都准备摆烂了，现在又有信心了。对了，我女儿还和你妈聊了会儿天，专门聊到你了。”

“哦，”葛大智好奇了，“你家小可爱不会出卖我们吧?”

“出卖没出卖我不知道，但她把老人家的眼泪都聊出来了。”马株又乐了，“我家女儿不知道我们俩这样子的——你想哪去啦？用点脑子好不好？那一老一幼聊天儿，不知怎么说到小株株是妈妈的小宝贝儿。小株株就说，你家小宝贝儿昨天假哭，假哭跟假的一样一样哈哈，可假哭真就变成真哭了。你妈就说你认识我家小宝贝儿？小株株说不认识，我妈认识，我睡着时，你家小宝贝儿和我妈聊天了。又问聊什么，女儿说，她也不知道，睡着了哈哈哈。好玩吧？你妈就坐在椅子上不动了，我看她老人家眼里噙着泪，又问我女儿，我家小宝贝先是假哭，后又真哭了是不是？我女儿点点头。老人家的眼泪就流出来了。”

“我妈想我了呗。”

“你也真是的，都这么大了，还惹老人家生气。”

葛大智就不说话了。灯影迷离的诊所里突然寂静了，空气里蕴含着微妙的情愫，一些久违的意象在慢慢地滋生，一些丢失已久的东西从双方心理和生理的遥远之处在慢慢地回溯和游移，渐渐的，双方的情感在同一个节拍器上产生了荡漾和共振。他们重新以舒服的姿态相拥着，几乎同时开口道：“我们为什么会这样？”

然后又都乐了。

葛大智说：“我们这应该算一见钟情吧！”

马株本想问他，你是第几次一见钟情啦？话到嘴边又打住了，改口问：“如果我是认真的，你呢？”

“我也是……你就是我一直在找的……我爱你，你哪里都好，我爱你的一切……还在菜园里我就这样想了，爱情真是个怪东西，找啊找啊，不是勉强就是将就，再怎么努力，就是不对。无意中，就碰到你了。你其实一直都在，你的在，就是在等我……这么多年，我混成这个鬼样子，就是错过你了……你让我找着了，别想再跑了。”葛大智情真意切地说，最后的话说成了一股抽搐般的气流。其实葛大智差一点就说出了朱株。他觉得还不能在她面前说朱株，朱株应该永远藏在他心里。但是，他的话，仿佛有一部分就是对朱株说的。她也有时候是朱株，有时候是马株。他知道，朱株在大三那年，回湖南南部山村过暑假时，因为冒着暴雨去救治另一个山村里突发疾病的女孩，在返回途中，被暴发的山洪夺去了生命。这么多年来，他爱情上的挫折，都有朱株的原因。还有他的辞职，也是因为工作中常常想起朱株，想起她曾说过，毕业后他们要去同一家单位做同一种专业。而在他独自一人工作时，只有朱株的影子在伴随着他，他就无法专心工作，他就想到朱株的各种习惯和爱好，朱株是一个多么热爱生活的人啊，和大多数时尚女孩一样，喜欢咖啡，喜欢酒吧，也喜欢电影，他就觉得，只有辞职才能消除他心理的障碍。没想到多年后，他会在父母菜园的隔壁菜园，找到“朱株”，冥冥之中，仿佛是一种天意。

马株是过来人了，她知道他说的话，也许是真的，也许是假的。是真的是指现在，热恋中的人都是昏头昏脑的。她也昏头昏脑。但她刚刚经历过一些事，要更理性一些。但是爱情是不讲理性的，讲理性了，或太多的理性了，那就没有爱情了。爱情就是冲动，就是魔鬼式的冲动，或者就是魔鬼。她相信他是魔鬼附体了，他的话也是魔鬼的话，或是在魔鬼的控制下说的，所以他的话是真的。假的呢？也好理解。现在是真的，一旦过了保鲜期，回归现实，回归日常，回归油盐酱醋鸡毛蒜皮，他的话就经不起验证了，就是假的了。但她也知道，到那时，就叫婚姻了。婚姻和爱情是两个概念。而婚姻是需要经营的。要说葛大智哪里感动了她，还是他在和女儿聊天的时候，体现出的爱和善良。为了逗女儿开心，他居然假哭。而更让她感动的是，他的假哭，居然演变成真哭，真的流了那么多眼泪，这该是一个多么善良的人啊，该是多么喜欢女儿啊。她当时就动心了，如果今后的生活真的需要依靠，这个人就是依靠。那么现在，还是好好享受爱情吧，而事实是，她也真的被他的话感动了，就像被他的眼泪感动一样，在他的表白中，泛滥的少女心迅速决堤，在如此美妙的氛围中，情不自禁地兴奋着，身体不由得战栗着、痉挛着去吻他，盼着他的双手继续对她的身体进行检阅，一寸都不要放过。

突然，门被敲响了。

“梆梆梆……”敲门声很急，而且连续不断，“梆梆梆梆梆梆……”

葛大智和马株虽然受到惊吓，并未慌张。但如果不回应，对方显然也不依不饶，还会继续敲下去。如此霸道的敲门声，来者不善啊。但马株有什么好怕的呢？就大声问：“谁？”

“救命……”

有人喊救命。葛大智这才和马株分开，一起从沙发上跳起来，奔向门边。马株还是多一个心眼儿，她撩起门上的纱帘，在明亮的街灯照耀下，看到的是一个穿保安制服的小个子，一手蒙着眼，弓腰曲背地站立着，从身体变态的扭曲中，能感受到他的痛苦。

“怎么啦？”

“眼睛……眼睛疼死……要瞎了！”

“我们是牙科门诊，牙科……”马株感觉此人话里有诈，行为可疑，说罢，看着葛大智。

“让他进来。我来处理。”葛大智把门打开了。

6

新冠疫情迅速得到了遏制，迎来了缓解。

葛大智也因为娴熟的手法成功解了那个夜巡保安的难而彻底暴露了自己——那个人的眼里迷进了一颗砂粒，死劲揉啊揉啊，伤到了眼珠，出血了，砂粒还卡在眼球里，很危险。葛大智用现有医疗工具给他取出了砂粒。他的手法，把马株都惊呆了。原来，他在十年前辞职做酒吧生意时，是一家医院的牙科医生。他就像潜伏多年的地下工作者，一旦身份暴露，就无法隐藏了。何况他也不想隐藏。他要实现朱株的愿望，也是他的愿望，和朱株一起工作。虽然这个朱株现在叫马株，在他心目中，也等同于朱株了，或者就是朱株的复活，尽管，这样的想法对马株不公平，但爱情何尝又不是自私的呢？善意的自私，也是一种尊重。如果他不说，马株就是他亲爱的朱株，她们两个人就是同一个人。最终，他也会因为马株的出现或朱株的复活而迎来新的人生。

葛大智和马株一拍即合，把隔壁低价转让的咖啡店接过来，扩大了门诊面积和经营范围，名字也改成了“美牙美眼美哎呀美美中心”——这个拗口的广告语马株开始不同意，经不住葛大智反复游说，说啰里啰唆才能让人记住，何况生活本身就是由各种啰里啰唆组成的，习惯了啰里啰唆才能习惯人类的生活。马株说不过他，就由着他的性子了。没想到效果果然出奇的好，生意越来越忙，不少原来美牙的老客户真的又成了他的“粉丝”，美起了眼来。她还给他找了两个专业的助理。不过她也吸取了教训，她给他找的助理和护士都是帅哥。理由是她喜欢师哥，看着帅哥顺眼。葛大智理解她，很满意她的安排，因为这样能让他更安心地钻研业务，不至于受到额外的诱惑。

转眼就是十一小长假了。毫无预兆的，马株收到一条陌生手机发来的短信："知道你恨死我了。我也恨死我了。我回国了，前天刚回，我遭到了报应，她和芬兰的一个老头私奔去瑞典了，你可以笑话我了。我从朋友那里知道了你的情况，祝福你。我在幼儿园偷偷拍几张女儿的照片。我走了。由你照顾咱们的女儿我放心。我也要杀到瑞典去。以后不再烦你。"

马株没有保留这条短信。但她心里五味杂陈。她看看接待区的葛大智，他正在和一个肿眼泡的中年妇女商量给她眼睛纹眉毛的方案，葛大智劝说她不要纹眉毛，因为那样的话会更加突出眼泡，他建议她保留自然的眉毛，美化眼睫，加深眼影的深度，让眼睛更显明亮，既能削弱眼泡的肥大，又可衬托眼睛的美丽。中年妇女同意了葛大智的方案。

送走了中年妇女，马株给葛大智递了杯咖啡，说："国庆小长假还有明天最后一天，咱多久没有去菜园啦？快五个月了吧？你看看，我这孕肚子都出怀了，菜园却不知荒成了什么样子。我知道你光顾着对我好了，不想去菜园。其实你潜意识里是怕你爸跟你发脾气，给你脸色看。但这样躲躲躲也不是个事啊，你躲得过初一躲不过十五。不管你去不去，反正我明天要去。我把预约洗牙的三个会员改期了，女儿的美术班也请假了。识时务者为俊杰，我希望你更弦易辙，回头是岸，立即配合我行动，老老实实规规矩矩跟我去菜园视察，哪怕是一片荒草，也表示我们对菜园的关心，同时，你还可以顺便接受你爸的训斥，我也向你妈展示一下我骄傲的大肚子。”

“谁说我不想去菜园……去看看当然可以，这几个月你都看到了，忙死了都。你也忙我也忙，我们俩又在热恋中，没完没了的热恋自然就把菜园忘了。再说，就是不忘，也没时间去打理；再再说了，你打理我就行了，我就是你的小菜园，你把我打理得好好的，吃什么菜都有，关键是，本帅哥还乐意你的打理……好，听你的，我的朱株，明天一早，向菜园进发！”

“谁是朱株？小株株是咱们女儿好不好？我太惯着你了，哈哈，不过你也没说错，马猪相连，猪也是马，马也是猪，马猪马猪，马猪也是猪猪，你都叫我好几次猪猪了，好吧，随你怎么叫吧。”

葛大智吓了一跳，他自己可是完全没有发觉啊。以后真要小心了。

第二天，让葛大智和马株惊异的是，他们的菜园，本以为再次撂荒了，被各种杂草侵占了，没想到和隔壁的菜园一样，满园青绿，枝繁叶茂，欣欣向荣，特别是大白菜和大萝卜，长势非常喜人。马株那个喜啊，眼泪都下来了。马株在原来放钥匙的地方找到了钥匙，迫不及待地开门进去了。

“妈妈，这是我们家的菜园吗？”小株株说。

“是啊。”

“你们什么时候种的菜啊？也不带我来玩，我也想种菜玩。”

葛大智也是高兴啊，他立马就知道，这是爸爸妈妈种的。他也感动得热泪盈眶了。他牵了马株的手，稍微用了用力。马株就回头朝他嘻嘻嘻地傻乐，故意露出大白牙。马株说："我想摸摸大萝卜，可我弯不下腰了，你敢不敢拔一个？"

"敢拔敢拔……"身后传来说话声。

葛大智和马株转头一看，老爸老妈也到了。老妈脸上笑成了花。老妈说过"敢拔"之后只顾笑了，笑得手足无措。还是老爸腿脚灵便——他虽然没笑，却用行动表现了，立即挑了一个大红萝卜拔起来，擦了擦泥——其实没有泥，递给了马株。马株抱着大红萝卜，连同萝卜缨子，盛满她一怀。

"我也要，爷爷爷爷我也要！"

老爸又拔一个大红萝卜给小株株。

老妈终于反应过来，不能偏心眼儿，她挑了个更大的萝卜，给了儿子。

葛大智也张开大嘴傻笑。三个人每人抱了个大萝卜，一起傻笑。菜园里的脸都在笑，和早上新鲜的阳光一样灿烂。葛大智看到，老爸拿出手机，正给他们拍照呢。

2022 年 5 月 17 日于北京像素

2022 年 5 月 23 日再改

失约

1

吴小丽说："就这么愉快地决定啦?"

"定啦!"庞大凯也爽快，"老婆大人的决定就是我的决定，老婆大人的决定就是英明正确的决定，老婆大人的决定……"

"行啦行啦行啦，给你一个脸见好就收得啦!"吴小丽的话里话外都带着快乐的笑，把最后一个小可爱（小西红柿）塞到庞大凯的嘴里，既堵住了庞大凯的嘴，又有点撒娇卖萌的意思，同时也帮她解决了问题——最后这个小可爱有点破皮，但不影响吃。主要还是她吃多了，实在吃不进去了，以投喂老公的方式实现了一箭双雕——既没有浪费，又卖了个萌。

他们在商量暑假旅游的事。每年暑假，他们都要去一次北戴河，在海边玩个十来天，一直到尽兴为止。但是今年他们不想去北戴河了，想去别的海边玩玩。北戴河虽然是休闲名胜之地，风光不错，总有点北方的感觉，粗犷了些，缺少园林式的精致，饮食也不像“八大菜系”那样有特色。虽然这都不算缺点——换个新鲜总可以吧。他们向往南方的风情，向往南方的细腻，特别是吴小丽，喜欢新鲜和陌生。但又不想离北京太远，高铁的行程时间最好在四五个小时，闽浙、广粤一带就不谈了。于是就沿着渤海湾向南，从天津一路看下去，烟台、威海、青岛、日照、连云港、盐城、南通、上海，最后目光定格在连云港，也没有为什么，就是凭感觉，“连云”这两个字，给他们带来好印象，这是什么样的港啊，居然和天上的白云相连，有那么一点浪漫，还有那么一点风情，于是就决定了。另一个决定，是要再邀请两个人加入，一起去连云港旅游，一个是吴小丽的好闺密胡云云。去年年底，胡云云的老公突遭飞来横祸，在街边买卤货时，被一辆冲过来的小轿车撞死了。胡云云一人带着五岁的女儿，一直没有从阴影中走出来，眼看着憔悴了，面色无光，眼神呆滞，少言寡语，刚刚三十岁的年纪，从年龄看来，却像个四十多岁的大妈。吴小丽于心不忍，想在暑假期间，邀请胡云云一起出去散散心。另外呢，吴小丽又叫上了同事宋老师。吴小丽有个美丽的想法，把宋老师和胡云云撮合到一起。两个人的条件，综合起来，也还半斤八两——拼相貌，宋老师可能配不上胡云云，可胡云云是二婚，说难听点，是寡妇，还带个女儿，没有固定住宅。再说宋老师，有房有车，工作稳定，又是北京人——虽然是在延庆，那也是北京啊。但是宋老师不太帅，猪嘴大唇小脑门，样子还有点蠢。如此相抵，两边也就扯平了。吴小丽邀请宋老师时，原本来以为宋老师是个“九零后”，爱玩电游，爱去酒吧，爱喝咖啡，年轻人爱玩的，他都玩，或许不大愿意和他们小夫妻一起出游。没想到他竟愉快地答应了。

去连云港旅游，是吴小丽和庞大凯一起商量决定的。邀请闺密胡云云和同事宋老师一起出行，并要把他们撮合成对，是吴小丽自己的决定——人都邀请了，才征求庞大凯意见。庞大凯当然一切听老婆的了，根本不经大脑就爽快同意，还跟她贫了几句。

“知道为什么要邀请胡云云和宋老师吗?”吴小丽又说。

本来庞大凯还真不知道，不过以为多两个旅伴，热闹一些而已。吴小丽这么一问，马上开窍了，说：“你那点小心思还想瞒得了我？啊？是不是想当红娘啦?”

“你这人，就是太聪明不好，我没说的事你都知道了嘻嘻，老公，你说，这事能成吧?”

“分析一下啊，宋老师虽然有点歪瓜裂枣，你别瞪我——实话实说嘛，身高不错，工作也不错，没有家庭负担，年龄又相当，还是个童男子——这个只有他自己知道，他要是没意见，就看胡云云怎么想了。”

庞大凯的意思，宋老师肯定会愿意，倒是拿不准胡云云的态度。吴小丽也是这么想的，但吴小丽的逻辑比较单纯，和一般人的想法差不多，便信心满满地说：“云云没问题，一个人带孩子容易吗？她还比宋老师大一岁呢。”

“这也不是问题，女大三才抱金砖呢，大一两岁的多了。”庞大凯想了想，“宋老师太老实了，我们不是跟他一起吃过饭嘛，一顿饭吃下来，如果不算放屁，他说话不超过十个字。”

“那是你话太多了，容得了人家插嘴嘛。”吴小丽说，“……这倒也是，宋老师懒语，我得开导开导他，让他主动点。对了，我还没跟他俩说呢——旅游的事说了，两人都同意去，没说相亲的事。说还是不说呢？现在说还是到了连云港再说？提前说有提前说的好处，让他们心理上都有准备，不提前说有不提前说的好处，让他们自由相处，能摩擦出火花、一见钟情更好，不能一见钟情，我们看情况再点破。你说呢？老公你不要装痴——发什么呆啊，好好出出主意啊。”

“我觉得吧……他们俩见过面吗？”

“没有。”

“我觉得吧，先跟一个人说比较好，不要两个人都说，至少要让一个人知道这次出行的目的，如果见面后，知道实情的这个人，对另一方满意了，发起进攻了，十有八九就能成。如果两人同时知道对方是相亲对象，互相满意还好说，还皆大欢喜，不然，有可能会十分的尴尬——你想想看，咱们这不是街头见一面的那种相亲，还要一起旅游呢，还要一起玩几天呢，搞不好可能会影响大家的心情。”庞大凯直接给了建议，“可以告诉宋老师，男人嘛，心理承受能力强大一些，也会主动一些——还有啊，他要是同意一起出行，说明他十有八九就认可胡云云了。”

2

定好的出发日期到了，却发生了一点小变化——本来胡云云说好不带上女儿的，把女儿送回燕郊老家。临出发这天的凌晨，胡云云才发微信给吴小丽，说只能带上女儿了，老家的父母有事，没时间帮她带孩子。吴小丽觉得带上女儿也行，母女俩直接和宋老师面对面，互相熟悉，有利于增进感情。

可是当吴小丽夫妇和胡云云母女在北京南站候车室会合时，宋老师打来电话，告诉吴小丽，赶不上和他们一起走了。他是从延庆赶过来的，路上堵车，堵了两个多小时，现在还在延庆的大山里没有出来，就算插上两只翅膀飞过去，也赶不上七点二十的高铁了。吴小丽很无奈，就差一点跟他发脾气了。事实上她一边听电话一边压制住心头的火气，说人家女方做了精心准备，你也决不可以食言，并指示宋老师，下午还有一趟直达连云港的高铁，赶快改签，到连云港咱们再会合。宋老师说只能这样了。通完电话，吴小丽回到庞大凯身边，当着庞大凯和胡云云的面，把宋老师的情况说明了一下。吴小丽当然是轻描淡写的了，没有把自己的焦躁情绪流露出来。胡云云也不太注意，无非是一个同行的伙伴出了点状况，跟她又没有关系，爱去不去，她是冲着吴小丽去的，或者说，是冲着庞大凯吴小丽夫妇去的。

庞大凯脑瓜子灵，一听就明白，宋老师不会来了。这次做媒，失败了。但是，也许不一定——宋老师在看吴小丽发给他的胡云云的照片时，不是说看照片挺满意的吗？照片当然不是现在的照片了，是胡云云十年前当学生时的照片，吴小丽从一张合影上抠下来的。那时候的胡云云，身材婀娜，青春勃发，美若天仙，惊为女神，不然不会大学一毕业就架不住爱情攻势而早早结婚。这个宋老师，都答应好好的了，怎么突然就变卦了呢？虽然，庞大凯凭着男人的直觉，嗅到了一丝异样的气息，同时又侥幸地想，也许路上真堵车了。同时又想，延庆是你的老家，北京到延庆的这段路你跑了无数回，应该有各种突发情况的预案啊，包括堵车，至少，你应该头一天就到达北京，住学校的宿舍里。庞大凯的脑子里迅速呈现出多种景象，甚至有点零乱。其实他倒不是太关心宋老师和胡云云的相亲是否成功，他是关心自己的老婆吴小丽的情绪——毕竟是吴小丽想做成这个媒。所以，庞大凯不得不操起心来，不得不分析起宋老师的行为和话语来——如果不是因为路上堵车，而是不愿意相亲呢？就像他一听说宋老师堵在路上而冒出的预感那样，那没必要找这个拙劣的借口啊，可以直接说嘛，拿堵车作不去的借口，也太小儿科了。

好消息是，宋老师同意改签了，同意晚上到连云港会合了——但愿宋老师这次不会再有别的借口了。但是，冥冥之中，庞大凯还是有种预感，宋老师不会来了。

不知为什么，庞大凯有点同情、怜悯胡云云了。此时，胡云云和女儿艾艾坐在庞大凯和吴小丽的对面，胡云云正在和女儿一起看一册图文绘本。胡云云应该一点也没有意识到这次出行还有别的附加项目，她此时一脸素颜，头发还是随意梳理的短发；一身的休闲装扮，长袖白衬衫，蓝色牛仔裤，白色旅游鞋，显得轻松而随意，又不失庄重和严谨。可能也是难得出行吧，又是和好闺密一起出行，整个人也都处在一种放松状态中了。庞大凯想，幸亏吴小丽没有把这次出行的附加项目先告诉她，否则，对方没有来，岂不是让人失望和尴尬嘛。没有希望也就没有失望，这句话用在胡云云身上，真是再现实不过了。同时也觉得，没有把真实附加项目告诉她，也是对她最好的保护。

不知是因为宋老师的临时变卦在生闷气，还是看到胡云云母女正在聚精会神地看书而不便打搅，吴小丽有点坐立不安，有点犹豫不定，她看一眼检票口上的电子计时器，还有十分钟检票，便离开座位到一边打电话了。不用说，她还是给宋老师打的。宋老师的行为，有可能激怒了好脾气的吴小丽，她要进一步落实他到底有没有改签，或者是督促他赶快改签。

果然，吴小丽回来后，把手机上一条微信给庞大凯看，正是宋老师改签后的高铁票。庞大凯这时候才和吴小丽心情一样，放松了下来。

3

车上人不多，可能是新冠疫情刚刚缓解吧，只有半座。他们三个人的票紧挨在一起。胡云云是A座，吴小丽是B座，庞大凯是C座，小艾艾也想单独要一个座。她妈妈小声跟她耳语几句，说小孩不需要买票，又说不买票还可以省一笔钱。小家伙似懂未懂，嘟嘟着小嘴不太开心。自己从她妈妈的腿上，挤出去，找了一个空位坐下了。开始时，坐不住，这里望望那里看看，对什么都好奇。后来又喊她妈妈过去，要她妈妈坐在她身边。吴小丽就代表胡云云过去陪她了。吴小丽说："艾艾，我们玩。"吴小丽喜欢和孩子们玩，但自己却不会生一个——她和庞大凯在婚前就约定，这一生不要孩子，他们“丁克”。看了吴小丽在逗女儿玩，胡云云看着庞大凯说：“你们要一个吗?”庞大凯说：“小丽说这样最好。”胡云云说：“你们也不知怎么想的。”庞大凯想说，有孩子当然好，没有孩子也好。他还想说，你要是没有小艾艾，再婚的几率会很大，而且会找一个条件很不错的人，也不至于要吴小丽介绍宋老师了。宋老师虽然不是渣男，但却是渣相。“渣相”是庞大凯发明的新词，就是各方面都不错，长相残疾了些。庞大凯只是把这个词想了想，他压根儿就没想把这话说出来。胡云云当然就不知道庞大凯的想法了。胡云云从包里拿出许多小零食，让庞大凯挑。庞大凯说暂时不想吃。胡云云就拿着小零食去和吴小丽、小艾艾会合了。庞大凯看她们三个人另坐在一起说说笑笑，选着小零食吃，和小艾艾逗乐，便放松地想小憩一会儿。他头一天整理行李比较晚，早上又起早做早餐、赶地铁，夜里没怎么睡，这会儿还真犯困了。正要睡着时，小艾艾跑过来了，拿着一块曲奇，朝庞大凯的嘴里塞。庞大凯只好吃了。小艾艾萌哒哒地还要喂他一个果冻。他不喜欢这种口感的，不吃。小艾艾不依，偏要他吃。一个大人一个小孩子都固执，就发生了可爱的冲突。这时候，吴小丽过来了，又拿过许多小零食，对庞大凯说：“配合点，和艾艾好好玩，我和云云说说话去。”庞大凯得到最新指示，知道吴小丽和胡云云可能会有很多私密的话说，只好配合着小艾艾吃了好多东西，还喝了饮料。最神奇的是，庞大凯睡着的时候，小艾艾趴在他腿上也打瞌睡了。最后的状态是，庞大凯抱着小艾艾一起睡了一觉，胡云云过来给小艾艾盖上了一件外套。庞大凯和小艾艾就是盖着胡云云的外套，一路睡到了目的地。

4

当天入住连云港海边一家风情民宿。这家叫“虾婆婆”的风情民宿，坐落在黄窝半岛一条通往海边的大山涧里，四周群山环抱，风景绝佳，是在网上提前预订的。

入住很顺利。吴小丽和庞大凯的夫妻房属于豪华型，有两个落地的大窗户，南面临涧，东面临海，能看到山涧对面一条悬挂的瀑布，像青山绿树间的一挂长练。隔壁胡云云和她女儿的房间，与吴小丽、庞大凯的房间一样，面临绿树葱茏、溪水奔腾的大山涧，还能从大阳台上看到蔚蓝的大海。另一个房间就是预留给还未到的宋老师的，也是海景房兼山景房。此时是下午两点半，宋老师改签的高铁是四点四十分发车，如果一切正常，宋老师这会儿应该准备去南站了。已经冲了个澡的吴小丽不放心，穿着睡衣给宋老师打了电话。奇怪的是宋老师居然没接。“可能午觉还没有睡醒。”吴小丽疑虑重重地替宋老师找了借口，再打，还是未接，又打微信，依然没有动静，一连打了几次，都没有打通，吴小丽半真半假地生气道：“这家伙，不会睡死了吧，要是再误车，就和他绝交。”庞大凯躺在床上，听了吴小丽的话，安抚道：“宋老师肯定会调好闹铃，不会误事的。”但是庞大凯嘴上说的和心里想的，完全不一致，他以小人之心度小人之腹地想，这不过是宋老师再次使出的小伎俩而已，他马上就会找一个让他无法克服的困难而拒绝成行。“没事，我给宋老师微信留言了。”过了一会儿，吴小丽又说：“咱们下午就别下海了，也不去玩了，休息一会儿，晚上找个好吃的馆子，好好品尝一下海鲜。明天再和宋老师、云云一家一起爬山、下海。”吴小丽说完，又恍然道，“你厉害了，和艾艾睡了几个小时，你要有精神自己出去玩啊，别窝在房间，反正我是累了，要好好睡一觉……妈呀，和云云说了一路，把我舌头都说残废了，好消息是，云云不反对再婚，说有合适的可以考虑——当然当然，我没说宋老师的事，怕她知道我们的刻意安排——主要是怕宋老师不是她的菜——你说得对，宋老师的长相真是拿不出手，等他们见面后，我再点破不迟。”说话间，吴小丽已经上床躺着了。庞大凯把空调调到二十六度，这是吴小丽喜欢的温度，便于睡眠。

庞大凯在手机静音模式下玩斗地主，一连玩了好几局，输多赢少，正意兴阑珊时，隔壁胡云云的房间突然传来说话声，虽然听不清说什么，但肯定是胡云云和小艾艾闹矛盾了。这房子隔音效果不怎么样，加上胡云云被惹急了，声音才大起来。到底是闺密，吴小丽笑道：“肯定是云云累了想睡觉，小艾艾闹她了。大凯，要不你带艾艾出去玩吧，先给我们探探路，看看哪里好玩儿，让我和云云安安静静多睡一会儿——你玩手机也影响我的。”庞大凯愉快地同意了。

庞大凯换上一件休闲大裤衩，一件黑色文化衫，带了个小包，去敲胡云云房间的门，并说：“我，庞大凯，艾艾要不要跟我出去玩玩？小丽说让你好好休息一会儿。”

开门的是小艾艾，她一看见庞大凯就求抱抱。庞大凯抱起小艾艾，听到躺在床上的胡云云懵懵懂懂地说：“听叔叔话啊……”庞大凯只看到胡云云两条又白又长的腿，就赶快带上门出去了，估计门还没关死胡云云就睡着了。

庞大凯打着一把伞，抱着小艾艾往海边走。从“虾婆婆”民宿宾馆到海边，全是下坡的柏油路，路上会遇到从海里上来的人，穿着游泳衣，抱着游泳圈，往各家民宿宾馆走去。这些民宿宾馆都是依山而建，有老房新改，也有新修的建筑，或气派或优雅，各有风格。路的另一边，就是涧沟了，刚下过雨，涧沟里的水流很急，也有人在光滑的岩石上玩水。涧沟两侧有高大的树木，恣意地生长着，浓荫覆盖下的涧沟幽静而神秘。庞大凯边走边看，眼前的一切全是陌生的，也全是风景，庞大凯的眼睛都不够用了。小艾艾也是满眼的好奇，这里看看，那里看看，最后要下来自己走。艾艾穿着小花裙子旅游鞋，小腿上肉嘟嘟的，没走几步，又要抱抱。天气十分炎热，微风中也带着潮气。庞大凯已经满身是汗了。在路过一家冷饮店门口时，庞大凯问艾艾：“我们去吃冷饮好不好？”小艾艾说：“好。”离开了妈妈，小艾艾特别乖，安静地坐在冷饮店里，和庞大凯一起研究冷饮食单。庞大凯指着各种冷饮问小艾艾：“这个吃吗？这个吃吗？这个吃吗？”小艾艾都不说话，小手一指，原来是一款最普通的冰粉，可能是看中冰粉上浇的花花绿绿的浇头了吧。庞大凯要了一个中份和一个小份。这冰粉还真是当地的特色，又叫葛藤粉，是用山上的葛藤根做的，呈半透明状，和普通凉粉差不多，打成碎块，盛在碗里，颤颤巍巍的，放点山楂碎、花生碎、白芝麻和几粒葡萄干，还有红绿丝和两三块冬瓜糖，浇上放了冰糖的冰镇薄荷水，真是清甜爽滑。庞大凯特别奇怪，小艾艾也没吃过冰粉，北京也没有这种食品，她怎么知道好吃的呢？太神奇了。

吃完了冰粉，两个人径直来到海边的沙滩上。沙滩上的人太多了，各种遮阳伞下全是人。看到翻滚的大海，小艾艾也非常兴奋。庞大凯把小艾艾的鞋子脱了，让海水咬了咬她的脚，小艾艾开心地尖叫着，嘻嘻哈哈地追逐着海浪。这时候的太阳最猛，庞大凯怕晒着了小艾艾，就打着伞跟着她跑。后来又和小艾艾一起捡贝壳，捡鹅卵石，逮小螃蟹，最后加入一群玩拦水大坝的孩子中间——在靠近一个山体延伸下来的岩石边上，有一股细细的泉水从岩石缝里流出来，孩子们就在沙滩上设坝蓄水，那股水不断地涌来，小伙伴们不断地就地挖沙加固，把堤坝垒高，小艾艾挖得也很起劲，还从远处抓来一把沙添在大坝上。但是，最后积蓄的水，还是冲破了堤坝，流进了大海。小艾艾看大坝决堤了，一下子愣了，看到别的小朋友欢呼雀跃时，又开心地乐了。

5

回到“虾婆婆”时，已经是下午六点半了。吴小丽正在胡云云的房间里聊天。两个女人看到庞大凯和小艾艾狼狈地回来，大为吃惊，特别是吴小丽，脸上的惊异之情太夸张了，是庞大凯从未见过的，她无限惊讶地说：“你们在哪里疯的呀？电话不接，微信不回，差一点报警了……天啦，艾艾，乖乖……你怎么晒成这样啦？庞大凯，怎么带的孩子？瞧瞧把小乖晒的，真成煮熟的虾婆婆了，啊？要命啦小乖，这不是晒死了吗？”庞大凯这才发现，小艾艾的脸成了鲜艳的桃红色，像一个熟透的水蜜桃，风一吹就要破了，胳膊和腿上，还有脖颈，凡露在衣服外面的，全是红的。庞大凯紧张了，下意识地辩解道：“我是全程打伞的呀，艾艾到哪伞到哪，太阳肯定没有晒着……可能是海边的风吹的，热气蒸的……洗个澡会好吧？”吴小丽怒不可遏地说：“你要气死我了，滚滚滚，有多远滚多远。艾艾来给阿姨看看来……乖呀，赶快凉快凉快，一会儿洗个澡。”庞大凯看两个女人都穿着睡衣，胡云云还是两根筋的吊带式，似透未透的，美人肩、锁骨、乳沟一览无遗，吴小丽又撵他滚。他留下来确实不合适——两个女人全被小艾艾吓住了。

庞大凯回到自己的房间，立即就感到不自在起来，浑身燥热难耐，两只胳膊火突突的，被海水浸湿的腿脚也是黏黏糊糊、盐潮卤辣，便去卫生间，准备冲个澡。卫生间的镜子里，是一张陌生的黑红色的脸——他被自己吓住了，怎么会变成这样？这还是他吗？他多次去过北戴河，那里的太阳、海水和海风并没有给他带来半点的改变，谁承想这里的环境竟是如此的恶劣，给了他这么一个见面礼，关键是还害了小朋友。这要玩个三五天，不是要换好几套肤色了吗？庞大凯不敢多想，先冲个澡，让身上舒服了再说。

冲个澡，躺在床上的庞大凯，感到脸上、胳膊上和腿上依然麻麻辣辣的，像有无数条蚂蚁在爬。他想着隔壁的小艾艾，肯定也会不好受吧？刚才胡云云虽然没有像吴小丽那样惊惊乍乍的，脸上心疼不已的神色更让人揪心，眼泪噙在眼里直打转，肯定也怪他没有把女儿保护好。但要怪只能怪他带小艾艾出门这个事实了，如果不出门什么事都没有，如果吃了冷饮就回来，也什么事都没有。都是被近在眼前的大海所诱惑。可是，那么多孩子，难道都会像小艾艾那样不经晒吗？肯定是了，别说小艾艾了，就是他，也不是都改变形象了吗？隔壁很安静，听不到说话声。小艾艾怎么样了呢？庞大凯心里的难过比身上更甚，躺也不是，坐也不是。何况，在和小艾艾玩耍的两三个小时里，他越发喜欢小艾艾了，觉得有个孩子也是有趣的，特别是女孩儿。在高铁上时，他就喜欢小艾艾的可爱，喜欢她玩着玩着就在他怀里睡着了的乖巧样子，甚至有一度，小艾艾的可爱，颠覆了他关于“丁克”的想法，虽然，“丁克”不是他的初衷，是他尊重吴小丽的结果。但，不得不说，和小艾艾一起玩耍的过程中，稍稍动摇了他的想法。这样又纠结了好一会儿，虽然因为空调房间的作用，身上的不适也好了些，但心里还在惦念着小艾艾，还是深感内疚，他要去看看小艾艾，否则会一直心神不安的。

刚准备出门，吴小丽回来了。

“艾艾怎么样啦?”庞大凯问。

“好多了。也不能全怪你，应该搽防晒霜、穿件防晒衣——都是坐车累的，加上早上起得太早，见到床就犯困瘾了，头离枕头二尺高就睡着了，忘了很多预先的准备，唉，谁知道你会把孩子带到海边？我头也疼死了，叫宋老师气晕了——这家伙跟我说实话了，不光是路上堵车，还出车祸，人没有损伤，车子报废……他说处理这些事够烦的，没心思旅游，相亲的事以后再说。这事搞的，真是不顺，又加上你这一出，我去，真是烦透了，一事不顺万事不顺。”吴小丽说这些时，神情不稳，说到最后，眼睛都不看庞大凯了。

宋老师不来，已经在庞大凯的预料之中——姓宋的看过胡云云的照片了，要嫌也是嫌胡云云的婚姻史了，但没想到这家伙弄了这么个借口，也太低端了，他知道胡云云的丈夫是因为车祸而死的吗？他是想说明，胡云云就是个丧门星？她原来的丈夫和未来的丈夫，都表现在车祸上……庞大凯对此也不想再作评论，只关心地问吴小丽：“头疼厉害吗？要不要去医院看看？”

“不用，就是给这些事闹的……你说宋老师真的是因为车祸？”

“你怀疑他撒谎？”庞大凯觉得吴小丽也聪明了。

“我不但怀疑他撒谎，还怀疑他欺骗——说好这次旅行的，因为加了个云云他就找各种借口不来……我倒是要看看他还开不开那辆梅赛德斯。”

“算了，别给自己添堵了。有些话，人家也不好直说，随便找个借口打发你也正常，随他去吧，都是做媒惹的，大不了咱不做这媒婆了。照顾好自己要紧——头疼还是要去看看医生的，这大热天，又是生疏的环境，小心点好。”

“看什么医生，我有那么娇吗？哎哟……哎哟，头要炸裂了……对呀，艾艾要不要去医院？艾艾会不会中暑？要的要的，你换个衣服……不用换，就这样吧。”已经躺到床上的吴小丽像装了弹簧一样跳起来，“你过来。”

庞大凯就和吴小丽一起再次敲胡云云的房间。门开时，胡云云已经换了件连衣裙，正准备和小艾艾出门。吴小丽赶快说：“才想起来，艾艾应该去医院看看吧？”

“你头疼，好好歇着，我带艾艾去看医生——我也这样想的，看看放心。”胡云云这会儿倒是给艾艾穿上长袖的裙子了，还夸张地戴了顶大凉帽。

“这怎么成……大凯，你保驾护航。我来要车。”吴小丽一只手还按在脑穴上，一脸的难受劲儿，真的是头疼欲裂了。

“车要好了，马上来。”胡云云说。

6

医院很近，拐过黄窝半岛的山头，再一拐，就是连云医院了，胡云云负责带好艾艾，庞大凯急诊挂号。当急诊室的医生看着挂号单，问谁晒伤时，胡云云和庞大凯都愣住了，小艾艾满脸鲜艳的桃红色不知什么时候已经消失了，又是一副细皮嫩肉的可爱样子了。胡云云就形容了艾艾刚才的状况。和蔼的美女医生听了陈述，说没有问题，初来海边正常的反应，只要不在太阳下暴晒，就会自行恢复。在医生说话的过程中，庞大凯也偷偷在急诊室墙上的镜子里看了看自己，他也恢复了常态，而且身上也不再难受了。

出了急诊室的门，天色已暗，路灯已经亮了。晚风吹来，空气里有细密的海腥味，还有些微微的凉意。海边的天气就是这么任性吗？热的时候能要人命，凉快的时候又让人怀疑季节是不是错乱了。沿海大道上观光的行人不少，不远处的码头上灯火通明，能看到停靠的各种万吨货轮，远处海岛上的环岛大道上，灯光也十分美丽。“这海风吹的，真舒服。”可能是女儿没有大碍吧，胡云云心情大好，脸上氤氲着笑意，步履也轻快起来，裙摆打在小腿上是欢乐的，快活的。庞大凯便附和着说，下午和艾艾出门时可能是最热的时段，真是赶上了，差点出了事故。胡云云也自责了两句，看庞大凯没有反应，觉得再说这个话就没意思了，正巧走到海鲜一条街的街口，胡云云又说："叫你媳妇出来，我们就在这儿吃海鲜吧。"庞大凯当然乐意啦，便拿出手机，打吴小丽的电话。吴小丽的电话是忙音。过了两分钟再打，还是忙音。不用猜，庞大凯就知道了，吴小丽肯定在和宋老师通电话。宋老师的失约，确实不太好看，不想来就不来，非要找个借口。吴小丽不依不饶地打他电话，无非是想找回点面子，或者是在痛斥他，或者是在劝说他再考虑一下胡云云。但庞大凯知道，痛斥和劝说，都不是个好办法。

电话既然打不通，庞大凯也就无法劝说老婆别再搭理姓宋的了。

"打不通啊？你媳妇真是事多，我来打。"胡云云先打微信，再打手机，也是不通，"这个小丽，和谁通话？没完没了啦？怎么办？要不我们先回，和小丽一起再来——小丽最爱吃海鲜了。"

"在这儿等等小丽也可以的，她看到有未接电话肯定会回过来的，省得再跑一趟。"庞大凯说，"要不我们找个好吃的馆子先坐下来，研究研究菜单，防止挨宰。"

胡云云说也好。他们就找了一家叫"潮间带"的海鲜馆子，进去坐下了。不过庞大凯人是坐在海鲜馆了，心却飞到了"虾婆婆"民宿酒店——吴小丽一直的忙音，让他担心——她不是头疼吗？电话说多了，会不会加重？胡云云的话同时也提醒他，和谁通话？真的没完没了啦？真要仅仅因为是宋老师的事，犯得着这么黏乎？

海鲜馆一般都是看菜点菜，看着养在一只只玻璃水箱里的海产品，庞大凯和胡云云都有些眼花缭乱，不知道怎么点，看价格，也倒是不贵。后来商量了一下，达成一致，等吴小丽来时，一起点菜。重新坐下，吴小丽的电话就打回来了，问艾艾的晒伤怎么样。庞大凯告诉她，完全恢复了，医生说不碍事，正常反应。吴小丽听了也松口气，说终于不再焦心了。庞大凯就把吃饭的事和她说了，说发现了海鲜一条街。整条街上全是海鲜馆子，有个叫“潮间带”的特别好，环境优雅，空间大，还有烧烤，让她过来会合，好好吃个痛快。吴小丽说头疼越来越厉害了，什么也不想吃，没胃口，还想吐，更不想动，你们吃吧。庞大凯无语了，老婆有病，他哪能丢下老婆自己大吃大喝啊，就说马上回去。胡云云听到他们的对话了，也赞成立即回宾馆。但她又提议，可以买些海鲜烤串，打包回去吃，小丽不想出门，见了好吃的，也许百病消除了。这提议不错，就一起商量着点了各种海鲜烧烤。服务员（也可能是老板）是个六十多岁的大叔，看他们点了不少，便说：“够了够了，你们一家三口够吃了。”胡云云偷笑一下，也没做解释，像是认同了“一家三口”的话，又点了一堆。

刚点完，老先生和另一个顾客发生了冲突，起因是，六个人，吃了七百八十元，付账的一个黑衣女士要求把零头去掉。老先生说不可以，又是鲍鱼又是海参的，不好去。同行的一个戴眼镜的男顾客可能是当地人，就不高兴了，用方言和老先生交涉，大概是本街本土的，要给他个面子云云。老先生不同意，再三说不赚钱，七百八就是七百八，明码标价，老少无欺。这个男顾客可能一定要找回面子，交涉的话越说越难听，变成了威胁。老先生不吃这一套。看老先生一直不松口，眼镜男发了怒，拿了一瓶啤酒摔在地上，开始威胁老先生。庞大凯就在他们边上，早就看不下去了，立即劝男顾客冷静。还对老先生说，零头就去了吧，我来给你补上。谁知这一句更是激怒了眼镜男，矛头立即对准了庞大凯，怒骂几句后，说："你算哪根葱啊？小瞧谁呀？凭你有钱啊？你让谁冷静？你有什么资格让我冷静？我 TM 不冷静不行吗？我 TM 就是要不冷静！"那火气是明显地蹿了出来。骂了还不够，又从地上捡起碎了一半的啤酒瓶，一副不管不顾要闹事的样子。胡云云立即抱住庞大凯的胳膊，另一只手揽着艾艾，拿她自己和女儿的身体护住庞大凯，也是怕庞大凯先动手，同时向对方发出一种信号，你还能打女人孩子不成？庞大凯被胡云云的行为吓住了，他感觉到胡云云抱紧他胳膊的胳膊在战栗，挽着他手的手也在战栗，不，是整个身体都在战栗。胡云云在战栗中，用眼神找到了开头要付账的黑衣女士，大声（变了腔）说："劝劝啊劝劝啊……不能打架。"老先生看事情要闹大，也赶紧表示把八十块钱零头抹掉，加上那个黑衣女士和同行的其他人拉走了眼镜男，这场风波才算平息。

7

在回民宿的路上，他们打了一辆车。是网约车，还算顺利。但是庞大凯和胡云云都闷闷不乐，原因和刚刚发生的风波有关，主要是，他们什么都没吃，本来点了一大堆海鲜，准备烤好带回来和吴小丽一起吃的，被眼镜男一闹，他们也不敢继续留在饭店了，怕眼镜男再回来报复，全退了，为此还被那位老先生一顿抱怨，大概是点了又退，不规矩。又说这种争执，在他们海鲜馆常常会发生，其他顾客最好不要插嘴——言下之意，庞大凯多管闲事了。

到了虾婆婆民宿门口下了车。胡云云抱着小艾艾——她在车上就睡着了，胡云云小声对庞大凯说："时间还不太晚，叫上小丽一起出去吃还是点回来吃?"

"我和小丽商量商量。"庞大凯觉得只能这样了——出来旅行，一大半是为了吃，尝尝外地的美食，旅游才有意义，所谓旅游，不就是从自己过腻了的地方，跑到别人过腻了的地方嘛，最大的差异，不就是为了一口吃?

可是，到了楼上，又发生了一件事，吴小丽的门反锁上，打不开了。庞大凯敲门也无济于事。贴耳在门上听听，屋里有动静，是电视机的声音。庞大凯又打吴小丽的手机，还是忙音状态——吴小丽的电话还在打。这电话打得也太久了。庞大凯没有办法，只好在走廊里等着。

走廊的另一面是玻璃墙，墙那边就是葱葱郁郁的山坡。天刚黑，夜晚的山坡上，虽然有灯光透出去，依然有的地方影影绰绰的朦胧，有的地方黑黝黝的怪异，甚至有的地方，比如山坡上方、灯光照不到之处，更散发出恐怖的气氛。从未见过这种夜色的庞大凯有些害怕，他看了一眼自己的房间门，还是紧紧地闭着，吴小丽的电话还在打吗？她一定是用耳机在和对方说话了。再看胡云云的房间，她抱着小艾艾进屋之后，门还开着一小半，留着能容一个人通过的缝。庞大凯的心里有了一点点底气。庞大凯眼一眨，那个门缝里露出一张脸，是胡云云的脸，胡云云小声说："要不要进来坐会儿？我刚打小丽手机了，还忙音——看来她是不想吃了，我可要饿死了。"

庞大凯就进去了。庞大凯这才要感念胡云云在海鲜馆里对他的保护，刚想说什么时，忽听到隔壁房间，也就是自己房间里响起大声的尖叫，接着就是吴小丽更为尖厉的呵斥和歇斯底里的诉说，没错，确实是吴小丽的声音。吴小丽反常的声音吓到了庞大凯和胡云云，好像他们两人干了什么错事一样，面面相觑。胡云云赶快看看睡着了的小艾艾，正不知如何是好时，吴小丽的声音突然又消失了，一连串急风暴雨的诉说，又归于平静。

庞大凯只好又赶快出去了，他站在自己的房间门口，不知是敲门，还是不敲门——他突然意识到，吴小丽在和宋老师不断的通话中，一定发生了什么事，而且还是不能让他知道的事，否则，吴小丽不会一直躲着他打电话。吴小丽和宋老师之间发生了什么事而又不能让他知道呢？

胡云云也跟过来了。胡云云谨慎地说："怎么样？"

庞大凯说："我再敲敲门。"

庞大凯这回的敲门声更重了，是用手掌在拍。屋里的吴小丽依旧没有动静。

"不会出什么事吧？"胡云云也把耳朵贴到门上了，还冲着门喊："吴小丽！"

这一喊，还真起了作用，稍许之后，门开了。吴小丽虽然脸色灰暗，却能看出来强作的镇静，她惊讶道："……哟，回来啦？艾艾……艾艾呢？"

"睡了——她没事儿，"胡云云狐疑地看着吴小丽，问道，"刚敲门你没听到？"

"没听到呀——打电话呢……你们吃啦？"

"吃什么吃呀，艾艾又睡了——我不出去了，点回来吃吧，看样子你也不想出去。"胡云云的话里有话。

"你们吃好了，我什么也不想吃，头都疼爆了。"吴小丽一脸苦相地说。

"那各自解决得了，我包里还有零食，对付点。不管你们了啊。再见，晚安。"胡云云说罢，回自己房间了——看出来，她也烦吴小丽了。

庞大凯进屋之后，对吴小丽刚刚的歇斯底里的尖叫无法理解，又看她强着镇静的样子更是无法理喻，只能含糊其词地问："怎么样啊？"

庞大凯的话里，明显是对吴小丽的怀疑——肯定不是什么头疼，肯定不是真生病了，肯定有什么难言之隐。

"没有什么怎么样，"吴小丽冷冷地说，"就是头疼，什么也不想吃了——我要休息。"

两个人都躺在床上。庞大凯明显感觉到吴小丽并没有睡着，可她背对着庞大凯，一动不动，连喘气声都隐忍着。庞大凯本想安慰她几句，随便安慰什么都行，关于宋老师的失约，关于做媒的事。但吴小丽显然不需要他的安慰了，她现在需要的，只是自己默默地承受。屋里好静啊，只有空调发出的微弱的声音，如果仔细听，还有一种说不清道不明的声音，忽有忽无的。但绝对不是吴小丽发出的，也不是他自己发出的，好像只是他耳朵接收的某种特别的信号。

这次蓄谋已久的旅行没有按照原计划完成，第二天下午，他们就赶回北京了。

很难讲述他们的心情，故事开始时就出现了状况，宋老师的失约只是序幕，紧接着一连串的事情都不能说是顺心，而吴小丽的身体不适和莫名其妙的呵斥、大叫，也一定和宋老师的失约有关。最无辜的是胡云云，关于吴小丽要为他们做媒的事，她是完全蒙在鼓里。她还不知道这几天一直被人议论，一直被评头论足，就像货架上的商品。本来胡云云可以留下来继续完成旅行计划，但是她也觉得吴小丽肯定遇到了什么事，加上她所说的身体不适，庞大凯是要陪她一起回京的。吴小丽和女儿留下来玩也不太合适，加上海鲜馆遇到的风险，也让她深感后怕，便也决定和他们一起回京了。庞大凯没有什么可抱怨的，出来玩就是要开心，不开心的旅行有什么意思呢？吴小丽的好事没有做成，还惹了一肚子气，把自己惹出了病，情绪不佳，要回京平复一下心境，恢复一下身体，也是必须的。好在这个暑假还长，还可以重新计划，只是，吴小丽的过度反常，还是像一个结，扣在了庞大凯的心里。

8

但是，出人意料的是，回京第二天，这次旅行的后遗症就显现出来了，不要说重新计划的旅行了，就连生活的平静也被彻底打破——吴小丽提出要和庞大凯分手，这简直就是晴天一声惊雷，庞大凯被吓住了。但很快又冷静了，他想到他们婚前的两条约定，一是如果一方觉得不合适了，就要对另一方放手；二就是如前所述的“丁克”。“丁克”当然是在第一条有保证的前提下执行的，如果第一条不存在，就不会有第二条。所以关于第一条，结婚四五年来，他们都小心地维系着，能够做到互相迁就和原谅，也试着深入理解对方的想法并达成某种默契。但是吴小丽突然提出离婚，还是让庞大凯深感吃惊，并认真回顾了这场不算短的婚姻，实在也找不出哪里出了问题，裂痕又是从何处开始，又是为何到了离婚的境地，莫非就是这次连云港之行？莫非是他对她照顾不周？她头疼，后来还伴随着呕吐，他是要带她去看医生的呀？是她坚决不去的嘛，还难听地怼了庞大凯，死不了！那又是为什么呢？肯定是有原因的，只是庞大凯不知道罢了。看着吴小丽立即从他们的合租房搬走，庞大凯觉得一切已经无可挽回，也只能遂了吴小丽的心愿和她一起办了该办的手续——从连云港回来刚好一周，整个人生就进行到另一条道上了。

当庞大凯和吴小丽从民政大厅出来时，庞大凯还是不甘心，问吴小丽究竟是为什么。吴小丽态度也平缓了很多，静静地说：“就是不爱你了，没有别的。我也不想说对不起一类的话，你能让我不爱你，肯定也有你的问题……不对不对，你没问题……都这样了，要恨就恨我吧，是我先提出的。祝你好运。”

9

庞大凯面对突然空空荡荡的家，心情抑郁，禁不住有一种失败感。

奇怪的是，吴小丽刚一离开，家里居然没有她留下的任何痕迹，连气味也随之消失了。庞大凯知道，此后他要独自面对生活了，便开始收拾房间，在整理行李箱时，发现一件女式的白色衬衫。他的旅行箱里怎么会有一件女式衬衫？显然这件衬衫不是吴小丽的，吴小丽没有这种颜色和款式的衬衫，他开始回忆，好在从连云港回来才一个多星期，记忆的河流很快就回溯到去连云港的高铁上，在稀稀落落的车厢里，吴小丽和胡云云聊天时，是他带着小艾艾玩并同时睡着的。醒来时，小艾艾被胡云云抱走，大家又都在急慌慌整理行李准备下车，他就把胡云云盖在小艾艾身上其实也是盖在他身上的衬衫塞进旅行箱里了。在短暂的旅行中，他并没有仔细查看行李箱，也就没有发现衬衫并及时还给胡云云。当这件衬衫重新出现时，他的生活已经发生了巨大的变化。他已经不是一周前的那个他了，是一名离婚男人了。于是记忆的河流又开始泛滥，“潮间带”海鲜馆里的一幕再现眼前，胡云云在惊慌中和他紧紧相挽相拥的画面成为了一道美丽的风景，而她挺身而出的勇气再次震撼了他，同时她抓他胳膊时的战栗，又觉得她是真实的女人，有担当，又胆怯。庞大凯就想给胡云云打电话，要把衬衫还给她，顺便，也向她倾诉一下心里的苦楚——好端端的婚姻突然就没了，前妻的好闺密或许能知道一些原因吧。电话打通了，胡云云没有犹豫就让他过去，还说：“怪不得找不到衬衫嘛，原来是你帮我保存着了，谢谢啊，正好艾艾也想你了，一大早还问大凯叔叔呢。”

“是吗？我也想艾艾了……”庞大凯突然觉得不妥，改口道，“你女儿挺乖的。”

当庞大凯带着衬衫来到胡云云家的时候，胡云云已经在客厅的茶几上摆上了水果，泡好了茶。在胡云云开门的一瞬间，庞大凯看到这温馨的场景，心里一软，情感瞬间垮塌，差一点就要把胡云云揽在怀里。

胡云云打扮过了，穿着一件低胸的连衣裙，还上了淡妆，她比庞大凯见到的任何时候都要漂亮，都要妩媚。庞大凯不傻，他觉得她就是专为他打扮的。庞大凯的心跳突然欢快起来。

“请坐请坐。”胡云云也略有慌乱。

“艾艾呢？”

“上小小兴趣班去了，学折纸游戏呢，等会儿去接她。”胡云云说。

还没等庞大凯问，胡云云就在稍一踟蹰后，说起了吴小丽。果然如庞大凯所料，胡云云居然比庞大凯只迟一天就知道他和吴小丽的婚姻走到了尽头——也难怪，吴小丽什么话都会跟胡云云说的。但胡云云只告诉庞大凯，吴小丽是在旅行途中，发现自己怀孕了的。庞大凯听了，这才恍然，怪不得一到目的地，一住进宾馆，吴小丽人就“病”了嘛，而且一直在打电话，一直躲在屋里打电话，一定是在和让她怀孕的那个人商量对策，意见不合时，又发出尖厉的叫声。庞大凯从胡云云的表情上看出来，吴小丽的怀孕一定和他无关，否则，胡云云不会把目光望向别处。

“谁？那个人是谁？”庞大凯问胡云云。

胡云云说：“小丽只说是同事，具体是谁小丽不愿说。”

庞大凯所有的火气和怨恨，此时已经无处发泄了，不用多想，他就想到了宋老师。原来所谓的“丁克”，只是吴小丽的幌子而已，她和同事宋老师早已暗度陈仓。庞大凯以为胡云云一定知道更多的秘密。但他又突然觉得，此时再知道这个秘密，已毫无意义了，想问的话，到了嘴边，还是憋了回去，眼前的胡云云，反而明亮起来。

聪明的胡云云似乎知道庞大凯想什么，轻声道：“就算知道是谁……又能如何？这样最好。”

好吧，庞大凯发现胡云云躲闪的目光了，这才想起他此行的另一个目的，说：“我帮你把衬衫带来了。”说罢，把手里的一个纸袋（从进门到现在，纸袋一直在他手里拎着）递给胡云云，看胡云云并没有要接的意思，就放到了茶几上，迅速地站了起来，作势要走。

胡云云这才说：“就要走啦？还没喝杯茶呢……水果也没吃……对不起，我多说了小丽的事……谢谢你啊……还专门跑一趟。”

庞大凯说：“谢谢你……”

庞大凯本想说，让我知道了真相，可并未完全知道真相。这已经够了，他看到胡云云的目光时，又慢慢地坐了下来，眼泪也随之注瞒了眼眶。胡云云也慌了，赶快给他抽纸巾，帮他拭泪。庞大凯没有让她拭泪，却抱住了她。庞大凯哽咽着说：“等会儿……我和你一起去接艾艾……好吗?”

10

暑假过后的新学期一眨眼就过半了。又一眨眼，寒假跟着来临。

“一眨眼”这个时间词，不是庞大凯发明的。对于庞大凯来说，生活和节气一样，反差很大，都是一眨眼的事。按说，庞大凯对于假期应该没有什么概念，他不在学校工作，又没有孩子上学。但是艾艾是有假期的，她是幼儿园中班的学生了。如果按照庞大凯掌握的一眨眼的时间词计算，再几个眨眼，艾艾就要上小学了。

现在，还只是春节临近的某一天，上午，阳光很好，比平时都好，暖洋洋的。庞大凯和胡云云带着艾艾，一起来到妇幼保健站，他们是来做孕期检查的——胡云云怀孕的肚子已经出怀，约有五个月了。

庞大凯是带着胡云云来做孕检的。没错，确实是庞大凯在搀着胡云云——真实的故事就是这样的，庞大凯和胡云云早在暑假里就结婚了。

妇幼保健站出出进进的全是大肚子。庞大凯对于胡云云如此容易怀孕非常开心，每次来妇幼保健站都是像保护大熊猫一样地悉心呵护，同时对于此前的“丁克”思想又感到多么的幼稚和可笑——所谓“丁克”，那是因为没有遇到对的人嘛，或者说是因为遇到的人不愿意为他怀孕嘛。

当庞大凯一手牵着小艾艾，另一条胳膊和胡云云互挽着从妇幼保健站出来时，和进来的另一个大肚子迎面相遇了。这个大肚子和其他大肚子一样，身边也有一个充当保镖的丈夫。这一对儿，庞大凯都认识，这不是吴小丽和宋老师吗？庞大凯惊讶了。和他同样惊讶的是吴小丽和宋老师。当然当然，也包括胡云云。胡云云不认识宋老师，但她认识吴小丽啊，这个口口声声“丁克”的前闺密，不但婚内出轨和别人怀孕，还很快结婚了。关于结婚的事，可没对她这个闺密透露一点口风啊，就是说，她不“丁克”啦？但是胡云云还是尴尬地没有和吴小丽打招呼，因为她和庞大凯结婚的事，她也没有告诉吴小丽。而此时的尴尬是真实的，毕竟吴小丽的前夫就在自己的身边，就是自己的现任。他们都看到对方了，就在互相好奇和尴尬中擦肩而过了。

2022 年 6 月 26 日晚上九时初稿于北京像素

2022 年 9 月 29 日修改

巧克力

1

葛大华还不知道，凌晨五点十分，他是第一个走进地铁六号线草房站的乘客。在闪身进站的时候，葛大华的心也被闪了一下——就这么离开啦？他身后的天还没有亮，朝阳北路上还没有行人，车辆也很稀少，街灯和他一样疲惫、寒冷，一样了无生机、苍白无力、缺少趣味；街灯下的街道、建筑、树木和绿化带，同样的冷若冰霜，枝干萧条，不像要跟他惜别的样子，甚至根本无视他这个异乡的青年。

这是一趟始发车，空荡荡的车厢里，只有葛大华一个人，还有他的一个行李箱。

地铁在接下来的两三个站都没有上人。到了青年路站，突然拥上来五六个青壮男人。而且很巧地都在他这节车厢里，又很巧地坐在他边上和对面。葛大华看了看这群人，虽然相貌不同，也穿着不同的衣服，但身上的灰尘都一样。或者那不叫灰尘，是建筑工地上新鲜的遗留物，粉末状的，灰不灰、黄不黄的，染在鞋子、裤脚和帽子上。坐在葛大华身边的一个青年，年龄和他相仿，看到葛大华在看他，迅速朝另一端移了一屁股。葛大华和他之间，本来已经空了一个座位，他还是移了一屁股，留下两个空位的距离。葛大华有点过意不去——他并不是嫌弃对方，而对方自知身上的脏而离他更远点。葛大华本想朝他笑笑表示歉意。但那笑没有笑出来，因为对方已经闭上眼睛睡觉了。这睡速，太快了，眼一闭，睡着了。葛大华感到奇怪，又看对面。对面几个人都在看他，齐刷刷地看他。葛大华心里发虚，怎么啦？是哪儿不对吗？抑或是他让青年移了一屁股的眼神激怒了他们？他们这报复的眼神也太整齐划一了吧？但是，他们表情也并无恶意。葛大华就把刚才没有笑出来的笑，重新献给了他们。葛大华发现，他们中的一两个人，回应了他的笑，其中有一个是中年人。

“这么早就上班啦？”葛大华没话找话地说。

那个回应他一笑的中年人继续微笑着说：“不是上班，是下班。”

“下班？干了通宵？”葛大华没有想到他们是刚下班，吃惊之余，迅速联想到自己的工作。来北京四个多月了，不是在找工作就是在找工作的路上，一直没有稳定下来。

“对，”中年人不是想象中的相貌粗犷的体力劳动者，他语调平稳、态度自然地说，“其实就是夜工。我们在青年路大悦城搞室内装修——白天人家要营业，只能夜里干。”

“夜里工作……工资高吧？”葛大华问了个敏感的话题。

“高吗？三百到六百吧。”中年人说过，又自我满足地说，“还行。”

“三百到六百？一个月？”

“一天。”

葛大华更吃惊了，一天六百？就算三百，一个月也有九千啊，刨去双休，那也不少啊。回想起到北京后的几份工作，先是在国贸附近的写字楼里发推销办公设备的广告，又把范围逐渐扩大到整个朝阳区的各幢写字楼，半个月只拿了两千多块钱。后来他不干了，想做一个文员，就像那些都市电视剧里的时尚男女，在咖啡馆里喝喝咖啡、在酒吧里碰几杯啤酒，就把业务谈成了，还经常出入高档会所和特色餐厅。可他找不到这样的工作，这样的工作电视剧里到处都是，现实生活中不知隐藏到哪里了。后来到了一个房屋中介公司，干了几天也不是他想要的。最后一份工作是在小区里送水，一送就是一个多月。刚干时天气还很热，还穿着 T 恤，一动一身臭汗。不久就进入 10 月，又转眼，11 月了，寒风料峭起来。前两天跟妈妈通电话，妈妈问他工作怎么样，他还未回答就流泪了。他强作镇静地说工作还行。妈妈又问做什么工作，他吞吞吐吐最终没有说。妈妈就明白了，就让他回家，说家里什么都好。他本想顺口就答应，可他不想顺这个口。妈妈又说：“你黄姨也打听你呢，她独生女儿不是你初中同学吗？人家和她爸一起，铜雕生意越做越好了，现在是‘非遗’传承人了。那天她来咱家玩，还问起你呢。她叫什么名字？”葛大华知道妈妈是在故意套问他，便遂了妈妈的心愿，说：“小静。”妈妈高兴了：“对呀，你还记得她。回来吧儿子，小静多有出息啊。你也可以跟你爸学手艺，做个传承人嘛，要不，就继续画画，你老师都夸你有画画天赋呢。”葛大华就答应了。答应过后又纠结了，不甘心回到那座海边小城，不甘心回到父母身边，不甘心像他父亲一样，做竹雕、扇子生意，也不想跟他师父学画画——那是他小学时的老师，虽然老师夸他有天赋，但他终究没走从艺这条路。他太熟悉他们一成不变的生存现状了，比如父母，做各种雕件、扇骨，也做成扇，传承几代人了。他不想做那种传承人。而妈妈三番五次提到的小静，他也知道妈妈的意思，但她对小静没有什么好印象，不是她不漂亮，也不是她没有才华，就是没有好印象，简单说，就是没有冲动的感觉，没有冲动，还叫什么爱情？但纠结了两天，他还是顺从了妈妈的意愿，起了个大早，上了今天凌晨的早班地铁。可对面这帮夜间工作者所说的收入，又让他动心了。来北京四个多月，空着口袋回家也就罢了，还把出来时妈妈给的一万块钱也花光了。现在，除了行李箱，把支付宝、微信和口袋里的现金加在一起，也就三百块钱。三百块钱能干什么？相当于身无分文了。是为小静回去的吗？可他心里也并不认可呀。

“你们还要人吗？”葛大华心头燃起希望，斗胆问了句。

“就你？”中年人打量他一眼，“这可是吃苦的活。”

“我能干。一天真是六百块吗？”葛大华心里紧张一下。

“哈哈，”速睡青年闭着眼睛笑了，他乐不可支地说，“就朱头能赚六百，他们几个不是四百就是四百五，我没技术，最少，三百。三百就是我。朱头是我们的头，玩技术的。你要找事干，加他微信。”

葛大华惊异于速睡青年的特异功能，不但闭眼就睡，而且耳朵还清醒着，还指挥嘴巴说话。葛大华对速睡青年迅速有了好感，对这帮夜间工作者也有了好感，便拿出手机，打开微信码，递到朱头面前。

2

那个叫朱头的中年人，在金台路站转地铁十四号线了。其他人有的转，有的没转。葛大华也转十四号线。他要到北京南站乘高铁。但是，葛大华没去北京南站，他在蒲黄榆站随着朱头也下车了。朱头出站后迅速消失在北京的清晨里。葛大华出站后只能徘徊在清晨的大街上。葛大华没有徘徊多久，他就在街边的一处小广场上停住了。广场边的条椅上有一老者在练坐功，边上的一条狗——边牧，也陪着坐。葛大华便在另一张条椅上坐下。他要好好理理头绪，回家还是不回家……回家又怎么样？不回家又怎么样？

决定了，不回。葛大华内心的某种声音异常的坚决。

葛大华不知哪来的勇气，拿出手机，把高铁票退了。他要继续在北京打拼，跟朱头他们做夜工，哪怕像那个速睡青年一样拿最少的一天三百块钱，也要再干两个月——还有两个多月才过年，这两个多月里，也许还有变数，还有机会在等着他。哪怕两个月后回家过年时能带一万多块钱，脸上还有点面子呀。他又给妈妈回了微信，说不回家了。老板不让回。又说工作很忙，春节才能回。妈妈叹气，还说小静多好啊，葛大华便不接茬了。妈妈还是不放心，一定要问个水落石出来："你到底做什么工作啊?"葛大华说："还能什么工作？大学里不是学建筑工程嘛，在做设计。妈，不多说……挂啦!"

直到这时候，葛大华还不知道朱头的工地要不要他。他只是凭直觉，觉得这个善面的朱头会招他，不然，不会加微信的。朱头的微信就叫朱头，而且头像也是一头卡通猪。这让他觉得这个人会好相处。朱的谐音是猪。朱头就是猪头。他能叫猪头，并且允许比他小二十多岁的下属直呼其绰号，这人至少不坏。葛大华就给朱头发微信，表示想在他手下工作。还把自己的学历和所学专业告诉了他。微信发出去了，葛大华也松一口气，感觉浑身轻松，心情自在。他抬头看看四周，练坐功的老者还在闭目练功，那条忠诚的边牧也一动不动。葛大华取下双肩包，拿出早点——昨天晚上准备的蛋挞，还有巧克力，一杯奶茶。葛大华先吃蛋挞和奶茶。对面的那条边牧看到他吃东西了，眼睛动了动，还向他微微歪歪脑袋。

有人从小广场穿过。

小广场那边是一个住宅区，有许多幢高大的楼房。楼房里的上班族，走出家门了，走出小区了，在小马路上走一截，几乎都是匆匆的，甚至是小跑的，然后，在十字路口那里开始分流。有一部分人，就是穿过小广场，去蒲黄榆地铁站的。葛大华喜欢看他们。每一个从他面前走过的人，他都看一眼。他对于能够早起去上班的人，有一种莫名其妙的崇敬，觉得这才是生活，这才是生活原来的样子。他虽然对即将到来的夜班工作还没有概念，至少，他也会像他们一样，走在匆匆上下班的路上了。

从绿化带那儿走来一个年轻姑娘，一看也是上班族，她穿白色羽绒服，戴一条浅黄色大围巾，普通的白色口罩，背一只黑色小包，长发似乎还没有梳理好，随意地散在脑后，披散在羽绒服的帽子上。她走路更急，双脚迈动频繁而凌乱，随时要拌蒜的样子，还瞄了一眼葛大华手里的巧克力。果然，她走到他面前时，一个趔趄，膝盖一软，趴下了，就在葛大华面前一步开外的地方，仿佛那巧克力有杀伤力似的，是一枚糖衣炮弹似的，一下就击中了她。

葛大华被惊吓到了，下意识地欲要扶她，手里那块巧克力无处安放，便含到嘴里。

葛大华就是含着巧克力把女孩拉起来的，把她拉到了条椅上。女孩坐在条椅上，脸色灰白，声音柔弱地要他的巧克力。葛大华赶快从包里又拿出一块。

吃了巧克力，女孩的神情恢复了自然，也有点不好意思，解释道："我没事……"

"你这是?"葛大华把剩下的蛋挞给她。

"谢谢。"她拿了一个蛋挞走了，带着小跑一样的步子。

葛大华觉得这天他遇到的人都有点儿意思，那个在地铁上速睡的青年，那个叫朱头的工头，对面十几米开外练坐功的老者，那条和老者并列而坐的边牧，还有这个想吃巧克力而碰瓷的漂亮女孩，都让他感到新奇和美好，让他觉得，这个北京初冬的清晨特别不一样。当然，有意思的还可以算上他，一个头一天买好高铁票准备回家的异乡青年，突然在临上车前又决定不回了，要去干建筑工程了——不是他在大学里学的那么高大上，搞设计、看图纸、造价预算什么的，不过是去干苦力，但是，这也是建筑工程的一部分啊，电话里对妈妈所说的干工程，也不算撒谎。

葛大华的手机叫了几声，一看，是朱头的微信。

朱头说："今天晚上八点半，在青年路大悦城南门口等我。身份证正反面拍照发我，现在就发，再发一张大头照来，先给你办施工证。"

这就是录用啦！葛大华忍着内心的激动，给看他的边牧一个飞吻，觉得好运气也有它的功劳，连带着又想到，也可能和那个玩碰瓷的女孩有关，又向意念中的女孩飞了个吻。

3

晚上，还没到八点，葛大华就来到大悦城南门了。他来早了。没办法，心急啊。

可是，朱头比他来得还早，正在大悦城南门的广场上。在朱头的身边，还有一个人，是一个三十岁左右的漂亮女人，穿着普通，烫染过的红头发很时尚。葛大华在看到他们时，他们俩正在争执什么，声音不大，却很激烈，女的甚至还推搡他一下，且眼含泪光。他们也看到葛大华了，是突然看到的，都不说话了。朱头跟葛大华举一下手，示意他过来。葛大华过去时，女人转身欲走。朱头跟她"哎"了一声。她又回身，从包里拿出一个胸牌，递给葛大华，才"噔噔噔"地走开了，朱头都没有跟她道个别，而且葛大华还明显看到，她急速走开时，抹了把泪。初来乍到，葛大华还猜不透他们是什么关系，如果是工作上的争执，似乎没有必要抹眼泪，更不会有推搡的动作；如果不是工作关系，他的胸牌又怎么会放在她的包里？甚至胸牌就是她办的也有可能。

查了行程码和健康宝，葛大华戴着胸牌，随着朱头来到工地。工地在四楼，三面都用彩色塑料编织布遮挡了。葛大华明白了，这是在给一家商铺装修，或者是在装修一家新商铺，除了地面瓷砖要重铺，还要给一面墙重新美化。葛大华领到的任务是接替速睡青年搬运沙灰和搅拌沙灰，而速睡青年调过去给那面墙刮腻子了。

没有什么了不起的。葛大华想，不就是搅拌沙灰嘛，他熟悉水泥和黄沙的配比，实习时也在工地上干过，不过那是机械化操作，不是人工的。

正点开工时间是晚间九点，这时候，商城里已空无一人，灯也关了一部分，只有他们施工的这块区域还亮如白昼。工人也都按点到了，是早上在地铁上见到的那几个人。

工作开始后，并没有像葛大华想的那么劳累。拌好一堆沙灰，再由他供应给铺地砖的工人使用。工人的身边有一个胶皮桶，只要胶皮桶里有沙灰，他就可以停下来休息——别的活他插不上手，只能看，有时候也在心里琢磨。速睡青年被调去刮腻子，工资可能也涨了，他便观察速睡青年刮腻子的技术。朱头在工地上晃晃，人就没了——可能别处还有工程。

上半夜，葛大华精神不错。但，从凌晨一点开始，他还是犯困了。累不怕，困，他就挺不住了，扶着铁锨就睡着了。可铁锨并不是固定在楼板上的，刚睡着，就要倒。有几次，差点就抱着锨柄栽倒在工人的胶皮桶里。工人说你得熬几夜才能习惯，坐地上睡会儿吧。葛大华就坐在地上睡着了。葛大华不知睡了多久，好像刚打个盹，就被朱头叫醒了。他不知道朱头什么时候来的。

朱头是用脚把他踢醒的。一看时间，快五点了，那也睡了有三四个小时了。葛大华心里油腻腻的，还想睡。可朱头安排他到地下二层停车场去搬黄沙和水泥。葛大华懵懵懂懂，摇摇晃晃，像是站不稳似的。朱头不放心，说："我带你去。"

电梯到地下二层很顺利，找到墙角堆放的黄沙和水泥也很顺利。就在准备搬运前，朱头问葛大华："你是大学生？你发我微信的简历上是学建筑的，那……你看得懂图纸？"

"当然。"说到自己的专业，葛大华困意顿消，正想等着朱头继续问，朱头却什么也不说了。

当朱头把一包水泥往平板小推车上搬的时候，意外发生了，靠墙码放的一人多高的水泥垛突然摇摇欲坠地要倒。朱头怀里还抱着一包水泥没有放下来，就用身体去扛。朱头太高估自己的力量了，他没有把欲倒的水泥包扛回去，反而加快了倒下的速度，七八包水泥直接把他压趴下了。

葛大华立马冲上去，把水泥包一包一包搬开。水泥包一包一百斤，像石头一样沉。

只露出一颗脑袋的朱头咬牙挺着，还不忘提醒葛大华："……小心啊。"

搬走压在朱头屁股上的最后那包水泥，葛大华把他拉了起来。

朱头右手抱着左边的肋骨，咬着牙皱着眉忍着痛说："这肋巴骨会不会断啊我去，疼啊。”

葛大华说：“去医院吧？”

“死不了。”朱头说，“装车，两包水泥，四袋黄沙。够下一班用就行了。”

葛大华一边推着重载平板车，一边还后怕，朱头要是被砸死了可怎么办？进入电梯，到了四楼，又到施工现场，时间已经过了下班的点了，工人们都走了。葛大华看朱头的手还扶在腰上，脸色发白，知道他还在忍着痛，心里由后怕，转成内疚，觉得，要不是朱头帮他，被砸在水泥包下的，就是他了。

4

朱头还是去医院了，是葛大华陪他去的。

验健康码，查核酸、挂号、急诊、拍片等一系列检查下来，已经是上午九点多了，结果是，朱头的一根肋骨骨折。医生开了药，挂上水，说要在医院观察几天。办好住院手续后，朱头就让葛大华回去好好睡一觉，夜里还要干活。朱头自我安慰地说：“就是肋骨上裂一个小口子，没大问题。”

葛大华想，那也是骨折啊。葛大华把片子拿起来看，看到那道头发丝一样的白线了，没有贯穿整根肋骨，大概一点五厘米长。葛大华说：“回去也是睡觉，我就在这儿陪陪你，万一有事，还好叫我。”

朱头想想也是。

葛大华是坐在一张方凳上、靠着墙闭上眼的——他也想有速睡青年的睡功，可听到朱头的电话响了。朱头接了电话，是有人怂恿他出来单独干，说他有那么多人脉，还有工人，自己当老板揽工程，能挣更多的钱。朱头说不，说跟着老板干省心。再说，所有的工程都要垫资，还要有懂技术的，他也没有那么多钱，也没有工程师，干个屁啊。朱头接完电话，又打了一个电话，似乎在跟一个女人说什么，挺温情地告诉对方，自己不小心摔了一跤，不过没有大碍，暂时在医院观察。对方可能要来看他吧，又说你也上班，别跑了。葛大华就是在朱头打电话中，睡着的。一睡着就开始做梦，他梦见一个女孩走进了病室，看到朱头就哭了。她移动着步子，那步子像是很沉重，手掩着面，一边走一边抹泪。朱头朝她笑着，抬抬手，不知是要招手还是要挥手，一副无处安放的样子，吞吞吐吐地说："看看，看看……看看，好好上你的班啊，跑大老远的，这儿有小葛呢。"

葛大华看走到朱头病床前的女孩太面熟了，那黄围巾、白羽绒服，还有走路的样子，这不是昨天早上在蒲黄榆路边小广场上吃了他一块巧克力的女孩吗？她怎么会在这里？怎么来看朱头啦？做梦也这么稀奇古怪吗？葛大华努力想从梦中醒来。可没想到这不是梦，这就是真实的世界。

女孩把一包东西放到病床上，对朱头说："爸，问你想吃什么也不说，随便买了，你挑着吃……啊，得谢谢小葛……哈……是你……是你……你就是小葛？"

葛大华还没有从惊异中回过神来，发现看过来的女孩也惊异了。葛大华像干了什么坏事一样心跳加速，慌张得不知道如何回应她了。

“我女儿，朱雁。”朱头看了看葛大华和女儿的表情，也奇怪地问，“你们……认识？”

朱雁的神色由惊异迅速转变成惊喜，又由惊喜转换成哭泣，呜呜咽咽停不下来地对葛大华说：“爸的微信里说是小葛送他来医院的……小葛就是你？昨天早上……那会儿时间太紧了，忘了感谢你……这也太巧了，谢谢你呀。”

朱头显然被女儿的状态搞蒙了，又是惊又是哭又是笑的，哪一个是真实的？同样被朱雁搞蒙的，还有葛大华。葛大华以为自己刚睡着就做了个梦，其实不是刚睡着，此时已经是中午了——整夜的劳作，让他一闭眼就睡深了，一睁眼，就看到朱雁了。朱雁的哭哭笑笑，让他心里也跟着一惊一乍、起起伏伏的，听了她的话，才觉得，她是在开心——哭是开心，笑也是开心。葛大华也觉得巧，怎么就像故意安排的一样？

朱雁突然想起什么，顺手拿过食品袋，在一堆食品里扒拉着，拿出一包饼干，说：“没有巧克力——下次再还你巧克力。请你吃个曲奇吧。”

葛大华一边摇头一边接到手里。

朱雁转头对朱头说，“爸，昨天我不是上班要迟到嘛，没有吃饭嘛，低血糖的毛病就犯了，头晕，脚飘，准备到地铁口买灌饼吃，刚撑到小广场上，没撑住，晕倒了，正好这个小葛有巧克力，哈哈，还有蛋挞，叫我抢走了，就缓过来了。正遗憾再也没法感谢他，没想到这家伙竟是你徒弟？爸，不会是你老人家故意安排的吧？爸，我再也不熬夜了……你别骂我……我要是不熬夜，就遇不上你的徒弟了。”

“我也昨天才认识小葛的，正好缺个工人，还有好几处工程要抢，就招他了。”朱头开心了，“雁儿，怎么能叫人家小葛这家伙啊，他帮了你，又帮了我，要谢谢小葛的。”

“不是谢了嘛！爸，我要上班。小葛，加个微信——我爸这个人挺好处的，辛苦你陪陪他了。晚上我再过来，请你吃饭。”

5

下午，葛大华在朱头的病房里又睡着了。睡醒时看到朱头也在睡。

葛大华怕弄出动静惊扰了朱头，就闭眼假寐，脑子里渐渐走出了朱雁。昨天的朱雁、今天的朱雁、要吃巧克力时的朱雁，交替着在他脑海中呈现。真是神奇，想到朱雁，朱雁的微信就到了，说晚上吃饺子。葛大华以为请吃饭要下馆子，没想到是吃饺子。饺子也不错。

饺子比朱雁先到。朱头和葛大华就先吃了。四份饺子，四种馅儿。一份十五个，朱头吃了一份后，要葛大华都吃了。葛大华也吃不了这么多啊。正在谦让的时候，朱雁到了。

朱雁就抱怨道：“爸，不吃就不吃，非劝啊？我带回家，煎着也好吃。”

朱头就不劝了。离去工地干活还早，朱头和葛大华聊天，说夜间的安全问题，提醒他打瞌睡时，当心别摔坏了，最好找个能靠着的地方睡。朱雁就责怪道，就你懂，人家这么大了睡觉还要你教？朱头又关照葛大华，不要和别人说他受伤的事。葛大华问怎么说。朱头说什么都不说。朱雁又怼道，说怎么啦？还有人敢扣你钱？敢告你状？不过小葛你不说也好，别让人觉得你跟我爸走得近。朱头又问葛大华，你在我这儿，能干多长时间？葛大华本想说干到过年时，突然看到朱雁投过来的目光了，还有脸上绷着的神色，便改了口，说："只要能干，就……就一直干。"

朱雁的脸上掠过一丝笑意。朱头也点点头。葛大华很庆幸自己的临时改口。

时间差不多了，葛大华要去干活了。

朱雁说："才几点？七点半，能走了。我跟你一起走。爸，你一个人没事吧？看你刚才走路挺好来着。我也问过护士了，说不做剧烈运动，就跟好人一样，还叫咱明天出院呢。出院不出院，你自己定。爸，我们先回啦。"

这家医院靠近地铁七号线，葛大华要转十四号线再转六号线才到达青年路大悦城，和朱雁要共乘一段时间，即七号线到十四号线，他就和朱雁一起拎着打包的饺子走了。

11 月末了，初冬的夜晚特别冷，风不大，却很硬，像刀子扎在脸上，扎在脖颈里。这条通往地铁口的小路上路灯昏黄，人很少，很静，少有的几棵树，叶子已经脱落得差不多了，树影子显得落寞而凄凉。葛大华能听到他和朱雁走路时发出的嚓啦嚓啦声。葛大华是第一次和女孩走在北京的街巷里，又是半生不熟的女孩，他浑身不自在，怕走快了，也怕走慢了；怕离她近了，又怕离她远了；怕走出声音，又怕走不出声音。后来走成一种比较舒服的状态是，两人几乎是并行着，而朱雁稍稍比她超前了三分之一步，两人的间距是相隔一个胳膊，最大拉到半个身位，最小也就是衣服相互摩擦一下。葛大华走得提心吊胆，怕这段路要走很长时间，又怕这段路很快走完，加上自己转乘还不太熟悉，又担心走错了路，心里犯起了疑虑。葛大华的心理活动立马被朱雁捕捉到了。朱雁说："怕我卖了你吧？你也不值几个钱……这条路近，比走大马路近。前边，不出巷口，一拐，出去就是地铁站口了。你是不是被人骗怕啦？你看姐是骗你的人吗？姐要是骗人也不骗你啊。我还要审审你呢，你这一身，都是牌子，三叶草鞋子，360 度袜子，羽绒服是大鹅牌的，这可是国际品牌哦，加拿大货，你不像是我爸一伙的人。说吧，你从哪儿来？今年多大岁数？为什么要潜伏在北京？为什么要打我爸的主意？为哪个组织服务？在接受谁的指使？真实任务是什么？准备什么时候完成？都给姐从实、立马、乖乖招来！"

葛大华已经发现了，这个朱雁说话不太节制，属于语言狂欢式的，看她年龄也不大，却像经历了不少世故，一口姐姐姐姐的，听了让人觉得好笑，谁大谁小还不好说呢，什么国际品牌啊？那不就是正常穿着？从小到大，衣服都是他妈妈打理的，牌子不牌子不讲究，也没有追求。还打她爸主意，这话从何说起？但是，朱雁的话，让他真以为自己接受某个组织的领导，是个潜京者了，心里有些害怕，看身边的朱雁，朱雁也毫不躲闪地看他，路灯下，她的眼睛一闪一闪的，追一句道：“讲啊。”葛大华可不想被她带偏，想了想，一本正经地告诉她，他是海州人，“〇〇后”，来北京不是潜伏，不是接受什么任务，是做工，在朱头手下干活，练练级，为将来发展打打基础。但是，葛大华的话也是讲了一半留了一半，他没有讲他的未来打算，他想自己创业，学以致用，在建筑工程上有所发展。当然，朱雁关心他所穿的衣装，他也没有暴露家世，没有讲他家是做竹雕、折扇生意的，仅竹雕产品就有传统的笔筒、臂搁等，还有纯属工艺品的各种雕件，如他爸雕刻的一件竹根镂空的八仙过海摆件，人物栩栩如生，在国内一次工艺大展上获得竹雕项目的金奖，被一个藏家当场以高价收藏。扇子更是拿手项目，特别是手工制作的扇骨，在整个制扇界都很有影响，在大骨上镶玉的工艺，更是受到收藏界的追捧。所以他父亲一心想让葛大华继承家业。但他志不在此，想自己打拼出一番天地来，于是大学一毕业就出来闯天下了。没想到天下并不好闯，正准备回家时，巧遇朱头一帮下夜班的工人，于是就成了现在这个样子。不过这些他都不想告诉朱雁，他和朱雁还没到说这些话的份上，便收着点锋芒说：“就是些普通的衣服嘛……来北京还能干吗？干活挣钱，回家过年。”

“哈哈，这个话好，干活挣钱，回家过年。”朱雁大笑间，身体不稳，挤了身边的葛大华，自然就抱住他的胳膊了，“看你正儿八经的样子，笑死我了——真以为我在审问你？”

葛大华不敢说话。不敢说话不是她的话不好回答，是胳膊在人家怀里，心太慌了。

朱雁说：“我送你去青年路大悦城吧，反正回家我也没事。”

上了地铁，到青年路站下车后，在站台上，朱雁说：“不送你上去了……对了，明天我休息，一早帮我爸办出院——我就是双休日忙，其他时间还好。”

6

让葛大华没想到的是，夜里十一点时，朱头到工地上了。

朱头是悄然出现在工地上的。朱头手里还拎着一个袋子，袋子里是卷起来的大大小小的几个大纸卷。葛大华凭着他的专业知道那些纸卷是施工图纸。怪不得朱头曾问他看懂看不懂图纸呢。葛大华刚要跟朱头说话，朱头做了个让他闭嘴的手势。朱头拎着包，在作业区转一圈，故意让施工人员看到他，还伸手在刮好腻子的墙上摸了摸，然后问：“还有多少天完工？这周差不多吧？”

“够呛。”有人说。

“一周内必须完工。我给通州那家工程催死了，过两天要带几个人先去开个工——那是个大工程。都尽点心啊，质量一定要保证，干完后，大家都过去。”朱头说罢，走了，没跟葛大华再打招呼。但是葛大华奇怪朱头是从哪里来的，肯定是从医院出来又拐到了哪里，因为他拎着的那个布袋子，在医院里，葛大华并没有看见过。那么，是在大悦城门口见过的那个神秘的红头发女人的？他们是什么关系呢？葛大华不想想下去，不想想别的女人，他在脑子里强行拉出了朱雁，他觉得朱雁比妈妈老提的小静更真实，更切近，更好看，也更让他心里惦念着。

朱头来了又走，只有葛大华知道朱头干什么去了——他从医院出来，肯定要回去的。葛大华听懂了朱头话里的意思。朱头说要到新工地开工。这个作业区，算上葛大华，只有七个人，是要从这儿带人走吗？还是另有工人？不会把他调走吧？葛大华想，调他去，说不定和那些图纸有关。

这时候，朱雁给他发来了微信语音。葛大华把语音转换成文字，看到这样的话："明早来我家，煎饺子给你吃，然后陪我一起去医院接我爸。好不好？麻烦你了。"

几个小时前，葛大华和朱雁在地铁站台上分手时，朱雁说她明天是休息日，要帮朱头办出院，心里还失落了一下，觉得朱头出院了，他就没有机会再和朱雁碰面了，也不好找见面的借口了。这下好了，明天一早要和朱雁一起去接朱头出院，心情大好，赶紧回复道："好呀好呀，发个定位和门牌号来。"

照例是凌晨五点下班。葛大华和大家一起，收拾好工具，走出了作业区。

从地铁十四号线蒲黄榆站出来，葛大华根据朱雁发来的定位图和门牌号码，找到了朱雁家——居然离蒲黄榆路的小花园很近。

"你嘴巴真长啊，饺子刚煎好。"朱雁一照面就说，像个大熟人一样，"去洗个手，开吃！"

吃饭时，朱雁并不急，说才七点钟，时间还早，咱们八点半前到医院就行。让老爸吃早餐，咱去办手续。朱雁的言下之意是，慢慢享受早餐。葛大华在吃早餐时，看到墙上有一幅少女的素描造像，很像朱雁，特别是那线条饱满棱角分明的嘴唇、活灵活现的大眼和刀削一样挺秀的鼻梁。葛大华从小学开始，就跟一个画扇面的老师学画画了，一学就学到了初中，工笔画的技艺已经掌握得很好了，对于墙上的这幅素描，凭葛大华对于绘画的理解，也是功力不浅的。

“这是你吧?”葛大华看着客厅墙上的素描说——其实已经肯定是她了。

“嘻嘻，知道谁画的?”

“你爸?”

“不对。”

葛大华想猜“你妈”，一想，她家似乎没有女主人，在医院里也没见过她妈，便不敢乱说，保守道：“猜不着了。”

“允许你猜三次。”朱雁眼神流露出期待。

葛大华不敢乱猜，看桌子上的煎饺和小菜，扯开话题道：“早饭真丰富啊!”

“干了一夜的活，肯定饿啊，多吃点。”朱雁说，她看着葛大华很香地吃饺子，脸上流露出怀念的神色道，“知道吗? 我人生第一个记忆，就是和妈妈一起包饺子，那是二十年前的事了，我们这儿还是一片农田，爸和妈结婚后，我们家成了拆迁户，那时我还没有出生，等回迁时，我都会爬了。可妈妈没有好命住进新房，回迁一年就病了，就一病不起，不到两年就走了，唉——不说不说不说……反正我最爱吃饺子了。”

朱雁的话，葛大华听懂了，这让葛大华再次联想到那个红头发的女人，总觉得朱头有一些事情在悄悄进行中。朱雁说葛大华是个潜伏者，朱头才更像一个做秘密工作的人。

7

真是想到什么就会有什么——到了朱头的病房，突然又看到那个红头发的年轻女人坐在床边和朱头说着什么，身体凑得很近，声音很细小，像是在商量着什么事。红头发女人见葛大华和朱雁进来了，极不自然，招呼都不打，起身就走。可能觉得太没有礼貌了吧，到门口又回头朝他们一笑——实际上只是朝葛大华一笑，因为朱雁已经拿眼神在审视朱头了。红头发女人穿一件黑色的长款羽绒服，围一条灰色围巾，嘴唇涂得浓艳，很红。葛大华发现朱雁在看这个女人时，愣了一下。

红头发女人走后，朱雁继续用疑问的眼神看着朱头。葛大华便知道，朱雁不认识她。

朱头略显尴尬，说了句“这么早就来啦”之后，没有回应朱雁的眼神，只顾低头吃朱雁带来的早餐。

朱雁是在朱头吃早餐的时候，带着疑虑的神情和葛大华去办理出院手续的。

在葛大华和朱雁的陪同下，朱头回家了，是叫了一辆滴滴快车。在车上，大家都沉默着不说话。葛大华还想，如果他不在场，朱雁会不会问朱头，那个女人是谁？或者，朱头会主动告诉女儿真相的。其实，所谓真相，无论是葛大华，还是朱雁，都心知肚明，只是都不想点破而已。

到家后，朱头没话找话地说："不该去医院，上当了，白花钱了。"

"哪里就上当啦？观察一下还是放心的。"朱雁说，又一语双关道，"再说了，还有人去看你呢。"

朱雁的话当然是有所指的。但是，朱头不敢接茬，他一头钻进了自己的房间，声音从房间里传出来："小葛，你随意啊。雁儿，给小葛倒点水，我累了，要睡一会儿。"

葛大华知道，朱头所说的"睡一会儿"，也兼有躲着朱雁的意思。

葛大华也犯困了。在滴滴快车上就犯困了，怕到朱雁家坚持不住——这会儿更是忍不住困，看客厅里的沙发，真想倒在沙发上睡一觉。

"你也困了吧？哈哈，瞧我爸，多关心你……你要不要也睡一会儿？要不在沙发上躺一躺吧……不行，当心受凉——我家暖气不大好。"朱雁盯着葛大华，恍然道："干一夜活，又忙到现在，肯定累了，去房里睡吧，没人敢打扰你——放心睡，中午我做好吃的。"

葛大华心里一惊，在女生的房间里睡觉，他可没敢想过。葛大华一早就观察清楚了，这是一套两室两厅的房子，客厅不大，很紧凑。除了那幅素描外，没有其他装饰。两间卧室，朱头一间，另一间就是朱雁的了。在朱雁的房间睡觉，不妥吧？可又不知有什么不妥。人一旦困了，智商就下降，正在他犹豫不决的时候，朱雁就推着葛大华走了，朱雁说："去吧去吧，我的房间里又没有老虎，吃不了你。安心睡，放心睡，躺平了睡，我在外面追剧，给你看门，吃饭时再叫醒你们。”

朱雁说的“你们”，也包括在另一个房间睡觉的朱头了。

进了朱雁的房间，葛大华心跳突然加快起来。而朱雁在临关门时，朝葛大华扮了个鬼脸的甜甜的样子，和房间的气味颇为近似。

这么快就被朱家接纳啦？葛大华像在梦里一样，还没睡觉就做了个美梦。葛大华明显感觉到，朱头对于他来到家里，也表现出一副习以为常的样子，没拿他当外人。葛大华慌慌的心跳渐渐平复了，也认同了朱雁的热情，而中午还有一顿有可能更加丰盛的饭菜，也让他充满了期待。受到如此高规格的接待，葛大华有点猝不及防，仿佛接受了某种暗示，爱情的暗示。葛大华开始打量朱雁的闺房，一看就是典型女孩的房间，床上用品十分朴素，也十分整洁，是清一色的紫罗兰色调，床罩、被罩、枕头上都没有花纹，连两个抱枕也简朴中透出高雅和脱俗，仿佛一张不经修饰而天然美丽的脸。墙上也挂着一幅炭笔素描，素描主角也是朱雁。和客厅那幅不同的是，客厅那幅是面部肖像，这一幅兼带室外风光，而且是上彩的，仿佛一幅风景画——朱雁坐在秋千上，仰视着画外，目光悠闲中透着神往和期盼。地上是碧绿的草坪，秋千上还斜放着一本书，一只小猫躲在秋千下，调皮地试图够着那本书。葛大华走过去，切近地看看，他看到画上的铅笔签名了，居然是朱雁。作者就是朱雁。朱雁是画家，怪不得早上就让葛大华猜客厅的画是谁画的呢，怎么就没想到是朱雁亲自画的呢？真是反应迟顿。葛大华稍稍有点遗憾，一想，这样更好，有话题可说，午饭时，一定要夸夸她。再看写字台上，还有一叠画和几本关于画的书。这些画倒不是朱雁的画，画纸上有统一的标识："语美画室"。画纸底下有一行介绍"语美画室"的文字，原来这是一家做青少年美术培训的机构。葛大华明白了，朱雁是"语美画室"的美术老师。有一种像朱雁闺房一样的甜蜜感涌上葛大华的心头。而此时的葛大华，反而一点睡意都没有了。

8

一周以后，葛大华转白班了——青年路大悦城的工作结束了。整整一周，葛大华都没有和朱雁再见面——没有借口再去朱雁家了，尽管他很多时候都在想着朱雁，惦念着朱雁。

朱头倒是每天都到工地上去，他的伤情在好转。

朱头到工地也只是转一圈，对于葛大华的工作也没有特别的安排。直到工程结束后，他们整体转移到通州一家私人别墅搞室内外装修，因为要转班（夜班转白班），大家才放了一天假。但是朱头没让葛大华休假，而是把他叫到通州的那家别墅了，在那家硕大的私人别墅的一个房间里，朱头拿出几卷图纸，这是三层别墅加地下室的数十个房间的装修图纸，每一个房间都不一样，地下室也分几个区域，有停车库、练功房，还有台球室。朱头说："这个事就交给你了，明天开工时，还有工人来，有木工、瓦工，还有水管工。你要好好指导他们，一个房间一个房间怎么装修，要严格按照图纸走，明白啦?"

葛大华明白是明白了，可他这是第一次实际操作，心里没有底啊，这万一搞错了，就全砸了。正不知如何是好时，朱头又说："我这几天有事，可能过来少了，不懂的，打电话问我，我随时过来。"

朱头看来真的有事，说完就走了，把葛大华一个人孤零零地扔在工地上。葛大华就准备用这段时间，认真研究图纸。葛大华觉得自己的责任重大了，甚至觉得，这个工作不仅是给朱头干的，和朱雁也有那么一点关系了——让朱头轻松了，能减轻朱头的工作压力了，可不就是和朱雁也有关系了？让葛大华感到有一股神奇的力量的是，他刚想到了朱雁，朱雁的微信就到了："帅哥，忙啥呢？"

葛大华立即回道："不忙啥。"

"不忙啥……本姑娘欠你的巧克力要还你啊，能来我家一趟吗？"

朱雁的话一下就感染了葛大华，心里突然涌进一股比巧克力还甜的甜蜜，觉得隔了这么久，重提巧克力的事，肯定不仅仅是为了巧克力，便迫不及待地立即打通了朱雁的电话。朱雁也半秒都没有停顿就接听了。

葛大华说："我在工地呢，不过今天不上班，是……是加班，在看工程图纸。"

"不能来我家吗？"

葛大华听明白了，重点不是巧克力，重点是去她家。但葛大华还是幽默地说："巧克力我已经吃到了，留着你自己吃好啦。"

“啊？你吃到啦？”朱雁显然没有理解葛大华的幽默，“就算我不还你巧克力，你就不能再送我一回巧克力？你的巧克力好吃呢。”

葛大华这时候才听出来，朱雁的话恹恹的，提不起精神，甚至带着一点点哭腔，她这是生病了吗？怪不得提巧克力呢。葛大华心里一惊，问她：“怎么啦？”

“你来就知道了。”

葛大华说：“我这就过去。”

葛大华听到对方轻轻“嗯”一声，电话就挂断了。葛大华更加确认了朱雁的反常，就近到超市，买了一盒酒心巧克力，上了地铁六号线。

到了朱雁家，朱雁就哭了。这一哭就不可遏制，哭得稀里哗啦，哭得昏天黑地。在朱雁断断续续的讲述中，葛大华听明白了，今天一早，朱头临出门时，说有重要的话说。朱雁以为是父亲不同意她和葛大华的来往，其实她也并没有火急火燎地和葛大华怎样怎样，她觉得自己是不是过于主动了，小姑娘家家的，还是矜持一点好。便想好了话对付朱头。没想到谈话不是因为他们俩的恋爱，是朱头自己的恋爱。朱头要结婚了，他被一个女人感动了，水到渠成的，不结婚不行了。

葛大华听了，便问：“是不是那天在医院看到的红头发……”

“就是她。”朱雁抢答道，“他们都偷偷好了好几年了，我都一直不知道……我爸说，既然被我们撞见了，就没必要再瞒了——其实我挺佩服爸的——他居然敢瞒着我谈了一场地下恋爱，要不是受伤住院，真相还大白不了天下。我也真够粗心的……我说怎么经常会在咱家厨房看见地上有红头发呢，原来……原来……她才比我大八岁……我不想她当我妈……我想妈妈……可我爸也不能一个人过一辈子啊，是吧？嘤嘤嘤……”

朱雁像是笑又像是哭，她悄悄地靠近葛大华，把泪眼和笑脸轻轻伏进葛大华的怀里了。

葛大华也被这个故事感动了，他搂了搂朱雁，轻声道：“……是不是要祝福你爸啊？我还真带巧克力来了。”

“祝福我们也行啊。你不知道我爱吃巧克力？你不知道是你的巧克力救了我？我要把你也吃掉，你也是巧克力……”

朱雁说不下去了，她被葛大华粗暴地吻住了。

葛大华和朱雁是在凌乱的沙发上听到手机响的。葛大华摸过手机，看是妈妈打来的。葛大华不想接，他身边就是朱雁，他怕妈妈又提初中同学小静，又要让他回家继承家业。但朱雁把头发拢了一下，歪到他肩膀上，看了看正在振铃的手机，说：“接啊……妈妈的电话你敢不接？”

葛大华就接通了：“妈。”

“今天休息吧，儿子？”

“不休息，加班呢……在看图纸，是一家建筑的室内装修，图纸好多的，大工程，十几个房间的风格都不一样，老板把这个工作交给我了。”

“那不打扰了，好好工作吧……有事没事常给妈打打电话啊。”

电话挂断了，朱雁乐了：“撒谎了吧？你刚才看图纸，现在也看图纸啊？你的图纸呢？”

“你就是啊……”

葛大华胳膊一圈，又把朱雁揽到怀里了。

2022 年 3 月 29 日凌晨初稿于北京像素

2022 年 10 月 4 日修改，29 日再改

说话

1

陆大海住院了。

陆大海突然感到脚麻，不要说下床走路，连腿都抬不起来了，膝盖以下都是麻的。陆大海准备伸手去敲敲捏捏麻木的部位，可胳膊也抬不起来，勉强抬起来也使不上劲，整个半边身子，就不是他身体的一部分了，像是攀附在他身上和他无关的物体，一块海绵，一块没有知觉的塑料肉，说是什么都行，反正不是他的肌体。陆大海立即意识到出事了。还好，手机还能拿，他打电话要来了急救车。急救车来时，正好他也缓了点，勉强能开门。

到了医院就被收留了——脑血栓。幸亏血栓不大，没有完全堵死血管，否则，他连电话都打不成，只能等死。医生也说，危险，你命大。治疗方案也简单，先靠输液，把那片血栓击碎。后期再检查，确定下一步治疗方案。

陆大海年轻，刚刚三十五岁，身体像牛一样壮，喝半斤酒跟没喝一样，一斤才算是漱漱口，平时没人敢跟他拼酒。他自己做公司，全国各地图书馆招投标的公司，业务遍布天南海北。五年前公司有十多号人，还能称得上红红火火。三年前还有四五个人，能勉强维持。现在只有他一个人了，除了代账公司帮他做做账外，公司所有职务都由他一个人兼着，实际上，他也只是等着收账，催要前几年的应收款，否则，公司连存在都没必要了。陆大海除了没有老婆，其他的应有尽有，有房有车有存款，还有债务。债务也和应收款挂钩，回一笔款他就还一笔债。他坚决不动用所买的国债、企债、理财产品、大额存款这些有固定收入的投资。因为他早就算清楚了，他的应收款，超出了债务。既然应收款不是死账，都能慢慢地回，他的欠债也就慢慢地还。所以，新冠疫情这两三年，他过着优哉游哉的自由生活。想喝酒就喝喝酒，有时自己喝，有时找过去的老朋友喝。不喝酒就刷刷手机，看看抖音、短视频，偶尔也会看一部大片。他想等疫情过去，再做点什么，干老本行也行，注册新公司也行。要不找个女朋友结婚，过过家庭小日子，也是一个选项——就算过不到一起那就再离一次。可未承想，躲过了新冠感染，却没躲过脑血栓。

2

这是间双人病房。

除了陆大海外，还有一个女病人，住在靠窗的那张床上。在他一进来时，就发现这个女病人了。病房里有一个女病人，还是个漂亮、年轻的女病人，总比那些七老八十、咳咳嗽嗽、行动不便的老年病友要好多了。他不是歧视老年人，对年轻女病友的好感只是他的心理感受而已。按照他的经验，住同一个病区、同一间病房的，都应该是同一种病症——脑血栓。患过脑血栓的人，大都有后遗症。但是这个女病友，好像有点特别，或者后遗症不太明显——头一天他在输液的时候，就发现这个女病人能自理，嘴不斜、眼不歪，走路速度还快，娇小的身体非常灵便，就像没得过血栓一样，特别是那双眼睛，虽然不大，却黑而亮，很妩媚，这让陆大海心里充满愉悦感，就像自己病房里多了一朵鲜花。

但是，不过是睡了一夜，这朵鲜花就变成另一种植物了，天一亮，她就开始说话。

她和他一样，晚上也没有陪护，一个人躺在病床上，而且她没有主动把两张床之间的隔帘拉上，是护士进来测体温时才拉上的——天一亮，那个隔帘还是拉闭着，她就开始说个不停了。她隔着布帘说。布帘是纯绿色的，就是足球场上的那种绿，他不知道医院为什么要把隔帘弄得那么绿，白的不行吗？或者灰的？难道是要衬托她这朵花？可这朵花已经变成一只鸟，不停地鸣叫的鸟了。陆大海起初以为隔帘那边的女人是在跟他说话。陆大海认真听了听，不是在跟他说话。关键是，不管在跟谁说话，陆大海是一个字也听不懂。陆大海是东北人，长年住在燕郊，北方口音他都能听得懂。可女人不知是哪里口音，不像是苏浙沪一带的口音，他在新冠疫情之前经常去苏浙沪出差，因为那一带有钱人多，都能按规矩办事，生意相对好做，图书复本量大，回款也快，对那一带就有了好感，也学会用方言说几句问候语，更是能听懂一言半句。可隔帘后的女人不是说苏浙沪的方言。他又以为是闽南话，也不是。当然更不是广东话了。陆大海越是听不懂，就越好奇，虽然也说不上为什么好奇，总之，他是好奇了。好奇都能害死猫，何况他有可能比猫还好奇呢。还好，女人把隔帘拉开了，然后，靠在床头，继续说。虽然脑袋朝他侧歪着，但能感觉出，她是在自言自语。一个女人的自言自语，像鸟鸣一样停不下来，像鸟鸣一样在清晨的病房里悠悠回荡，这就是陆大海的感受。

陆大海没有像她那样靠在床头，而是躺在床上，看着她，努力地听。她酒红色的长头发有些凌乱，瘦小的脸藏在几缕柔顺的头发里，泛着淡淡的红，和长头发交相辉映。可能是说话久了，累了，急了，脸才憋红的。陆大海注视着她的嘴形，仿佛打通任督二脉一样，灵光一闪，突然意识到，她是不是在跟他说话？如果是在跟他说话，到现在一句都不搭理，也太无礼了吧？老实说，她虽然是一口鸟语，嗓音还是挺好听的，有韵味，稍带一点点磁性。陆大海看到她两片嘴唇都不再水灵鲜活了，灰突突很疲沓的样子，可能是长时间说话失水了，要是再说下去，就有可能萎缩了，萎缩成一张白纸片了。陆大海突然心生同情，赶紧从白色的夏被子里坐起来，郑重其事是地问："小姐姐是在说话吗？说啥呢？"

女人的声音并没有被他打断，继续按照原有的语调说，既没有抑扬，也没有顿挫。

"你是在跟我说话吗？"陆大海继续问。他昨天输了一天液，腿脚虽然还是麻，似乎恢复了不少知觉，至少，他可以随意动弹了，因此，还配合了手上动作。

女人的话还是停不下来，眼睛眨了眨，话音依旧是平平的。她在他的问话声中，身体渐渐往下缩，似乎要从宽大的病号服里滑落下去，被长发半遮的脸上，红晕已经消褪，或是被晦暗和失望取代。

“我听不懂你说什么，一个字也听不懂。你是在说话还是在……在准备说话？”陆大海有点着急，又怕她精神有什么不对头，怕她再说下去，干瘪的嘴唇真的变成两片纸，便善意地说：“别再说了，你累了，说太久了，或者，你说一句让我听得懂的话……等会儿再说好吗？要不要叫护士来？”

女人终于认清了现实，停止说话了。她眼睛盯了陆大海一会儿。陆大海不知道那眼神是什么意思，她黑眼珠太多了，眼神缺少变化，从她的眼神中无从判断她的喜怒哀乐。在陆大海的注视下，她把嘴唇紧紧地抿了一会儿，仿佛不紧紧抿着，忍不住还会说一样。在克制住自己不再说话并进入短暂的思考状态后，她开始行动了。她从床上下来，赤着脚，趿着红色的拖鞋，把隔帘重新闭合，踢踏踢踏地出去了，一会儿又回来了。陆大海只听到隔帘那一边响起细微的声响，各种声响，连续不断的声响，包括床头柜的闭合声。最后，出来的是另一个人，一个穿水红色帽衫、蓝色牛仔裤的女孩，身上还背一只旅行包，手里拎着一个手提袋。这是干什么？出院啦？还是大清早，医院还没有上班，她怎么就收拾东西走人啦？是不是违反院规？还有住院费，结了吗？女病友变成漂亮女孩的突然离开，让他心里陡生一种惜别之情。他下意识地跟她举举手。她连看都没看。陆大海只看到她屁股一扭，长发一甩，还有一闪而过的白色板鞋，然后病房里就空荡荡的了，像一朵花被打扫出去，连气息都没有留下。

3

上午十时许，陆大海正在输液的时候，新来了一个病友。这是一个老年病友，大约七十岁，穿一身咖啡色西装，白衬衫花领带，身材保持很好，没有发胖，也不瘦，满头黑发，怎么看都不像一个病人。可他确实是办了入院手续进来的。他一进来就自报家门："我叫何长德，荷花的荷去草头，就是数学课本里几何的何，长寿的寿，不不不，长寿的长，德高望重的……高，何长德。小伙子，你是什么血栓？脑血栓还好治，要是心脏栓了，就难说了。我有一个同事，就是心梗死的。当然，脑梗也会死人，多年前，和我同住一间病房的病友，就是脑梗，眼看着没有救过来。不过他年龄比较大，不像你年纪轻轻……叫什么名字？"

在他喋喋不休说话的当儿，陆大海就想，好嘛，走了一个爱说话想听懂却听不懂的漂亮女病友，又来了一个同样爱说不想听懂又字正腔圆说得明明白白的老年男病友。

"陆大海。陆，就是大陆的大……"陆大海像是受到感染一样，语无伦次了。

"慢着，缕一缕……你说错了。你脑梗不轻啊，大陆的陆，不是大陆的大，没有姓大的懂不懂？你姓陆，陆大海嘛，大海的大。"

何长德朝病床上一坐，把鞋子脱了，把腿搬到床上，兴致很高地说："脑梗，就别想好。我这脑梗是老病了，我三十五岁第一次得脑梗，以为治好了，没想到，隔了十年，四十五岁时，又犯了，你说气人不？老子以为现代医术高明，脑梗已经不是什么疑难杂症，治好就好了，都第二次了，不会再犯。可又过十年，在我五十五岁那年，又犯了第三次，你说巧不巧？十年一个周期，不多不少。好，老子认了，在六十五岁的时候，我提前两天住进了医院，等着你犯。嗨，这个脑梗还真听话，果然又犯了第四次。后天正好又是十年，我再来，提前两天等着……啊？我今年多大？乖乖，算错了，算错了，这个账算的，这才五年啊……我要出院……护士，护士！"

叫何长德的病友，小跑着离开了病房。

陆大海有点哭笑不得，真是什么病人都有。

陆大海看着被何长德坐过的病床，后悔早上没有搬过去。早上，女病友走后，他看看她床头的病历卡，知道她叫庞小朵。还知道庞小朵的年龄，只比他小两岁。那也不小了啊？可看上去不止小两岁，看上去，不过二十四五岁，像是小十岁的样子。女人的年龄真是个谜，不不不，女人就是谜，庞小朵就是个谜，住个医院也这么任性，说走就走了，说了一通谁也听不懂的话之后，抬脚就走。而且走后，让陆大海心里和她的病床一样，空荡荡的。陆大海之所以没有搬到靠窗的床上，是希望这个庞小朵还会回来。医院又不是超市，想进就进，想走就走，脑梗又不是一般的病，要是没治好，不但会落下后遗症，甚至还会复发——医生就是这么跟他说的。陆大海想，既然别的病人要进来，不，差一点就进来了，等输液结束，他就搬到靠窗的病床上去。

4

下午去做了几项检查，楼上楼下地跑，排队、叫号、取结果，折腾下来，好几个小时就过去了。等陆大海回到病房，发现他病床前的布帘拉上了，自己的东西，又回到他原来的病床上，散乱地堆着，一个双肩包，一个饭盒，一个平板，一个剃须刀，还有水杯和塑料袋里的零食，原本铺好的被褥也被移了过来，没有把床铺好，而是叠得齐齐整整的。

陆大海是午饭前搬到靠窗的病床上的，也得到了护士长的同意。他觉得靠窗的位置真是好，靠在床头，能看到远处的楼房和一截不长的街道，能看到街道上行驶的车辆和蚂蚁一样蠕动的行人。但他还没怎么好好欣赏，就被人霸道地抢占啦？不是抢占，是被驱赶出来。陆大海第一个想到的就是庞小朵，又觉得不会是她。一早才出院，哪能不撑一天就回来啦？他在搬床前，还问了护士，这个叫庞小朵的，是出院了吗？护士说是的，在手机上办的出院手续。这又悄悄潜回啦？陆大海既紧张又兴奋，还莫名其妙地抑制不住狂热的心跳，蹑手蹑脚地走过去，拨动一下隔帘，探进了脑袋，试图在不惊扰对方的前提下看看是谁。这一看，差点把他吓晕，但见庞小朵紧锁眉心、噘着嘴，朝他瞪着乌溜溜的大眼。不，那瞪眼的表情是事先做好了在等着他，明显是在发出警告，给他一个下马威。

陆大海没想到会遭遇这样的眼神杀，立即缩回脑袋。一想，不对呀，她凭什么这么凶？至少应该好说好商量吧？陆大海又把脑袋探进去，想说句什么，说句比较凶的话，把气势夺回来。可不知是紧张，还是没有想好，他露出的，却是尴尬的笑。而女孩眨了下眼睛，波俏中满是疑问。

陆大海只好退回到病床前，把尬笑，变成偷乐——这才是他内心的真实反应。要不要客套一句呢？欢迎回来？似乎不适合。你回来啦？也不对。什么话不说吗？那就什么话不说吧。

5

“你说笑死我了吧？”陆大海在讲故事给庞小朵听，讲早上庞小朵出院后，来的那个叫何长德的病友，讲了他的脑血栓每隔十年犯一次，从三十五岁，到六十五岁，时间卡得一天不差。最搞笑的，是这次刚隔了五年，何长德居然记错了，又来住院，准备在医院里迎接脑血栓的到来，就像多年前的一个约定。幸亏他记错了日期，否则，就不能和你做病友了，就是和何长德病床相挨了。在陆大海讲述的时候，庞小朵聚精会神地听，脸上始终是一个表情，就是聚精会神，一点变化都没有，连讲述者陆大海都有各种表情变化，她居然始终如一，静静的，一动不动的，说是聚精会神，也可以说是呆若木鸡。陆大海看她没有一点表情变化，以为是他讲得不好听，或者是，不应该用这种口气讲述同病相怜的病友。陆大海想起这一两天来，在走廊里看到的病友们，有歪嘴的，有斜眼的，有跛脚的，有胳膊弯曲的，有脖子拧不过来的，有脑袋横在肩上的，有一步只挪两三厘米的，还有在轮椅上被护工推着的。大家都是同一个病症落下的后遗症，没必要奚落人家。陆大海看庞小朵坐在床上，两腿耷拉着，两条臂膀交叉抱在胸前，一副慵懒、心不在焉、满不在乎和不屑一顾又生无可恋的样子，心里突然涌起一阵怜悯之情。陆大海多看了她几眼，其实她不是特别的瘦。瘦，只是假象，只是脸小造成的错觉，该丰满的地方也是丰满的，大腿，胯，特别是胸，由于她搂肩抱膀的特别姿势，小巧的胸部就有一种沉甸感。陆大海还特别观察她爱说话的嘴唇，也很发达，很丰润。陆大海上下移动地看她，觉得这样不好，赶快把目光移开，却不巧和她的眼睛产生了对视——她也在看他，而且是一直冷峻地在看，肯定也看到他的眼睛在看她敏感的部位了，似乎示威般地说，看够啦？陆大海猛然间意识到，她的形态和情状，是在报复，用沉默、冷眼相待在报复，报复他对她早上喋喋不休话语的熟视无睹。女人报复之心真的有这么强吗？陆大海仿佛听到庞小朵的身体语言在说，你早上不理我，气得我都提前出院了，现在，你厚皮老脸地来跟我说话，本姑娘也不理你，你讲你的，就是不搭理你。

好吧，你是对的。陆大海想，他乐意遭到这样的报应或惩罚，于是他声音轻巧而温柔地没话找话道：“小朵，叫你小朵可以吧？庞小朵，名字好可爱……你是怎么发的病？我意思是，你住院有多久啦？对了，你早上是在对我说话的吧？可是，我说了你不要不高兴，我真的没有听出来你是在跟我说话，我还以为你在自言自语，以为你在背诵外语。不，是在说鸟语，没听懂，真心没听懂。我不是故意的，不是要冒犯你，你这么可爱……我向你道歉。医生对我说了，让我再住院观察几天，没说几天是多少天，一周还是五天，可能还要有一阵子。还要和你做病友，真是……能做病友也是缘分是不是？十年才修得同船渡是不是？你不用说话……啊啊啊你可以说话的，我听不懂可以学着听，多听听，也许能听得懂。你真不说话啦？吃个水果吧？我这儿有西红柿，医生让我多吃点带颜色的水果和蔬菜，能起到软化血管的作用。你要不要来一个西红柿？”

任凭陆大海把嘴皮都说烂了，庞小朵就是不搭理他。

“好吧，你有说话的自由，也有不说话的自由。但总之是要说话的。你总不能一直不说话。你一直不说话就是哑巴了。你不说话也行。我就当你是个哑巴，可你总得眨个眼点个头吧嗒一下嘴吧？你什么表情都没有。你还看我。当然当然我也看你了。你还是挺好看的。可好看也不能不理人啊。”陆大海终于也是着急了，汗都出了一身。现在才是5月里，天气并不热，他已经出了一身大汗。他说太多太多的话了。他突然不能再说了。如果再说，就会乱说了，就把控不住自己的一张嘴了，就会把自己的嘴也说成两片薄薄的纸片了。可引诱不了她开口说话，他也不甘心的。要不要继续说？让陆大海没有想到的是，庞小朵把隔帘拉起来了——这就是彻底不理他了。她报复成功了，会不会在隔帘后偷乐呢？陆大海又想。

6

走廊里突然响起大吵大闹声。起初以为是三个人的一场乱战，听着听着，居然是一个人的声音。一个人在说话，像三个人在同时说话，这可是要功夫的，就是口技表演艺术家，也不一定有这个功夫。因为声音就在门口，或者是在隔壁的病房，陆大海正在迁怒于庞小朵的冷战，被突然而来的吵闹所扰，想着要不要出去看看。陆大海和大多数人一样，都喜欢看热闹。可陆大海还在犹豫的时候，只见绿色的隔帘一闪，冲出了庞小朵，她趿着拖鞋，动作麻利地就跑到了门口。她连长裤都没穿，也没有穿裙子，只穿一条运动短裤。陆大海看到她屁股、胯部和腰部分别夸张地扭动几下，人就扶着门框而立了。陆大海也从床上翻身而起，跑到门口，站在庞小朵的身后——他无处可站，总不能跑到走廊里吧？所以他的下巴就在庞小朵的脑袋上了。陆大海和庞小朵同时看到，走廊里有一个五十多岁的病人，一只手推着轮椅车，一只手拿着手机，一边缓慢地向前移动，一边大声地说话："……我同意了吗？我同意了吗？我没同意你就随随便便让陌生人到我的房间……跟你说过我的房间不用打扫……请阿姨就要打扫啊？要是请来工程队还能在我房间里盖楼啊？你这个熊女人，你这个熊女人，尽给我添乱，你是成心要把我气死啊……什么什么？胡说，你胡说，我就说你胡说，我屋里能有什么味？有味也是我自己的味，我自己的味我喜欢，你也不到我屋里，我也不请你到我屋里，关你什么屁事？我屋里那么多东西……不可能恢复原样的，我就是一张纸头，一根头发，也不许别人乱动。你这个糊涂的熊女人，你糊涂，就说你糊涂！我刚来住院你就这样害我，我不住了。我这就回家！我这就出院！你开车来带我回家！老子在医院门口等着！"

病人收了手机的时候，已经走过了三四个门。一个护士抱着几个空了的盐水瓶，从陆大海和庞小朵面前经过时，抿嘴而笑。有人提醒她，护士小姐姐，把他拉回来啊。护士小姐姐说：“老病号了。都知道他。走就走，明天还会来。”

陆大海听明白了，家里的老婆趁着先生刚来住院，就请阿姨把他的房间打扫了。先生生气了，院都不住了，推着轮椅就回家了。陆大海对于他的行为并不感到奇怪，让陆大海感到奇怪的是，病人说话的声调是三种不同声调的不停切换，特别是说重复句的时候，后一句压在前一句的尾巴上，三段音的有序重叠，像一曲三重唱。这也是脑血栓后遗症吗？

陆大海看他推着轮椅快到走廊尽头了，就拉了一下庞小朵，意思是回吧，别傻看了。

庞小朵转身从他胳肢窝里钻过去了。陆大海看到她低头钻过的时候，眼里噙着满满的泪水，低头的瞬间涌出了眼眶。陆大海不明白庞小朵为什么流泪。她确实是流泪了。陆大海看着庞小朵拭着泪走进隔帘的另一边，心里也跟着不好受起来。

7

又是一天了。

早上，没经过庞小朵同意，陆大海给她带了一份简单的早餐。陆大海不知道庞小朵爱吃什么，选了他自己爱吃的，两个豆腐卷，一份（6个）五香鹌鹑蛋，一份杂粮粥，还有一小份橄榄菜，虽然样数和分量都不多，估计也够她吃的了。要不要买两个肉包子呢？反正他早上是不吃肉的，也不喜欢肉包子的口感，不知道她的口味如何。带两个吧，有备无患，万一她喜欢吃呢？陆大海慌慌忙忙吃了点，赶紧回病房了。两三天来，庞小朵和陆大海一样，只是一个人在病房里，没有陪护，也没人探望，连一个问候电话都没接到，估计她是一个人生活，且性格内向，不愿意让别人知道她的病，什么事情都是自己干。昨天晚上看“三重唱”热闹时的突然流泪，可能就是过于孤独的原因。作为同室病友，给她带份早餐不过分吧？也算是一种关心和爱护吧？至于因为她不搭理而产生的不快，陆大海已经释怀，有来有回嘛，再说，女孩子，就要任性一点。

那道绿色的隔帘拉开了三分之一，说明她已经起床了。陆大海假咳一声，先给她送去一个信号，才说：“顺便给你带来了早餐。”

隔帘继续被拉开了，是全部，病房里一下子敞亮起来。庞小朵整个人也敞亮起来——今天她换了一身衣服，白T恤，灰布长裙，头发也扎成了高高的马尾巴，似乎还描过眉了。会有人来探望吗？有可能。不然不会一早就打扮的。她肯定是听懂陆大海的话了，赶紧把床头柜向床中间移了移，还把一个化妆包拿到枕头边，笑微微地说：“##!”

陆大海心里一惊。她说话了。更让陆大海心里一惊的是，她说什么？陆大海前天中午入院，到今天，只在昨天早上听她喋喋不休地说话，而且一直在说，此后就闭口不讲了。这脱口而出的两个字是什么话？像“姐姐”或“吉吉”或“切切”。陆大海只是心里疑惑着，不敢流露出听不懂来。但是，庞小朵却脸红了下，仿佛冒失了一般，只顾低头吃饭了。

陆大海虽然没听懂她的话。但她能接受他的早餐，也是让他开心的。他在她吃饭时，继续琢磨着刚才的两个字，琢磨着刚才的场景，陆大海恍然大悟了，她是说“谢谢”。她看到他带来的早餐，脱口而出了“谢谢”，又突然知道自己的话他听不懂，便紧张地脸红了。没错，她就是说“谢谢”。陆大海假装整理东西，又拿过平板，轻描淡写地说：“都是病友，谢啥呀，不用谢，以后早餐我给你包了。”

8

陆大海和庞小朵同时在输液。两个人一顺头地躺着。早餐“外交”很成功，两个人的距离虽然物理上依然没变，但是心灵距离却靠近了很多。陆大海已经意识到庞小朵不说话的原因了，她起先不知道自己的话别人听不懂，所以要说，不停地说，越是别人听不懂，她越要说。当她知道真相后，就不愿意再说话了。昨天晚上听推轮椅的病友一番慷慨激昂的陈词之后，更可能是受到他一个人能发出三种不同声音的三重唱之后，强烈的自卑感便让她潸然泪下。而早上他诚意满满的早餐，同样使她受到了触动。陆大海感知她的境遇之后，决定帮她。怎么帮呢？就从讲段子开始，诱导她多说话，只有说，不断地说，才有可能把发音咬准，所谓康复治疗，就应该这样吧？这个脑梗后遗症也是怪，有人走在腿上，有人走在胳膊上，有人走在脖子上，更极端的，走在生殖系统上，男的不能勃起，女的没有快感。而庞小朵，走在语言发音上。他要是没有及时救治，会走在哪里呢？细思极恐。陆大海不做假设，他要帮她。他已经讲过一个段子了，庞小朵听得懂，也不断地笑了。陆大海又讲了他的一个朋友，喜欢打麻将，因为有轻度癫痫病，打输了跟正常人一样，老老实实掏钱；如果打赢了，就有时候正常，有时候不正常了，特别是和了一把大牌，清一色或七大对什么的，有可能就抽了过去。抽过去也没事，朋友们都知道他，踢他两脚或揍他两拳就好了。不知为什么，这个段子庞小朵没有笑。

陆大海见她没有反应，甚至对这个段子还有反感，便转移话题，夸她今天漂亮："小朵你知道吗？早上我看到你都不敢认你了，前两天怎么没发现你这么漂亮呢？红嘴白牙的，裙子也好看，小T恤也很合体，像专门为你设计的一样，好看的身材都出来了。"

这已经不是陆大海第一次夸她了。但只有这一次最直接。

庞小朵羞涩地笑，像小小少女一样，看着陆大海，眨动着睫毛，等着陆大海继续夸。

陆大海受到鼓励，就形容道："这条裙子太好了，量身定制也达不到的效果，腰部没有皱褶，腰肢和腹部的线条像流水一样，又性感又迷人，臀部更是暴露得像水蜜桃，看上去圆润，咬一口甜甜的水蜜桃。"

庞小朵脸又红了，她终于还是没有忍住，脱口而出地说："&&！"

陆大海这回听得明白，她是在说"流氓"，发音成了"由昂"。陆大海也乐了，继续挑逗她说话："流氓？谁是流氓？才不是呢，我是正经人，从来不要流氓的。你才要流氓了。流氓！你流氓！”

“嫩由昂！”她立即就怼过来了。

“你，流，氓！”陆大海一字一顿地说。

她脸上的红晕渐渐散尽，很听话地很认真地学着他：“嫩，由，昂！”

“你，流，氓！”

“你，流，氓！”她终于把舌头别过来了，声带也别过来了，说清楚了。

“你流氓！”

“你流氓……哈哈哈，”她开心了，“你流氓你流氓你流氓你流氓！”

“谁流氓啊？”护士小姐姐也乐呵呵地进来了，她手里拿着吊水瓶。

“你流氓！”庞小朵乐不可支了——她是对护士小姐姐说的。

“好啊，我要把你两个分开，都成一对流氓了，搞不好病房就成洞房了。”护士小姐姐也是个成人之好的乐观派，被陆大海开玩笑也不恼，“你们两个干脆互为家属得了，就都不是流氓了，啊？我看很好。”

9

“你在干吗？”庞小朵问。

庞小朵的话虽然咬字不清，荒腔走板，陆大海还是听明白了。

陆大海和庞小朵说了一天又一晚上的话，他好像把一生的话都说尽了，可最后想想也没有多少句，只是在不断地纠正她的发音。陆大海说："还要说话呀？现在都几点啦？再说天就要亮了。小朵，我发觉我犯了一个大错误。知道吗？我们国家有多种方言，有粤语，有吴语，有闽南话，再细分，有苏州话，有温州话，有潮州话，有广州话，还有四川话、东北话，多么丰富好玩啊。就差你发明的庞语了。我不应该教你普通话，应该拿笔记下你的话，写成一篇学术报告，就说发现了新的方言语种，简称庞语。发明人，庞小朵。"

"不好，你欺负人。起来，说话！"

"好吧。"陆大海从床上爬起来，拉开了两张床之间的隔帘。

陆大海和庞小朵面对面地坐着。陆大海准备纠正她"不好"。她刚才把"不好"，说成"木袄"了。

"不好。"

"木袄。"

"不。"

"木。"

"不。"陆大海很有耐心，"不，看我嘴型，不，bu 不，第四声，不。不是 mu 木的木。"

陆大海把嘴凑过去，反复示范着。庞小朵也凑上来。两个人的嘴型在发音之后，都保持张开状，在练习了几次之后，随着心跳节奏的不断加速，情不自禁地粘到一起，发出的是另一种声音了。

10

护士小姐姐每天上班都是乐呵呵的，像是有没完没了的喜事一样。

陆大海懵懵懂懂地躺在病床上——他夜里几乎没睡觉，一直在和庞小朵练习说话，一直说到天亮，两个人都说累了。庞小朵累了也开心，她学会了很多话；很多话她说了，陆大海已经能听懂了。人一高兴，就精神爽，庞小朵要去给陆大海买早餐。陆大海就同意了。可在庞小朵走后，他又睡着了。护士小姐姐就是在他睡着时，走进病房的。护士小姐姐推了推蒙头盖腚的陆大海，说："46 床，46 床，庞小朵，打针啦。45 床呢？"

见人都睡死了，护士小姐姐就掀开被子，一看是 45 床的陆大海，大惊道："啊？你怎么睡在人家床上？滚起来！"

吓醒了的陆大海看是护士小姐姐，慌得立即跑到自己的病床上了。护士小姐姐看看狗窝一样的床，仿佛明白了什么，脸红脖子粗，非常生气地说："都几点啦？你们像不像话？这是医院，这是病房。"

陆大海赶快解释道："我们是在康复治疗，是在练习说话，我在教 46 床说话……"

"你说什么？"护士小姐姐惊讶了，像是遇到陌生人一样，"你说什么？一夜下来，不会说话啦？"

陆大海实在不能自圆其说，赶紧打岔道："她买早餐去了，46

床买早餐去了，马上就回来。我不是昨天帮她买了早餐吗？她今天要帮我带一份，这下听懂了吧？”

“真是遇到鬼了——你能不能说句人话？你说鸟语我能听得懂吗？”

陆大海被护士小姐姐的话惊住了——他的话，难道护士小姐姐没听懂？这时候，庞小朵回来了。庞小朵听到了护士小姐姐的话了，生气地抢步上前道：“谁说鸟语？谁说鸟语？你听不懂活该！对你说，今天不打针了，大海也不打，我们出院，吃过早餐，我们就出院了。”

“都说什么呀，莫名其妙——我去找护士长。”护士小姐姐都要哭了。

看着护士小姐姐走后，两人突然意识到什么，面面相觑，都愣住了。

2022 年 4 月 18 日晨初稿写于北京像素

2022 年 4 月 28 日改

偶遇

1

潮街在朝阳北路的边上。潮街不是有多潮才迷惑了董二豆，是潮街的水太深了，一直淹没到董二豆的脖子里，让他窒息了，魔幻了，才塑造出现在的董二豆来。

董二豆看起来有四十七八岁的样子。秃顶，或者不能叫秃顶，而是叫秃偏——秃顶秃成是“地中海”式的较为普遍。董二豆的秃顶不是秃在正中心，秃偏了，偏在左边，整个头的左侧秃了，大约占整个头部的三分之一强。董二豆年轻时喜欢留长发，向左梳，把左边的秃给盖住。后来觉得这样挺麻烦，要上强烈发胶才能固定住，否则风一吹，就现出原形，太费心了，加上女友们又不在乎，他干脆理了个光头。后来他看足球比赛，看到巴西球星罗纳尔多的莫西干式发型，觉得很逗，又很适合自己，立马仿效了一个，效果很好，秃掉的地方和理掉的地方正好对称。此后，他就以莫西干式的发型亮相了。他的莫西干经过多年演变和不断修正，成为了现在的盖碗盖式。简单说，就是在头顶正中间，留一个泡茶用的盖碗的盖子那么大面积的头发，且只有两毫米长，其他部位都刮得溜光。据他观察，和他类似的发型还没有。他觉得是罗纳尔多给他带来了好运，让他气质大变，便把董二豆改作董尔多了，发表诗歌或别的小文章时，就别署董尔多。不过在平时，大伙儿还是叫他董二豆。

董二豆的发型师就在潮街上——这个不是重点，可以略过不提。重点是董二豆因此就对潮街很熟悉了，但只限于很熟而已。潮街上许多时尚的馆子、商铺、店铺、健身房、咖啡店、烘焙店、酒吧、茶社、啤酒屋、电影厅、瘦臀体验馆等他只是经常从门前经过，烘焙店的香味、烤鱼馆的腥味还有茶社的清香、咖啡店的苦香，都曾飘进他灵敏的鼻孔，诱导过他发达的味蕾，但他只把口水吞咽进肚子里，不曾进去过，也未想着要进去品尝品尝。因为他过着极简的生活，奉行极简主义，这是他多年摸索出来的适合自己健康且可持续发展的生活。

董二豆本来在北京许多文化单位工作过，当过杂志的诗歌编辑，出版社的小说编辑，文化公司的出版人，还做过一个阶段的文化公司副总，最后都是因为各种原因而不能持久，短短四五年内换了七八家单位，最后发现没必要这么打拼，人生最重要的不是拥有多少钱财和干了多大的事业，而是拥有自由和充足的时间并享受生活。于是他开始重新打量、审视过去的生活，检讨走过的路，并着手编辑未来的规划，他发现，如果在北京稍偏的城乡结合部租一个开间，房租也就在两千五百块钱左右，一个月的生活费七八百块钱就够了，没错，就是七八百块钱，比如早餐，他只冲一碗麦片加一根香蕉或半个苹果，中午蒸一顿米饭，在米饭锅里放几片香肠和几片白萝卜（胡萝卜也可以，有时是南瓜），晚餐是不吃的。由于工作、读书常常至深夜，他一般给自己准备的夜宵是一小碗清汤面，偶尔加个荷包蛋。至于其他开销，似乎都没必要。于是他便坚持了这样的生活，并把体验极简主义生活的点点滴滴记录了下来，作为自己的总结和指南。他盘点了一下，平均下来，每年的稿费收入居然能够他的日常开销，甚至还小有盈余。

但不能省的开销他是不省的，比如理发。平时是自己在家打理，早上洗脸剃须时，顺便把头发也打理了——除头顶那一块而外。所以他的脸比别人的脸就大了很多。别人的脸只是脸，最多算上脖颈，而他的脸像地球仪一样是无边无际的，包括整个头部，都可称其为脸，或是脸的一部分了。因为他从未单独洗过头，都是在洗脸时顺手一带而过。他只在隔十五天左右去一趟潮街的美丽多丝美发店，把盖碗整修、打理一下，理发师也就格外地精细，因为充其量也就茶碗盖大，相比别人的一头浓发，那是赚大了。理完发，顺便在潮街上转转，看看，望望呆，偷看几眼美女，就成为他的一大乐趣了。

有一天，在潮街，董二豆发现二楼内走廊里，新开了一家图书馆，叫绿叶图书馆，年费只需一百六十八元即可免费看书。他本来不想办年卡，这种消费他极其警惕，对图书馆能有多少好书也不抱多少希望。但是进来看看时，他觉得这家图书馆的采购部很有眼光，所购图书都很有深度和意味，还有不少诗集是他特别喜欢的，比如鲍勃的《地下乡愁蓝调》，蒙塔莱的《生活之恶》，里尔克的

《致俄尔普斯的十四行诗》,《布劳提根诗选》《黑塞诗选》《佩索阿诗选》等，还有他朋友符力的诗集，这让他尤其感到亲切。最吸引他的，还是图书馆里边有一个自修空间，面积不小，有两三个小角落他特别喜欢，如果成为年卡会员，可以在里面待一天，读书写作都可。他视察一圈、询问几个问题之后，动心了，算了一笔账，如果天天来，一天只花四毛多钱，四毛钱啊，就可以利用图书馆的空间，这也太值了，还有免费开水和热饭的微波炉，加上有公共卫生间可用，把这些都算成费用，那是赚了。他当即办了年卡，成为VIP会员。此后，他每天十点准时报到，晚上九点离开，写写诗，看看书，刷刷手机，除了不需要过夜，这儿就是他的另一个家了。

2

5月的一天，阳光通透，空气澄明，下午五点多时，董二豆坐在图书馆东窗下，写了一首诗。这是一首好诗，董二豆感到浑身也像阳光一样通透了，心情大好，便愉快地去了趟卫生间。

没想到会在卫生间公共区域碰到许晨晨。

许晨晨是海商银行的工作人员，同时是董二豆的理财顾问，三十岁左右的样子。这“三十岁左右”也是让董二豆颇为为难的概念，三十不知是往左，还是往右，简单说，不知道是不到三十岁，还是三十多岁。从大概率来讲，许晨晨应该是三十多岁了，但也大不了多少。许晨晨除了身材好看，眼睛机灵，其他地方都很一般。不过在如今的口罩时代，相貌优势反而容易被人忽略，而身材和眼睛的好看就格外重要了——身材自不用说，甫一照面看到的就是身材，胸是胸腰是腰腿是腿的身材什么时候都令人赏心悦目。眼睛更是心灵的窗户，在脸上只有眼睛可以外露的疫情时代，有一双灵动而妩媚的眼睛，会给人带来无限的好感。再说董二豆不仅是个极简主义者，还是一个局部美的推崇者——他曾跟踪一个臀部像水蜜桃一样的细腰长腿女孩足足有三站地。所以，董二豆看到许晨晨时，好心情就像刚刚完成的那首诗，或者是在好心情的基础上又加深了一层，给他带来极度的愉悦和美好，就惊讶地啊啊啊啊啊啊着，想说一句什么的，可能意识到身处卫生间的过道，说什么也不大好吧，就接连啊啊了几声后跟着哈哈大笑了。

“疫情期间乱跑，抓包了吧?”许晨晨也是笑的，只是没有像董二豆那么夸张。

董二豆继续笑。两个人就在笑声中擦肩而过了。

卫生间就在图书馆隔壁，环境不错，空间不小，过道里并排的两个洗手池更是整洁而开阔，还有免费的洗手液、擦手纸，比家里还方便。董二豆把所带的午餐吃完后也会在那儿冲洗饭盒。在那里他从未遇到过熟人。一来二楼的人少，除了绿叶图书馆外，其他房子大部分是一楼金融机构所拥有，余下的因为疫情，都空关了；二来二楼共有四个公共卫生间，一边两个，布局很合理，就算有个把熟人，那要多大机缘才能偶遇啊，比如给他理发的美发师，他就一次没遇到过——真要有这个机缘，那买彩票都能中奖了，何况，二楼走廊一圈走下来，相当于围绕一个标准足球场走一圈了。但是，恰恰是这么小概率的事，让他和许晨晨碰到了，偶遇了。

关于潮街的结构，有必要介绍一下。潮街其实是由一组建筑加两侧的临街部分所组成。这组建筑就像董二豆的“二”字，那平行的两横，就是两幢结构部分相连的大厦，分 A 座和 B 座，或 A 座是上一横，B 座是下一横，它们共同组成一个长方形，中间的天井凹了下去，形成地下一层，地下一层的中间天井很空旷，南面通向常营地铁站的出入口，北面连接着常营中路。天井的上方，连接 A 座和 B 座的，是一座带玻璃栏的天桥，就像在“二”字中间加了一竖。地下一层里有一圈内走廊，和一楼、二楼的内走廊相连。如前所述，一楼东区临东一面分布着各家时尚店铺，临西面向常惠路的，就是由多家银行组成的金融一条街了，除了几大银行之外，还有多家商业银行，其中就有许晨晨供职的海商银行。这些银行的门店在一楼，二楼就成为他们的办公区域了。办公区域二楼的后门，就开在内走廊里。许晨晨是海商银行的窗口柜员，如果去卫生间，应该在一楼更方便，怎么会跑到二楼来呢？而且，是穿过了中间的天桥，拐了这么远的路，真是奇怪。

董二豆有了好心情的加持，开始回忆刚刚邂逅的许晨晨。他是去年认识许晨晨的。当时他理完头发之后，在潮街上转悠，路过金融一条街时，听到海商银行门口小喇叭在广播，是吆喝大家去存款和理财的。所谓金融一条街不过是董二豆送给它们的雅号，因为这条街上全是金融机构营业厅。这么多金融机构只有海商银行一家在吆喝，有点特立独行的意思，就停下来听听，还透过落地玻璃窗朝里望望，就望到许晨晨了。那时候他还不知道她叫许晨晨，只看到她累巴巴地提着两袋东北长粒大米，送一个提着两桶花生油的大妈出门。董二豆等在门口，看着许晨晨把两袋大米安置到大妈的电动车上，在她利索地扭身回来时，好奇地问一句："银行还卖大米?"董二豆问完之后，就看到那双好看的眼睛立即笑眯了，比他还好奇地在他的头顶上盯了一眼，没错，是盯，盯他特立独行的发型，他都能感觉到那盯的尖锐而灼人的力度了，像被尖嘴的家禽啄了一口，白色口罩后边才传出她的声音："不是卖，是积分换的。看你那么好奇，进来了解了解呗，还有换微波炉、咖啡机、咖啡豆的，几十种好东西呢，你家缺什么换什么。"潮街的水果然深。董二豆觉得了解一下金融知识也不错，何况她的眼睛和声音是陌生而好听的。陌生的眼睛和好听的声音，就像读到一本好书或一首好诗，能激发或萌发写诗的冲动，也会给生活带来新鲜感。至于如何才能积到分，领到大米，听听她怎么说再说。进入海商银行的大厅，柜台外面偏里侧是一圈沙发。董二豆坐在沙发上，中间隔着一个玻璃茶几听她讲理财理念。他在她说话的当口看了她的胸牌，知道她叫许晨晨。许晨晨在介绍银行里的一些理财产品后，问他有没有理财计划，还带有安抚的口气说理财不一定大款才理，谁都可以理，钱多钱少都能理，从一分到一亿。最后，她还调皮地说一句，理财也挺好玩，每天看看自己的财务变化，会觉得挺生活的，觉得明天还有盼头。"怎么样，开个户?"许晨晨的话特别有号召力，觉得开个户也不是不可以，就冲她的热情和敬业，也要开一个，能和她认识，同样是丰富生活的手段和创作的源泉。董二豆不敢暴露自己的家底，倒不是钱多而害怕，是因为钱太少。便说："开个户也行，玩玩。""对啦。"她马上认同他的理念，"主要就是玩，让闲钱陪着你一起玩，何乐而不为？你坐到窗口，我来给你办。”许晨晨从另一个门进入银行的里间了。董二豆和她一里一外隔窗而坐，开通了海商银行的账户，又在她的引导下，把别的几张银行卡里的钱全刷到了海商银行的卡里，居然有一万多块。当然，一万多块钱不是他的全部家底，他还有一笔五万的三年期存款还没有到期，这笔钱他动不了，也是他最后的稻草。最让他感到得意的是，手机刚刚提醒，一张只供收稿费的银行卡里，来了一条到账信息，是一笔五千多块钱的稿费，他赶快拿出卡，递进去，说这张卡上再刷五千。这样他的钱就凑够了两万多。在许晨晨的建议下，他用两万块钱，买了一笔最低持有一年、年化率稳定在三点八至四点三的理财产品。余下的三千块钱，他买了活期化净值理财产品，活期理财的好处是，如果急用钱了，随时可以取出来。这就是董二豆和许晨晨的初次接触。董二豆突然觉得自己也是个理财师了，回去以后，还因此写了一首诗，题目就叫“理财师”。他果真每天早上第一件事就是点开海商银行的手机银行，看自己的财务变化了。某一天，他路过海商银行门口，突然想见见许晨晨，又突然想起来要见她的理由——积分换大米的事，那天忘提了。许晨晨热情接待了他，他发现许晨晨的口罩换成了黑色。他突然觉得许晨晨戴黑色口罩很酷。也是这一次，许晨晨取下了口罩，让他看到她的真面容，虽然面相不像他想的那样美若天仙，甚至还过于一般，随即又想开了，想啥呢？你又没本事娶人家做老婆，管她长什么样子了。她身材不是好嘛，眼睛不是好看嘛，哪有十全十美的人？你倒是帅，不是也有半边脑瓜上没毛吗？就算有毛，你有钱？什么时候还敢嫌弃人家姑娘来啦。关于积分，许晨晨告诉他，上次的业务只有几分，而一袋五公斤重的东北长粒大米，需要一百二十分。董二豆没有换算买多少理财产品才能换一袋大米，只觉得那是一个天文数字，便有点羞愧，简直就是自取其辱。好在许晨晨善解人意，请求加他的微信，说以后有什么事，可以先在微信里交流。于是他们成了好友。她也常看他发在朋友圈的信息，知道他是诗人，她便经常点个赞发个评论什么的，他也随手会在她发的理财小知识下面点赞，也算是一种默契吧。最近的一次见面，是在上个月，董二豆的小稿费又攒了大几千，他想买那种灵活的活期理财，但又不会手机操作，便约许晨晨见一面。许晨晨就教会了他。接下来，就是这次卫生间的偶遇了。许晨晨说他"在疫情期间乱跑，抓包了吧"的话也不是没有来头的。因为北京的疫情又有零星暴发，整个朝阳区要求3号、4号、5号要连续三天做核酸，她就给她发了一条微信，提醒他别忘了做核酸，这段时间也不要乱跑了云云，他也随口应了声。

"怎么会在这里偶遇你?"许晨晨的微信打断了董二豆的回忆。

"是啊，我也奇怪死了。"董二豆回道。

"刚才看到你看到我时的表情太逗了哈哈哈。想啥呢?"

"没想啥，看到你就像看到钱一样，当然开心啦。"

"我又不是人民币，有啥好开心的。"

"相当于，赚钱了，还不是多亏了你。"

许晨晨一连发了几个大笑脸，看出来她很快乐，回复道："要忙了，计划计划，看看什么时候再能偶遇一次。"

偶遇不是计划的。董二豆想，计划了，还叫偶遇?

3

董二豆没有在第一时间告诉许晨晨他读书写作的地方其实离她上班的地方很近，偶遇的机会还是有可能的。但他知道她银行窗口的工作和理财顾问都很琐屑和繁忙，要偶遇一次也不那么容易，确实需要计划的。再说了，在男女卫生间过道里偶遇也不那么有趣，说出来不太好听，不值得宣扬和炫耀，遇多了反而尴尬也未可知。要说是在图书馆门口偶遇还有点风雅。但她从 A 座那边的一楼后门，上到二楼，再穿过天桥到 B 座二楼的卫生间，估计概率不高，而且也不用路过图书馆门口，路过图书馆她需要左拐，而她去卫生间，是右拐。如此说来，没有计划还真难偶遇。

关于和许晨晨偶遇的事想到这里也就告一段落了，要是小说家，可能还会演绎下去，作为诗人，他无法再抒情和虚构了。

离图书馆关门还早，也没有心情再写一首诗——写诗又不是自来水龙头，随时拧开随时就哗哗淌水，董二豆便去书架上找几本陌生作者的书抱了过来，放在面前一本一本地翻，不时地端起杯子喝口水，一抬头，看到窗外隔着潮街的北辰福地南区一幢高层建筑上有东西闪了他的眼睛。再一看，那是一面玻璃窗，西晒的太阳越过他读书的这幢大厦，照在这幢住宅楼的上部分，傍晚六点左右的阳光非常柔美，也非常醒目，在柔美阳光映照下的那扇窗户里，像是有人在玩镜子，一闪的光，就是镜子里太阳光的反射。那是个飘窗，能看到半拉着的抹茶绿的窗帘，确实能看到有人在扯动那窗帘，那一闪的光又没了。他盯着那扇窗又看看，没有再看到耀眼的光影，也没有看到人。但他确信，刚才确实有人在飘窗里，因为那窗帘闭合了一些。他好奇心一下就上来了，谁会在飘窗里呢？他或她在偷窥什么吗？或是在怕别人偷窥？抑或是向对方发出什么暗号也是有可能的。董二豆觉得一首诗的种子已经种进了他的心底，而且有一种即将萌芽的强烈冲动。可好诗也像十月怀胎一样，从受精到萌芽再到临产真的要经历一番过程的——他一时还无从下笔，便把目光回收，让这种强烈的冲动一直保持着萌芽的状态。他目光平视的地方，是小区墙外的一排洋槐树，正开满了白色的洋槐花，一嘟噜一嘟噜，密密麻麻的。他探探头，洋槐树下就是潮街，有一把把绿色的伞支撑在一张张小方桌子的上方，小方桌边的一把把塑料藤椅上几乎坐满了人，都是潮人——年轻的美女和帅气的小哥。董二豆平时坐在二楼临窗的窗口，一般不探头朝下看，因为看到的景象不是他想要的生活，看多了怕心生念想，也去坐下来，喝杯咖啡，或吃个冷饮、要个卤煮什么的。突然，一个意象在他脑子里炸裂，他迅捷地在电脑上敲下这几行字：

窗口，那阵风吹来了晚阳

弄乱了女人的裙摆

——其实那是飘窗的绿纱

他再想写，没有了，写不出来了，仅有这两句。两句也不错，这可是意外的收获。潮街上的事原本还会有很多，他一时也无从想起，读书也没了心情，便习惯性拿起手机，准备翻翻朋友圈，却一下子打开了许晨晨的微信，把刚才他们不多的交流又复习了一遍。他觉得把许晨晨形容成钱是不对的，一点也不幽默，甚至太俗气了。而且她最后回复的那几个笑脸，明显是在嘲笑他，说他太看重钱了，是不是穷人看什么都是人民币啊？要不要再说点什么弥补一下呢？现在不行，不能说，时间不对，她早已经下班了，或许已经到家，或在回家的路上，都不方便回复的。再说了，他也没有想好要说什么话才能弥补，这可不是普通的调侃或问候，应该充满机智和趣味，否则，说过了还会后悔。

有人在采摘洋槐花。

现在已经过了七点半了，5 月上旬的晚上七点半，天还没有黑透，刚刚上黑影，潮街上的灯早就亮了，在各色彩灯汇聚的光影里，董二豆看到一个年轻的母亲带着一个五六岁的小女孩在采洋槐花。年轻母亲踩在一只方凳子上，勉强能够着垂下来的花，她用剪刀把一嘟噜一嘟噜的洋槐花剪下来，再递到小女孩端着的小绿筐里，三下五除二就剪了一小筐。这女人从方凳上跳下来的一瞬间，董二豆感觉她像一个人，黑口罩，长颈，这不是许晨晨吗？许晨晨怎么会在这里？以前见到的许晨晨，都是身穿银行制服，天蓝色的长裤和同样天蓝色的修身小马夹，白衬衫是尖领子，还扎一条小蓝花白丝巾，干练而精神。现在的许晨晨——假使她是许晨晨的话，穿一条苎麻的连衣裙，颜色是暗绿色的，裙子上分布着同样色系的莲花，有一种深浅不一、明暗不同的变换趣味，裙摆是宽松自在的，手工的捏褶规整了一些，却让细节看上去更加讲究——怎么和他刚写的那几句诗形成了呼应？这衣服非常适合她的身材，和穿制服相比，她的丰胸、细腰、肥臀和裸露着白皙小腿肚子的大长腿，更有一番韵味和女人气。董二豆想跟她打招呼，就像在卫生间门口那样，哪怕哈哈哈傻笑几声也好，可瞬间就知道隔着一层玻璃，说了她也听不见。再说这个女人只是神似许晨晨，还不一定是许晨晨呢。万一认错了呢？那个同样穿小花裙子的小姑娘是谁？她女儿？董二豆还是不甘心，想追出去。但肯定来不及了，等他跑出去，跑到走廊上，无论从哪端的走廊再跑下一楼，跑到外边的潮街，年轻女人怕是早就走没影子了。董二豆只能眼看着年轻女人一手提着凳子，一手牵着小女孩走出了他的视线，小女孩端着的小筐里，是刚刚采摘的洋槐花，她们并没有采摘多少，如果用来做菜吃，恐怕两三口就吞下肚了。

4

董二豆想很快就忘了许晨晨。可这是不可能的。一大早，董二豆就跑到了潮街，搬一张一直露天放着的塑编藤椅，踩在脚下，摘了许多洋槐花。洋槐花还没有完全开放，有的还是花骨朵，正是好吃的时候。他回家后，把花朵一个一个摘下来放在面盆里，打了几个鸡蛋，加上油盐和一团米饭一起拌匀，在锅里烙成了锅贴子，早餐吃了点。实在是太好吃了，满嘴清香又爽口，觉得这么吃太奢侈了。又觉得偶尔奢侈一次也可以原谅。剩下的装进饭盒，准备当成午餐了。他给这道像菜又像饭的食品命名为“双白抱蛋”。双白就是洋槐花和白米饭。这一套制作程序，他拍了十来张照片，准备适合的时候发到朋友圈，如果许晨晨看到了，看她怎么说，她的反应就能证实昨天天傍黑时在潮街采槐花的是不是她了。

然而，当上午十点，董二豆到了绿叶图书馆自修空间刚打开电脑时，无须他煞费苦心地试探，许晨晨直接就在微信里逗他了："大诗人，今天再偶遇一回啊?"

"好，五分钟后老地方偶遇。"董二豆秒回了她，还发了个坏笑的表情包。

许晨晨更绝，还了他三个坏笑，外加几个不明就里的符号和一个头脑炸裂、笑哭、大啤酒杯和小绿人等表情包，像是一串鸟语，感觉把表情包都玩坏了。

真的能偶遇？真的是她说的那样，偶遇是要计划的？董二豆所在的自修室是在里间，外边隔着一大片排列齐整的书架，从自修室的位置望不见走廊，所以他想偷窥走廊里的动静也不可能了。

董二豆半信半疑地在五分钟后准时到卫生间门口时，就听到过道洗手池里响起哗哗的流水声，像是特意夸张一样。董二豆心想，不好，许晨晨先到了。果然是许晨晨在洗手。两个人的眼神刚对上，就都发出杀猪般的怪笑。许晨晨依旧是一身银行的标准制服，和每次见到的都一个样，连脖子里的小丝巾都没有变化，只是口罩又变成淡绿的了。她手上还滴着水，等在水池里轻轻甩着，细小的水珠便溅在洁白的瓷盆里。董二豆立即从水池上方抽出一张擦手纸给她。她眼里还遗留着笑意，接过纸擦拭着手，突然充满疑虑地说："怪了，你是从天上掉下来的吗？怎么会在这里?"

“我昨晚就没走——和你偶遇以后，就在这儿等你了。”董二豆的谎言随口就来，“我在卫生间过了一夜。”

许晨晨再次发出笑声，把自己都笑残了。

“你不信?”

她呛了一口才说：“我信——我信你个鬼哈哈哈。”

董二豆的谎言既出，干脆就谎言到底：“你怎么会不信呢?你昨天带着女儿，还采洋槐花了，你女儿穿洁白的小裙子，扎着红色的蝴蝶结，端一只绿色小筐；你也是穿裙子，暗绿色的，暗绿色苎麻连衣裙，裙子上还有更深绿的莲花……”董二豆突然不说了，他看到许晨晨脸红了，白了，又红了，眼里流露出的惊异之色也发生了许多变化，以为不该窥视人家的隐私，便轻声而严肃地说：“我，我……没有偷窥。”

许晨晨朝卫生间门口瞥了一眼，脸上的红虽然散去，还遗留着惊异之情，疑惑地小声道：“你真的偷宿在卫生间?”

董二豆摇头，又点头，觉得自己的谎言说大了，收不回来了，想实话实说，是在读书时看到的，又觉得真话更像谎言，欲言又止道：“你那边，一楼，不是有卫生间?”

像是有秘密被揭穿一样，许晨晨的脸再次红了——虽然戴着口罩，许晨晨的红脸还是很明显，一来可能是她的皮肤太白太细嫩，二来是鲜亮而干净的口罩的反衬。许晨晨像是为了对应她的红脸似的，说道：“那女儿……不是我女儿。”

董二豆听她的话有点拗口，同时又听得明白，心里像有一块石头落地一样。为了掩饰不由自主的小慌乱，故意幽默道：“那……

她是她妈妈的女儿。”

“也不，我是她妈妈……”

董二豆以为她是幽默，没有多考虑，顺着他的话继续道：“是她爸爸的女儿总该对吧。”

许晨晨嗫嚅着，说不清楚了。有些话是不能认真说的，认真说，感觉就变了，就不是那个味了。但不认真说显然更加不对，更加地说不清楚。她用憋着气的口吻说：“不是她爸爸的女儿……这个这个……她妈妈是怀着她嫁给她爸爸的。五个月后生了她，又过五个月她妈妈就跟一个美国人跑了。她爸爸后来又娶了我，再后来她爸爸也跟人跑了，我就成了她妈妈……哎呀，挺乱的。不说了不说了，上班去了，希望还能偶遇，拜拜拜拜。”

许晨晨像风一样走了。

董二豆站在卫生间过道里，脑子嗡嗡嗡的，有些凌乱。他把许晨晨的话顺了顺，第一遍没有顺清楚，是她女儿又不是她女儿，是她爸爸的女儿又不是她爸爸的女儿，到底是谁的女儿？第二遍也没有顺清楚。一连顺了好几遍，才理出了头绪，才把这笔账算过来。董二豆脑子有点疼，算清楚了反而没劲了。他快快地回到图书馆，坐到东窗下，透过玻璃，看着窗外的风景。风景还是那些风景，洋槐花他早就发现了，一个星期前，从枝头上甩出第一颗黄绿的嫩芽，到现在的花，他是每天都看着它生长的。但他没有想过要去摘花，摘好多花做好吃的。是许晨晨和她女儿提醒了他。那些高楼他也见过多次了。他没把高楼当成风景，高楼就是高楼，外表毫无生机，不像洋槐树一样秋天落叶春天发芽，就算那个窗口有着抹茶绿的窗帘，甚至会发出眩目而刺眼的光，也不过是点缀而已。许晨晨这个人有那么好吗？她带一个跟自己不相干的孩子，还那么的开朗、乐观并具有幽默精神。如果要用一首诗来形容，怎么写呢？董二豆脑子里毫无诗意和诗情，心中倒是丰富着，却也不像是诗心。像钻进了许多小蜜蜂，这里飞飞那里停停，嗡嗡的，乱糟糟的。也许这一天要坐过去了。

5

雷暴雨是在下午傍晚时分突然而至的。

和许晨晨的那次偶遇后。董二豆没有再和她偶遇。她也没有计划偶遇。同样的，他也不曾想着来一场计划中的偶遇。

时间的流水转眼就正式进入了夏季。北京的夏季虽然不像南方那样闷、那样潮热、那样桑拿，发起威来，也是要命的。连续下了几天干火之后，转至大阴天。厚厚的乌云压在头顶上，像雾霾一样密不透风。乌云在头顶停留了两天，今天的天气预报说午后至夜间会有大雷暴雨。董二豆对天气预报一类的信息不以为然，在他记忆里，似乎从未得到过验证。再说了，就算有大雷暴雨，他也在图书馆里读书或写东西，大不了等雨停了再走。实在走不了，就真的在隔壁卫生间里待一夜，体验一下留宿卫生间的滋味也未尝不可，以后真的偶遇了，说出来也是经验之谈。想到卫生间，一个月前的偶遇再次浮现出来，便觉得偶遇也是挺有意思的，能没心没肺地瞎聊几句，开心一番。同时觉得，偶遇的次数太少了，虽然还会和许晨晨有联系，多半也是他偶有小稿费就存入活期理财，也算是间接的交往吧。还有一次是直接的，他看到那笔一年期的两万块钱的理财产品连续三天都在减少——此前是连续三天都在涨，有一天居然涨了十几块钱。这又连着减少，他就和许晨晨聊微信，说了这个事。许晨晨就“教训”他几句，大意是，这就是资本游戏，每天十几块，一直涨还了得？你那款产品平均收益是不到五，你细品品？这种二级风险产品百分之八十比例是存款和债券，只有百分之二十中的一部分，在基金里，还是债券型基金，真正影响债券幅度的，每天涨点或减点，就是这百分之二十。许晨晨不愧是理财顾问，她的一番话让董二豆无话可说。而此时的董二豆，思绪继续信马由缰，由大暴雨，想到卫生间，由卫生间想到偶遇，又由偶遇，想到窗户外隔着潮街的小区里那些高层住宅，不由得又抬起头来望望那扇曾经发出诡异光芒的绿色窗帘，觉得生活的平淡和安逸不过如此，今天和昨天一样，昨天和前天也一样，明天和未来的明天大体还是这样，没有特别的痛苦，没有别样的欢乐，没有怀疑什么，也没有什么愿意去相信，就连窥探隐私都毫无兴致了，就算眼看着大暴雨即将来临，还不是照样坐在图书馆的窗下发呆？就算是苦思冥想，构思绝妙，金句频出，在别人看来和发呆又有什么两样？

电脑边的手机发出微信提醒。董二豆拿起一看，居然是许晨晨的：“要下大雨了，你不会还在外边吧？赶快回家哦。”

“不回家，等着和你偶遇呢。”不知为什么，董二豆像是等着许晨晨的话一样，突然就亢奋起来，由不得要调侃和幽默，“偶遇”的话题脱口而出，就像他早有预谋一样。

“哈哈，”许晨晨也乐了，“还是五分钟以后吗？还是十分钟以后？”

“你说了算。”

然后，董二豆就等着许晨晨的回复。许晨晨就不回复了。董二豆看看时间，七点了，许晨晨的话也许跟这场大暴雨一样，说会有，但不会有了。董二豆看看自修室里，除了管理员，只剩他一个人——这种状况经常有——他就去借书区翻翻那些新到的杂志。他电脑里已经攒了十几首诗了，该投稿了。

借书区的一张平台上，摆着几十种期刊，文学期刊也不少，几大诗刊都有，他翻了翻杂志，对于几个他不喜欢的诗人老是占据大版面而嗤之以鼻，又随手拿起一本新到的《新诗》杂志，随手一翻，就看到自己的一组诗了。心里头瞬间美好起来，相当于等到了许晨晨的回复。但是这样的美好被一阵突然而至的嘈杂声打断了。嘈杂声来势凶猛，一出现就轰轰烈烈滔滔不绝，且有越来越强之势，只听自修室的管理员大声说：“下大雨啦。”

董二豆跑回自修室，从窗户上已经看不见外面的物体了，能看到的，只是无边无沿的水帘。董二豆小时候在他们村后的蔷薇河里游泳摸螺，潜入水底睁开眼睛看到的，也不过是眼前的景象。这哪里是雨啊，就是水在往下倒，连对面小区的高楼都看不见了，近处那排洋槐树上的绿叶，被雨点纷纷砸落在地，潮街上已经积水成河，树叶翻腾着顺着水流疯跑。有一个打伞的人，伞被雨砸烂了，只剩了半个，但他还是举着，蹚着小腿肚深的水，奋力前行。这雨下得太急，下水道流不过来，只能顺着街道漫流。董二豆还真担心会漫到二楼来，同时觉得，要真的在卫生间过夜了。手机又来微信，是许晨晨的：“偶遇人呢?”董二豆这才一急，赶快把笔记本电脑收进包里，往外跑。

“哈哈哈，这下完了，走不了了。”许晨晨见到跑进来的董二豆，就笑痴了——董二豆和她一样，都居然没戴口罩。两个人身上也都没落一滴雨，仿佛他们一起住在卫生间，下雨后才出来看雨景的。

董二豆的眼睛从雨中收回，跟着她的笑而傻笑。董二豆看她手里拿着一把雨伞，雨伞是收起来的，知道她是大雨前到的——或许就是和他聊过微信后，才出门的。

“这么大雨，你还来……来偶遇?”董二豆把“来”切换成“偶遇”，是要保持一贯的幽默，把偶遇进行到底。

“这不是想给你送把伞嘛。谁知这雨早不来晚不来，碰巧就在咱偶遇时来。”

“伞也没用，雨会把它撕碎。”

“好吧，你这身行头，要不要伞也无所谓，没有什么可湿的，湿了也不心疼。”许晨晨看着他的黑T恤大裤衩塑料凉鞋，“你是一个月不换衣服吗?怎么也不见脏啊?”

董二豆想跟她叙述一下极简主义，或者解释一下什么是极简主义。极简主义的精髓之一，就是“一套衣服的时尚”。但所谓的一套衣服，并不真的是一套，就是同一种款式，多买几件，比如同一款的黑T恤，他买五件，同一款的灰布大裤衩，也买五件，反正都是地摊货，不值钱。“一套衣服的时尚”的重要理念就是省去穿搭的烦恼，不在穿搭上动脑子费心思，每天可以节省大量的时间，而又不失其时尚。但他又突然不说了，她怎么知道他一个月不换衣服？这个疑问突然就变成了大疑问大秘密了。

许晨晨可能发现说漏嘴了，跑到走廊上看雨。董二豆也一起来到走廊里。他们一起看天井里的雨像瀑布一样灌下来。天也突然黑了，像夜晚一样的黑，街灯也恍惚被黑夜吞没了一样，起不了照明的作用。许晨晨打了个冷战，担心地说："全北京的雨会不会都下到咱潮街啦？这天井要成养鱼池了。你有卫生间可住，我可要回家了，女儿一个人会害怕的。伞留给你。走啦！"

她再次提到女儿，其实就是试探。她应该带着伞走，却要留下。董二豆不是傻瓜，他犹豫了只有二分之一秒，就追上去说："我送你……"

6

许晨晨家是在北辰福地南区十九幢十九楼。房子不大，普通的两室一厅。此时的董二豆就在许晨晨的卧室里。他冲了个热水澡，他的湿衣服叫许晨晨拿去阳台上洗了。他围着一条白色的大浴巾充当裤子，站在卧室的窗前看雨。雨还是那么大，那么暴，那么急，丝毫没有减弱的迹象，而且还不时滚过轰轰的雷声。在暴雨初始时似乎并没有雷，刚才在雨中，和许晨晨麻花一样扭在一起别扭地走着——那把伞也确实没有起到伞的作用，被狂怒的暴雨砸瘪了——成了落汤鸡的两个人也没有听到雷声，可能是当时的雨声大过了雷声吧，也可能是他当时心里想到别的，想到从未敢想过的爱情，一个自认为不会再有爱情或不配再有爱情的极简主义者，在突然而至的爱情面前，既不敢相信自己，又处于凌乱状态，所以听不到雷声也就正常了。此时的雷声不仅在室外的夜空中响起，也在他心中滚滚而过……

董二豆已经观察过许晨晨家的卧室了，她的卧室里有一种和他平时感受不一样的味道，一种新鲜而陌生的味道，是他从未体验过的味道。但这间卧室的抹茶绿窗帘，给他带来似曾相识感——那个他抬头就能看到的窗户，正是这一间。如果不是因为大雨如注，加上黑夜的街灯昏暗，他也可以在这个位置望见他所在图书馆自修室的窗户，这种不同角度的互望，应该有一个固定的术语吧？应该叫什么呢？同角度视线？许晨晨家的窗户是飘窗，一半飘在外边，视野很好。飘窗上，被主人收拾成卧榻的样子，可以在榻上小憩，消磨午后或夜晚的小时光。榻上也果真铺上一张蒲席，还有叠得整齐的白色毛巾被、枕头和两个抱枕，一只穿小花裙子的玩具熊也睡在两只抱枕中间，枕头和抱枕和她床上的布置是同一个色系和风格。董二豆屁股一歪，去榻上躺了躺，随手整理一下抱枕，在两个抱枕和小熊下边，他发现一个儿童望远镜。董二豆立马明白了，那天他看到的反光，就是望眼镜被正在落山的太阳反射出来的。董二豆拿着望远镜，像一个军事家，朝向图书馆的方向看看。隔着雨帘，他看到的还是雨，相当于什么也没看到。

门被轻悄悄地推开了，伸进来一颗小脑袋，就是一个月前采洋槐花的小女孩。小女孩花裙子的胸前，是一棵卡通式的胖胖的草芽，很可爱。她看到董二豆发现她了，正朝她看，咧开嘴乐了，大大方方地走进来，直接爬到窗台上，拱到董二豆的怀里，摸他的头发，说："叔叔你为什么要理这个头啊?"

"好看吗?"董二豆问她。

小姑娘摇摇头，说："我和妈妈在潮街上见过你。你的头跟他们的头不一样。"

"是吗?"董二豆恍然觉得，一切偶遇都是有原因的——他的头型太醒目了，到哪里都是风景，大人孩子都关注，有一次，在公园里，他居然被一条流浪狗跟踪了好长时间。还有一次，在郊野公园，他坐在林中的条椅上发呆，一只彩色羽毛的鸟，居然想落在他的头上。如果在潮街上被一个幼儿盯上了，和年轻的妈妈指指点点，也没有什么好奇怪的。董二豆搂了搂小女孩："那你喜欢叔叔吗?"

"不知道。"

"豆豆，别闹叔叔。"许晨晨在外间一边说着，一边走进来，莞尔轻言道，"她小名叫豆豆。你们是一伙的，你叫董二豆，她也有两颗豆，豆豆，你懂的二豆……大诗人，准备吃饭了。"

董二豆被她说乐了，居然还能这样牵强附会，但又是那样的天衣无缝。

董二豆晚上是不吃饭的，这成了他几年来的习惯。可这话他说不出口。他已经闻到好闻的饭菜香了，也想和这家人共进晚餐。如果说不吃，会不会让女主人觉得他是拒绝什么？那可不是他心里想要的。他犹豫着，看着许晨晨。许晨晨也在看他。两双眼睛就这么对视着。他发现，她的眼神里有一种特别的安慰和关切，也有一种沉静和温情，和他在海商银行看到的她不一样，和偶遇时看到的她也不一样。他心里便也长出一棵胖草芽，和豆豆小花裙子上的胖草芽一样，卡通式的，而他心里的草芽，似乎还在生长，正在生长。他便以类似的眼光回应许晨晨。

许晨晨被他看毛了，心里慌慌的，目光游移到女儿的身上，看到偎在他怀里的女儿正在摸董二豆的头发玩，便也挪两步，摸了摸董二豆的碗盖头。许晨晨的举止是情不自禁的。她自己的头发是酒红色的长发，长度及肩，那发型的乱是刻意的，毕竟被大雨淋过，又才洗过吹干。而他的发型也是刻意理成这样引人注目的吗？许晨晨感觉那颗脑袋向她胸部靠结实了，脸也贴了上来。许晨晨心里战栗了，便把一大一小两颗脑袋揽在了怀里。

2022 年 5 月 7 日晚初稿于北京像素

2022 年 5 月 9 日上午再改

小段

小段要走了，要离开连云港远去北京了。

姚洁告诉我这个消息时，口气里充满了不解和遗憾——是她介绍我和小段认识的，而且不是普通的认识，说白了，她是在做媒。我和小段第一次见面，就是在她家。她和先生陆军一起下厨，做了几样常熟（姚洁的家乡）风味的招牌菜，喝了几杯啤酒。我和小段在他们夫妇俩忙活的时候，本来是在客厅里看电视吃瓜子的（这也是姚洁的特意安排），不知是电视不好看，还是没有共同话题（基本上没有语言交流），尴尬了一会儿之后，小段跑进厨房帮忙去了，姚洁和陆军赶了她几次，她都没有出来。后来出来的，是姚洁。

“还有一个汤，一会儿就好。”姚洁小声说，“小段削水果了——怎么样？”

我向厨房的门望一眼，摇摇头。

“小段多好啊，要身材有身材，要相貌有相貌。”姚洁有点着急。她是个急性子。我一直喜欢她这种急性子，没有什么心机，有话直说。所以，在单位，我们俩最能聊得来。

我又摇摇头，意思不是我的问题。

“这个小段，那么好看的一双眼，怎么看不出你的优秀呢？我都和她讲清楚了啊。”姚洁有些不甘，“我再做做工作。”说罢，又跑进厨房了。

小段的行为，给我的感觉就是，她对我印象不好，媒人介绍我们第一次见面，哪有抛下对方去忙别的事的？放出这个信号难道不说明问题吗？好吧。因为姚洁是同事兼朋友，我也不能显得太小气了，决定还是留下来，吃了饭再看看。

厨房里响起他们三人的说话声，声音很小，小到我听不清一个连贯的句子，间或还会有“嘁嘁”的笑声，话题肯定涉及我，并且谈到了让他们觉得“可笑”的话题。我心里不爽，觉得真不该答应姚洁和陆军，他们虽是美意，其结果，就是我自取其辱。

饭间，姚洁和她爱人陆军不停地劝我们吃菜，不停地敬我们酒。这时候的小段，比先前的话要多了些，但所说也是她和姚洁当年在高新区的一些事，去黄九堰散步啊，到小板跳买海鲜啊，到高公岛看推虾皮啊，到黄窝金沙滩捡贝壳啊，等等，之间，陆军还说：“曹斌，你如果早来几年，也就跟我们一起散步了。”这还用说吗？陆军就这点不好，经常如果如果的，按照他的逻辑，不是因为这个“如果”，其“结果”肯定是另一个样子。他的话让我联想到姚洁，我带有报复地想，要是当年“如果”我能和你们一起来到高新区，或者早几年认识姚洁，姚洁是谁的老婆还难说呢？我一定要和你争个高下的。像姚洁这样的女孩，谁不喜欢呢。但陆军的意思我明白，无非是想把话题往我和小段身上引，怕冲淡主题。陆军的良苦用心没有起什么作用，这顿饭对我来说，也就索然无味。倒是姚洁，流露出对我的歉意，一迭连声地说“没想到没想到”。

这是四月里的事。四月很快就过去了。五月也没有什么特别的。小段要去北京了，虽然是姚洁告诉我的，也在我的预料之中，毕竟她叔叔是某某机部（前边的数字忘了）电机方面的高级工程师，五十年代的清华高才生，虽然退休了，还是大专家，小段怎么会一个人留在连云港呢？小段能来连云港工作，也完全是因为她的叔叔。四年前，她叔叔退休后，被高新区一家纺织机械公司聘为高级顾问，刚刚师范毕业的小段，没有得到如愿的分配，便跟随叔叔来到了连云港。今年，她叔叔聘期已满，回北京家里了。小段少了靠山，对目前的工作和处境也不太满意，陕西的老家不想回去了，跟随叔叔去北京，就成了理所当然的选择。

“唉，包容、开放的大连云港，没能留下青春、美丽的小段，可惜了，多好的女孩啊，我和陆军都喜欢她。”姚洁感叹地说过之后，就观察我的表情，似乎鼓励我再努力努力。姚洁也是太想帮我了，爱情这种事，光一厢情愿是没用的。她见我没有表情，只好说：“我这边要开个会，实在抽不出时间，你去送送小段吧。”

按照姚洁告诉我的地址，我来到灌云路尽头的云山社区。云山社区真的在云端一样的山上，有许多漂亮的别墅式民居，沿山势错落有致地掩映在绿树丛中。我找到了 28 号的门牌。这是一幢大房子，在一条山涧的边上，山涧里有涓涓流动的溪水，透过密密匝匝的树叶，能看到欢快奔腾的溪水撞击岩石而飞起的白色水花。山上人家民风淳朴，大门都是敞开的，我来到院子里，看到两层的五间小楼被隔成了两部分，形成两个小院落，中间有一个月牙门相通。

我此时所在的是东院，院子里空空无人。透过月牙门朝西院望去，同样冷冷清清。院里有许多花果树木，我能认识的有一棵花椒树，一棵木棉，一棵樱桃。樱桃是时令水果，刚刚过时，树上基本没有果实了，但地上还落了一些，有几只鸟在地上寻觅，它们从从容容，一点也不怕人。

“小段?”我轻轻叫了一声。

没有人应。

我提高嗓门，又叫一声，还是没有人应。莫非走错了门？不会呀。我踌躇着，四下里打量几眼，樱桃树的树丫里躺着一只大花猫，我身边的一棵月季花丛里，有蜜蜂在穿梭。整个院落特别的安静。小段会在哪一间房里呢？正在我犹豫不定的时候，门口突然亮开一个女人的大嗓门：“哪个？哪个在我家?”

随着这声不知是哪里的方言口音，“嗵嗵嗵”走进来一个高大而肥胖的中年女人，她没有等我回答我是“哪个”，就一脸怒色地责问道：“怎么才来？你这主任当的，啊？怎么才来？小段可怜，烧到四十度了，我刚把她送去打针……快去看看!”

这是女房东，她的话我听明白了。但，叫我“主任”，我一时又没听明白。我随着她走出大门。

她抬起胖胳膊，往山下一指：“直走，不下路，看到电线杆没有？那里有个小药房，小段正在打针呢。”

女房东看我拔腿就走，又骂道：“死没用的，带口开水给人家啊，当领导的是不是都没心啊。”说罢，闪身进院，“嗵嗵”的脚步声消失了。“嗵嗵”的脚步声又出现了。女房东手里提着一个暖水瓶，还有一个陶瓷茶杯。

我琢磨着女房东的话，“主任”“当领导的”，这都哪跟哪啊。

小段没想到我会来看她。看到我提着暖水瓶和茶杯走进小药房时，先是愣了下，接着眼睛便红了。我给她倒了一杯水。她接在手里，看我一眼，笑一下，眼泪汪在眼眶里。她忍着没有说话，如果她一开口，眼泪可能就流出来了。我也什么没说。我不知道说什么，因为我们不过是第二次见面，太亲密的话显然还不是时候，太客套的话又过于生分。她正坐在一条油漆剥落的长椅子上，吊水瓶挂在白墙的挂钩上。我看她吹了吹热水，小饮一口。可能是因为生病的原因吧，她长发有些乱，面色苍白、憔悴，衣服倒是整洁，栗色的长裙，白色的短袖衫，平跟的白色小皮鞋。她没穿袜子，皮鞋的鞋面较短，半隐着脚丫子。总之，即便处在病容中的小段，即便是匆忙地过来打针，依旧是美丽的。

小药房只有她一个病人。那个既像医生又像护士的女人狐疑地盯我一眼，说：“三十九度八。”她虽在说小段的体温，那眼神分明在试探着我是小段的什么人，为什么病人烧这么厉害了才来陪护。当然，她从我脸上是什么也看不出来的。

“姚洁说你要去北京？”稍事平静后，我这才问她。

“嗯……票都买好了。”

“多会儿？”

“今晚。”

“今晚？”我惊讶了，“你走得动？”

“票都买好了……”她又重复这句，似乎票能决定一切。

“退了吧，休息几天，养好了再走。”我是真心的，“飞机还是火车？”

“火车。不想退，”她终于还是没有控制住，泪水夺眶而出，哽咽着说，“我想离开……”

是啊，这是远离亲人、孤身在外的人最脆弱的时候，无依无靠，又恰逢身体不适，这时候，会感觉孤独更加的孤独，无助更加的无助，远方的亲人便成为最后的依靠。北京有她的叔叔，这是我知道的。连云港她最亲近的人，可能就是姚洁了。她打电话给姚洁，希望临别前见一面。据姚洁对我说，这个电话是昨天下午临下班时打的。姚洁对小段如此急着离开，也深感纳闷，问她和我的进展情况。她和我一样，没有说。没有说，又要离开，姚洁就知道大概了。她和小段说派我去送她，可能是创造机会让我们见最后一面，看能不能挽回。小段没有拒绝我来送她，她还把我来送她的事，对女房东讲了，随口又封了个“主任”的职务。不然，女房东怎么那么掐准我是来找小段的？当然，从目前的情形来看，我们的关系也不可能再近一步了。

“晚上几点的火车？”既然她执意要走，而我又没有资格和理由挽留她，也只能完成姚洁交代的任务了。

“六点四十。”小段像是宽慰我，也像是宽慰她自己，“打过针，烧就退了。”

她的意思我明白，退烧就好了，让我不用担心了。

现在是上午十点，到下午六点四十，还有八个多小时。我会在这八个多小时的时间里一直陪她吗？帮她整理行李？我看一眼吊瓶里的液体，还有三分之二，可能一个上午都要用来打针了。

“谢谢你来……”她喝了水之后，声音趋于平静，“要辛苦你啦，东西实在太沉啦。”

我笑一下，表示不用客气。

随着时间的流逝，她的情绪开始好转，眼睛也灵动起来，跟我说了这几年在高新区的生活，都是笼而统之的，比如，她说这几年，高新区的发展太快了。比如，她说姚洁该要个孩子，“丁克”家庭，和中国人的传统观念不合。比如，她说，姚洁和陆军这样同居也不行，该把证领了（这个信息我是不知道的，我以为他们已经结婚了）。比如，她说高新区应该多建普通的生活社区，这样才能留得住外来打工者。比如，她说市区的亚当路，是她最喜欢的一条路。她说亚当路时，还“扑哧”笑了一声，说怎么有亚当路没有夏娃路呢？她的问话也并不需要我的回答，大概很多人都有她同样的想法，也包括我。然后，她又展望了未来的北京生活，说工作也还没有找好，说北京的工作应该好找，说暂时住在叔叔家，她叔叔准备安排她出国。我只是静静地听。偶尔在需要点头的时候，就点点头，需要应答的时候，就应答一声。

中午，我们沿着长长的斜坡回她的住处。这段坡比较陡，我看她走动很吃力，额头上沁出了细密的虚汗。我没有权利去搀扶她。她也没有这样的诉求。我们相隔的距离大约有一个胳膊的长度。走到中途时，她要请我到路边的一家小饭馆吃顿饭。还说要多吃点，烧糊涂了，早饭都没有吃呢。她在说早饭都没有吃的时候，我觉得我真是太粗心了，十点钟来看她，居然没有问问她想不想吃点东西，那个点，很多不上班的女孩都没吃东西的，何况她一早就生病了呢。我对我的大意有点后悔。

“我请你啊，为你送行。”我想挽回我的过失。

“不呀，哪能让你请，你是来帮我……对的，我也要请你帮个忙呢。”

请我帮忙？这难道是事先就有的策划？帮什么忙呢？我能帮得上？姚洁一点都没有透露啊。

我们点了三个小菜，都是家常口味的。她让我再点一个，弄得感觉就一定是她来请客似的。我如果点了，就默认了她来请客。如果不点而最终让我抢着结了账，就又显得小气。最后我们商量，点一份水饺。我一语双关地说：“生日面条，送行饺子，这是我老家的风俗，饺子又叫弯弯顺，一路顺风的意思。”既然话里提到了“送行”，那必须是我请客了。

谁知，她敏感而正色地说：“说好了，我请你。”

听她的口气，是真心要请我的。这从一个方面说明，我们之间确实没戏了。姚洁这次处心积虑的安排，也白搭了。好吧，顺其自然吧，虽然我们不知道是什么关系——既算不上朋友，更不是恋人。充其量就是第二次见面的半生不熟的人。如果不是之间有姚洁和陆军这层关系和曾经作为相亲的对象，可能见面连招呼都不打。不过这样也好，心照不宣能成为普通的朋友也不错。我知道我的条件，无论从相貌上，还是个人背景上，都不太可能符合她的要求——相貌不对等就不说了（她漂亮，优雅，有气质，有涵养），仅个人背景，我就落了下风，我有过一次失败的婚姻，带一个七岁的儿子，年龄也三十一岁了，没有自己的住房，租住在宝安老城区后河底一间低矮、破败而潮湿的小平房里，儿子读一年级，随父母生活。至于小段提到的我的那点优势（我是个小有成就的打工诗人），实在不值一说。小段呢，只有二十四五岁，还有背景堪比黄金一样的叔叔，未来的路应该很宽广，而我，基本上一眼看到底了。菜上来时，小段问我要不要来瓶啤酒。我不要。她要了一个大瓶雪碧。我们煞有介事地你敬我一杯我敬你一杯地喝了一会儿。

吃饭期间，她把要我帮她的忙说了，原来是关于她现在租住的房子。这是公司为她叔叔租的房子，住宿兼办公用的，租期到年底才结束。她叔叔年初回北京后，房子只有她一个人住了。现在她也要走了，房子退不了，关键是，房子里的家具，包括冰箱、电视、空调等一切生活设施，都是她叔叔的个人财产，一时卖不掉。她是委托我来帮她处理这些家具和家电的。这个任务不轻松。但我也不能不答应。

“你可以搬来住的，书房的书你也可以随便看。”她似乎知道我的处境（姚洁应该把我的情况和盘托出了），“这儿离高新区比老城区还要近，公交车也方便，山下路口那儿，六路和十八路都经过。”

“那搬来住合适吗？”

“合适啊，方便处理家具啊。”

“怎么处理呢？价格什么的。”

她想了想，说：“到家里看看再说吧。”

我们来到她家——东院的三大间，看到的真实情景比我想象的更为豪华。楼底是个大的会客室，一圈沙发能容纳十几个人，开会、会客都可以，厨房设备，包括餐桌、厨柜，都很高档。楼上是两间卧室一间办公室兼书房，家具设备一应俱全，办公室里还有一部电话。简单参观后，我们来到楼下的客厅，客厅的墙上还有几幅油画。我对画是外行，料想她叔叔不会弄些垃圾来挂吧。

“都卖吗?”

“当然。”

“多少钱呢?”我心里一点底都没有。

“我也不太知道啊，你来办吧。”她坐到沙发上，有些拘谨地把双手搭在膝盖上。

其实拘谨的应该是我。我当然也拘谨，但我对她的决定也深感吃惊，太信任我了吧，如此贵重的物品，我哪有这方面的经验啊。

她的行李已经准备好了，两个行李箱，一个超大，有半人高，另一个小，应该是她平时常用的，还有一个双肩包。她看我在看她的行李，说：“可能是昨天晚上整理东西时，出汗多了，又吹了空调，受了冷——才突然发了个烧，唉，不说啦，反正现在好啦!”

她似乎如释重负，我心里却没底，怕完成不好她交代的任务。

楼上突然响起电话铃声。她跑上楼去接电话了，我听到她“喂”一声之后，声音就很小了，小到我基本听不到她的声音。但她很快就下来了，看着那个超大的塑料袋，说：“这是整理出来的垃圾，你帮忙扔一下。”

我觉得她是因为楼上的那个电话，才把我支走的。我应一声，拢了下半敞开的袋口，拎着出门了。我听到她急切上楼的脚步声——应该接电话去了。

还是在拢袋口时，我看塑料袋里什么都有，有纸质的，有塑料的，也有她不要了的旧衣服，还有撕碎的一些纸屑。我无意间看到一个漂亮女孩的半边相片，居然是姚洁的。一路上，我都在想，她把姚洁的照片撕啦？她俩不是最好的朋友吗？我好奇了，到垃圾箱边时，找出那几块碎照片，拼了起来。照片上的人不止是姚洁，还有陆军和另一个我不认识的男青年。但这依然是一张残照，被她留下的，应该是她自己了——在男青年的胳膊旁，还有半个胳膊，可能就是她的。这原是一张四人合照。我二十岁时也撕过我不喜欢的照片。那么，她不会是因为不喜欢姚洁和陆军吧？很大原因可能是出在那个男青年身上。我能想象出来，当年，两对情侣在山上、湖边散步的美好时光……好吧，我不去多想了，谁没有一点小个性呢。

待我扔了垃圾回来时，女房东也在了。

“这是曹主任，我叔叔单位的。”小段说，趁女房东不注意，跟我使了个眼色，“我们离开这段时间，房子就由曹主任来管理。”

女房东对我这个“当领导的”依然很硬气地说：“你们这些人就是没心没肺，小段都病成这样了，就不能推迟几天走？要是有你叔叔在——你叔叔要是在，你就不走了，瞧瞧我这脑壳子。对了，你男朋友……怎么不来送你？”

“……他，他先去北京等我了。”小段说，“没有事了阿姨，你忙会儿去吧，我跟领导还要汇报点事。”

女房东白了我一眼，气狠狠地走到门口，又回身对我说：“谁来住我不管，到期就要腾房给我。”说罢，不等我们回话，“嗵嗵”离开了。

小段跟我会心一笑，说：“我哪有男朋友啊……我这房东一直神经兮兮的。”

我也一笑，表示同意小段的话。

“东西都理齐了。我们下午五点出发，乘公交车、打的都行，反正半个小时就到火车站了。”小段看了眼腕上的手表，略显疲惫地微笑着，说，“现在才十二点，你要有事可以去忙会儿再来……要是不嫌弃，你就在沙发上躺躺，我要上楼去休息——真是累坏了。”

我没有在她家的沙发上躺躺，我说有点事，四点半之前一准来，就告辞了。

其实我没有事。姚洁已经帮我请了假，这时候回单位，反而不好，还要跟姚洁解释。但我也没有地方可去，便沿着涧沟边陡峭的山路，向上爬去。这一带的山我还没来过，有山涧溪流的山应该不差，加上满山翠绿的杂树，丰富的植被，还是让我有所期待的。爬不多久，看到一个小小的瀑布，是从另一条山涧岔来的，瀑布下有个招头崖，夏天躲在崖下纳凉倒是很不错的选择。在两条山涧相会的上方，有二十平方米一块大岩石，光滑如镜的岩石上还有很陈旧的图案，正中间雕凿有三个摩刻大字：晒书岩。有一棵巨大的板栗树，正洒下了一片阴凉。这倒是个好地方。我站在晒书岩上，朝山下望去，一眼就看到小段住的那家乡村别墅了。从这儿鸟瞰，别墅真的很精致，我知道，小段就在东边的那个小院子里生活过一段时间，现在她也正在二楼的某个房间里休息。晒书岩她来过吗？她发现这个好地方了吗？如果从她的住处到这儿，最多也就十分钟的时间，带上一本书，一杯茶，消磨一个春天的下午，一定是很惬意的。应该承认，她住的这地方真心不错，面山临涧，风景秀丽，可看可玩……可惜，她要走了。我略略地有些遗憾，明知并无多少牵连，可一些无可名状的失落和苍茫的情绪还是隐隐地袭来。

我在树荫下躺了一会儿，希望能睡一觉，却没有睡着，满脑子都是小段的影像，还有那些影像延伸出来的想象。

我还是睡着了。一觉醒来，三点了。三点，离五点还有太多的时间。我想我能为小段再做点什么呢？吃了晚饭再走吧。五点前吃完就赶得上了。我想起上山时，看到一处背阴的涧溪边，有一丛野生的蕨菜苗，可以揪一小把，煮一碗面够了。中午小段带我参观厨房，还看到冰箱里没有吃完的半袋虾仁，厨房里的米、面以及其他调料也很齐全。对，为她做一碗面吧，中午是她请的客，为她做一碗面，也算是聊补心意了。

蕨菜苗采到了，还顺带找了几棵马兰头。带着两样时鲜的山野菜，我来到了小段家，在她家厨房里，我用心做了一碗面。我在厨房忙活的时候，她也从楼上下来了，倚在厨房的门框上看着我忙，脸上一直是迷离的、略有好奇的，仿佛在揣度着什么。老实说，在她倚门微笑时，有那么一刹那，把我感动了，她真美啊，丰满的身材，因为不规则的站立而更显得性感，加上娴静的面容，精致的五官，略略上翘的嘴唇，带着一丝忧郁和喜悦的眼神，都是那么的摄人心魄。

“……随便做的，”我怕自己失态了，赶忙掩饰地说，“不知道好不好吃……”

她没有立即回答，仿佛从往事里走出来一般，幽幽地说：“你让我想起一个人……”

她的话，反倒让我疑惑了。

“你们男人都喜欢拿做饭来讨好女孩吗？”

她的话深不可测，让我不好往下接——显然是话里有话。还好，她很快回到现实里，回到正常的语境中，夸张地“呀”一声，说：“看这颜色搭配，就一定好吃。”

吃完面，时间卡得正好，五点，我们准时出发了。

送走了小段，我带着她留给我的一串钥匙，回到了云山社区28号东院。我改变了此前回家搬东西再来住的想法。还要搬什么东西呢？搬什么来都是多余的，我空着手，就可以入住了。没错，我当天就住了进来。我楼上楼下开着灯，到处看看，还在小段的卧房里嗅嗅鼻子，我闻到山溪一样甜爽的气息，那是小段留下的气息吗？

第二天上班，姚洁劈头盖脸就把我骂了一顿，骂我真是没用处，怎么没有把小段挽留下来呢，哪怕迟走一天，也会有变数啊。于是，我就把小段的生病发烧、已经买了车票等事都向她汇报了一遍。姚洁听了，还是恨铁不成钢地说：“你呀，你呀，你呀……小段那么好，连我家陆军都觉得不该放她走，她这一走，也许再也不会回来了。”

故事到这里差不多就要结束了。小说再写下去，很可能虚构出这样的结局来，即，小段在北京没有混好，或念起了我的好，在某天又回到了连云港市，回到了她居住的云山社区 28 号东院，和我建立起了恋爱关系。如果是这样，也不失为一个圆满的结局。

但事实上，真实的故事不是这样的。真实的故事远比我们预想的更为复杂和残酷。真实的故事，是小段远上北京一个月后，姚洁同居多年的男朋友陆军不辞而别，失踪了。我看到整天以泪洗面的姚洁，连续多天奔走在报社、电台、电视台、公安局的多间办公室里，拿着事先拟好的文字稿，刊登、广播寻人启事，哀求公安局立案侦查。你知道，1993 年的破案技术还不像现在这么发达，公安局在没有确凿证据的情况下，也不可能立案侦查。姚洁能有什么办法呢？我非常同情姚洁的遭际，但我也只能口头上安慰她，而那些千篇一律的安慰根本起不了作用，每次说到失踪的陆军，姚洁就唉声叹气，痛苦不堪，泪流满面。姚洁就是这样一个心机表浅的人，喜怒哀乐都在脸上，她没有小段藏得那么深，所以，她的伤心是真实的，让人感同身受的。

看着茶饭不思、日渐消瘦的姚洁，口头上的安慰已经起不了作用，或者起了反作用。为了缓解她的压力，几个和她讲得来的朋友和同事，开始想方设法帮助她，请她吃吃饭，带着她郊游或远足。她和朋友们又恢复了一度中断的散步。

有一天，我们几个人爬上了一座山头，朝下一望，四面都是连云港的高楼大厦和正在建设中的工地。我指着一处相对安静的区域，告诉朋友们，那儿是云山社区，我就住在其中的一间大别墅里。朋友们听了特别亢奋，起哄着要到我家去吃饭。姚洁也说：

“那是小段住过的房子吧？啊，小段都走了快三个月了……好啊，上你家看看啊？”

朋友们到了云山社区 28 号东院，都惊叹我交了好运，有这么个不花钱的别墅住着，虽然只剩下半年的时间，也是一种享受啊。

姚洁和我当初刚来时一样，也到处看看，不断地发出惊叹声。但，当她看到那张残缺的照片时，就突然安静了。她是在二楼书房的书橱里，看到自己的照片的。严格地说，那是被撕碎了的照片的一角，只有她一张脸。这张照片，是我帮小段扔垃圾时看到的。我扔了垃圾，唯独留下了这张残照。小段离开的那天晚上，我把照片从口袋里拿出来，放在书橱里。我并没有特别的意思，只是觉得，这张照片，拍出了姚洁的神韵来，或者说，展现出了她最美的瞬间。我喜欢她这个样子，会时常拿起来看看。谁会想到姚洁会来到这儿呢？会被她发现我私藏了她的照片呢？当我看到姚洁发现了她的照片时，突然紧张起来，怕她同时也发现我内心的小秘密。但我也怕姚洁以为是我撕了她的照片。不过有一个现成的借口，可以抵挡她的误解，即照片是小段留下来的。姚洁果然是这样认为了，她出神地看了一会儿，脸色渐渐变了，她惊诧地、喃喃地恍然道：“……天啦，我知道了，我知道陆军在哪里了……”她哽咽着，说不下去了，巨大的悲怆突然而来，身体一软，倒到了我的身上。我就是想不扶她都不可能了。

姚洁就是趴在我的肩窝里，一边抽泣着一边说：“昨天，收到小段从……从，从奥地利寄来的照片，她在阿尔卑斯山的森林里旅游……那些照片……是谁拍的……我知道了，我知道了，我知道了……原来，原来，原来……”

姚洁说不下去了，就像面条一样，瘫倒在我的怀里。

2019 年 1 月 23 日初稿于旅途中

2019 年 1 月 27 日定稿于连云港

漏水

1

她不想在这个问题上多纠缠。

这个问题，包含两个意思。细说起来是这样的。她所住的房子，卫生间里漏水。按正常的道理，她应该负责修理。她不想修理，是因为这不是她的房子。她不过一个房客而已。她不久就要搬走了。另一个意思，是解释她为什么要搬走的。为什么呢？她对楼底看管非机动车兼打扫卫生的小杜说了，说她住这儿，只是临时性的。临时确实没错，下一句就是撒谎了。她说家里房子拆迁了，新房还没有物色好。一旦买好了房子，肯定是要搬走的。

她是谁？她叫毕雯雯，单位和熟悉她的人都叫她毕科长。其实她不是科长，她是区残联的副秘书长。按照人们通常的习惯，应该叫她毕秘书长。但是，很多人都叫她毕科长。反正副秘书长也是副科级，不算错。毕科长三十多岁，这是她的实际年龄。其实三十多岁是一个概数，究竟是三十一二，还是三十八九，谁也说不清楚了。

毕科长搬到这个小区快半年了。楼底看车的小杜给她把日期算得好好的，还有两周，就半年了。小杜经常问她，新房子买好了吧？什么时候搬走啊？毕雯雯最怕她问这话了，好像小杜故意在赶她。她只好把谎言进行到底。她说，快了。过一段时间，小杜再问。她说，房子看好了，三室两厅，130多个平方米。再过一段时间，小杜又问她多会儿搬。她说，已进入装修准备阶段。现在，已经发展到装修完毕了，过不了几天，就要搬家了。其实，毕雯雯知道，这样的谎言，自己也很累。可为什么要撒谎，她也说不清楚。小杜是个好奇心重的女人，什么都想知道，还关心她丈夫，关心她孩子。她哪有丈夫和孩子啊。她离婚都六年了。她不想说真话，只好遮遮掩掩糊弄着。

这是一个新开盘不久的小区，各方面设施都很先进，管理规范，配套设施也是应有尽有，比如机动车车库啦，超市啦，快餐店啦，游泳池啦，幼儿园啦等等，甚至，社区还在这儿办了一个规模不小的阅览室。毕雯雯对阅览室尤为满意，她经常来阅览室坐坐，随手翻翻杂志。她把自己担任主编的内刊，也定期赠送两本给阅览室。每期一出，她就亲自送去。这么一来，她和阅览室管理员小梅，也成熟人了。没想到小梅和小杜差不多，对她也分外地关心。小梅就曾问过她，怎么没看过你家先生啊？她只好说，他工作忙，又不喜欢乱走，你看不到的。

这些谎言，都像催命鬼似的，让她没办法在这儿久住。

毕雯雯手里办的内刊叫《星光》，是残联针对全区残疾人办的一份综合性双月刊。这天，因为杂志要等着明天发排，毕雯雯在下班后又加一个小班，把稿子弄齐了。毕雯雯下班时，已经避开下班高峰期，天要黑未黑的样子，路灯已经亮了，她想到了“华灯初上”这个成语。毕雯雯自己对自己笑一下，觉得黄巴巴的路灯，并没有初上时的鲜亮。毕雯雯拐到路边的一家凉皮店，吃了一碗酸辣凉皮。

小杜看她把电动助力车停好了，说，才回来啊？晚饭还没吃吧？常不吃晚饭对身体不好啊，常挨饿脸会变黑的啊，路边小摊上的东西不能吃的啊，吃了脸上会长斑的啊，毕科长你是不是吃了麻辣凉皮啊？

我没吃麻辣凉皮，我吃酸辣凉皮。毕雯雯对小杜的热心，一直是避之不及的。

酸辣凉皮也不能吃。凉皮里有不少添加剂，吃了会长胖。你这身材，小小巧巧的，要是长胖了，会很不好看啊。

毕雯雯准备两句话来对付她，一句是，我饭量小，不会长胖的；另一句是，我都这么大了，也该胖了，胖就胖吧，管他什么好看不好看了。可毕雯雯这两句话都没说。她真不知道小杜怎么张嘴就知道她吃了凉皮。小杜一脸的热情，也一脸的好奇，她天生就具备这两种特长，热情和好奇就像水和面一样掺和在她脸上。毕雯雯知道这种人一般没有坏心，虽然小杜说话腻歪一些，也不至于要得罪她。毕雯雯说，小杜你还没吃吧。毕雯雯说完以后，把自己吓住了，她发现自己也热情起来了。小杜说，我吃了一碗稀饭，还有一块大饼，小菜是青椒炒猪头肉。小杜也变了一种口气。小杜自己跟自己热情地说，我家先生给我送来了饭。我家先生喜欢做饭。我家先生今天把衣服都洗好了。毕雯雯知道惹了她的话匣子了。她又要喋喋不休地说下去了。毕雯雯可不想听她说那些废话了。毕雯雯赶快说，对了，我得赶快走，得回去洗衣服，我那些衣服再不洗就发霉了。

2

毕雯雯往楼上走时，想到了一个问题，她不知道小杜为什么这么幸福。她自己给自己下了一个结论，幸福就是一个很简单的道理，一个奇怪的东西。你感觉到幸福了，幸福就在你周围。你感觉不到幸福，幸福就离你很远很远。毕雯雯这样一想，以为幸福也会来跟她亲近。可她刚要触摸幸福时，幸福就像水中的泥鳅，哧溜不见了。

不见就不见吧。毕雯雯反正是习以为常了。毕雯雯走到六楼602她自己的家里，打开电视，把自己放松地埋在沙发里。电视上是一部外国言情片，没头没尾，毕雯雯看不进去，就听到卫生间的滴水声了。

卫生间的滴水声，就是本文开头一直纠缠她的问题，这让她想起住她下一层的秃顶男人。毕雯雯觉得这个男人很神秘，怪怪的。因为他对她卫生间的漏水不闻不问。她一坐到马桶上，就会想到那个秃顶男人忧郁的目光，就会觉得，那个男人是不是躲在某一个地方偷听或窥视？

回忆起来，卫生间滴水声不是滴一天两天了，也不是滴一个月两个月了，似乎是从她搬来开始，卫生间就滴水了。让她不明白的是，她家卫生间滴水，她怎么会听到？应该是楼下的人听到才对，可她确确实实是听到了，这是什么原理？她搞不明白，她检查过，是坐便器下边渗水。然后，渗出的水，又一滴一滴，有节奏地滴到楼下，应该是这样的。滴水声，有点像老式闹钟的秒针声。她爷爷用过那种闹钟，闹钟上有一只母鸡，母鸡点一下头就是一秒，母鸡不停地点头，时间也就不停地走。母鸡周围还跟着一群小鸡，小鸡们也在地上觅食吃，那几个小黑点，代表着粮食。这种画面，是听惯了卫生间滴水声后才在她脑子里出现的，现在想起来觉得很有趣。她也想找人来修一修。后来她检查过水表，发现水表一点也不动。她就放心也安心了。可楼下人家不安心。楼下就是502，502起先住一窝女孩子。第一次上来一个反映滴水的，是一个高个子女孩，她一点不客气，说话呱呱叽叽的，嘴巴张得很开，露出满嘴白森森的牙齿和红红的舌头。她张嘴就说，你家卫生间漏水，你晓不晓得啊？把我家卫生间都漏成水库了。毕雯雯说，我知道了，我得空修一修。毕雯雯并没有得空，她出差了一周。刚到家，就听到了门铃声。毕雯雯开门一看，那个女孩子又带一个小个子女孩来了，人多，可能是来壮胆子的。小个子女孩很美丽，大约是年龄太小的缘故吧，假装愤怒的脸越发的楚楚动人。先前来的那个女孩子张开血盆大口，说，好啊，你终于开门啦，我们天天打门，把你家门都打烂了，你天天躲着我们，我还以为你永远都不开门的，你家卫生间漏水，你晓得不晓得？你家卫生间漏水，把我们卫生间都漏成大海了。毕雯雯说，对不起对不起，我很快就会修的。女孩子有点不依不饶地说，很快是什么时间啊？很快不会是一拖又是七天吧？毕雯雯说，不会不会，就这一两天。毕雯雯是个通情达理的人，当天就从燕郊找来一个农民工。这个踏实的小伙子看了看，说，不好修。毕雯雯问为什么不好修。小伙子说，是坐便器下边的下水道渗水，得把坐便器砸掉才能修。毕雯雯知道一个坐便器要花大几百块钱，甚至一千多块钱，这房子又不是她的家，她凭什么要花这个钱？何况这渗水也不一定是她弄坏的，让她花钱修理也是不合理的。她还觉得，这事不算是小事，应该跟房东说。她认为房东应该出钱修理坐便器。她打电话跟房东说了。房东是个包工头，这套房子是他抵债抵来的，他干脆利落地说，你别管，你让它漏。有了房东这句话，毕雯雯又犹豫了两天，到第三天时，楼下的 502 又上来了。这回上来三个人，除了上次来的一高一矮两个女孩子以外，又来了一个长发女孩。可是，开口说话的，还是第一次来的那个高个子。她更加生气了，几乎是咆哮着说，你家卫生间漏水你晓得不晓得？你把我们卫生间都漏成黄河了！你到底修还是不修？算了，你这种人，说话不算话，裤子当小褂，这鬼地方我们也不能住了，我们走！高个子率领两个女孩子怒气冲冲地走了。毕雯雯觉得这样确实不好，这不是明目张胆地欺负人嘛。毕雯雯想跟下去告诉她们，明天一定修。可她第二天早上上班路过 502 门口时，发现她们正在搬家。她们真的搬家了，毕雯雯心里内疚了一天，觉得她们的搬走，是被她赶走的。几天以后，毕雯雯发现，她家楼底又新搬来一家，这是一个三口之家，一对夫妻带一个三四岁的小女孩。毕雯雯想，看来，这下是非修不可了。毕雯雯又到燕郊去找农民工，没有找到，回家的路上正巧碰到那家的男主人带着女儿回家。毕雯雯这回变聪明了，她主动说，你家卫生间漏水是不是很严重？我，我这两天就想办法修理。谁知，这家的男主人很有点惊慌，还有点不知所措，甚至有点不好意思，不迭连声地说没事没事没事。毕雯雯被他谦虚得一愣一愣的，没事？没事是什么意思？是说漏水没事还是说没有漏水？毕雯雯以为对方没有理解，又跟着解释说，我就住你家楼上，我家卫生间漏水了，滴到你家卫生间了，我这两天就把我家卫生间修一修。对方这回稍许安静一些，但还是不着边际地说，漏水啊？漏点水没问题的，没问题……小事一桩。又说，对不起，啊，对不起，漏点水算什么？毕雯雯这回不光是一愣一愣的了，还被弄得莫名其妙，回到家里还是一头雾水。她不明白的是，同一件事情，不同的人却是不同的态度。不过，滴水漏水的事，还是让她不能安心。她每一次到家，滴水声就会让她想到楼底的邻居。就会想到邻居一定在忍受着水患的折磨，就一定会有忍无可忍的时候。你想，曾被称为水库、大海、黄河的漏水事件，能被平白无故地称着没事吗？这事多少让人不安，可没想到，后来居然真的相安无事了。过去了一个星期，又过去了一个星期，当过去了三四个月依然风平浪静相安无事的时候，毕雯雯差不多把这事情淡忘了。滴水声漏水声，她已经想不到会影响别人了。滴水声漏水声已经直接影响到她自己了。她有时候会被滴水声弄得很烦，把卫生间的门关起来，又把卧室的门也关起来。可滴水声仿佛还在她耳边滴答。当她意识到漏水滴水还会影响到楼底的邻居时，是在新搬来一户人家以后。是的，那对带着漂亮小女孩的夫妻搬走了。什么时候搬走的，她也不知道。不久后，她看到502开门的，是一个四十多岁的中年男人，才觉得，是不是这家又换一户房客啦？后来她注意了几次，果然是换了新房客了，开门的都是同一个人，同一个身着考究服装的中年男人。这个男人有个显著的特点，就是秃顶。这个男人还有一个特点，就是从不打量人。不要说打量人了，他根本就是目不旁视。毕雯雯从他身边走过了几次，或者说擦肩而过几次，他就像没有看见她一样。毕雯雯觉得这是个莫测高深的人，或者说是个没有情趣的人，甚至说冷漠也不为过。毕雯雯注意他，是因为他住她楼下。对于这个住她楼下的新房客，她不知道他会不会就漏水问题跟她交涉。可是他和第二户人家差不多，对漏水熟视无睹，这反而让她很不安心了。

此刻，毕雯雯把自己埋在沙发里，她是想让自己放松的。可是卫生间的滴水声，让她又不能放松了。那个秃顶男人的影子，老在她眼前晃来晃去。

电视画面吸引不了她。她把遥控器胡乱点几下，就走到阳台上了。她站在自家的六楼阳台上向五楼窗口望去。有一个窗户，打开来了，窗帘是米黄色的。米黄色的窗帘在风中漫动。毕雯雯知道，五楼的结构，和六楼是一模一样的。开窗的这间是主房间，如果让她来选择，她会把它当卧室的。此时的五楼就住着那个秃顶的男人，他是不是把这间当卧室呢？如果是，那么很可能他此时在家，不然他不会放开窗户的。他在家又怎么样？和她有关系吗？因为她家的卫生间漏水，从她家的卫生间漏到他家的卫生间，应该说他们就有那么一点点关系了。现在，她的心态发生了奇妙的变化。她倒是希望楼下的人家赶快来找她，让她赶快去修理。如前所述，滴水声不是影响别人了，而是直接影响她自己了。她只要一进家门，耳朵里就会传来滴水声。其实她也知道，如果把卫生间的门关上，再把卧室的门关上，两层门隔音，她是听不到讨厌的滴水声的。问题是，滴水声已经深入她记忆深处，只要她一想到滴水声，滴水声就响起来了。比如在看电视的时候，或者做饭的时候，她会遗忘滴水声。但那滴水声就像魔鬼一样，会在她遗忘的时候，来叩响她的耳门。还比如她会在睡梦的时候被滴水声闹醒。但是，说到修理，她现在没有理由去修理它了，或者说，修理的理由还没有超过不修理的理由。

毕雯雯站在阳台上好一会儿，滴水声有几次来打扰她，又几次悄然而逝。

从六楼阳台能够看到五楼的窗户，这是不需要多说的。让毕雯雯吃惊的是，刚刚还是开着的窗户，不知什么时候关上了。那么就是说，那个秃顶的男人果然在家。他家卫生间，是水库呢？还是大海？或者黄河？这是先前那个女孩子说的。毕雯雯印象特别深，因为那个女孩子来过三次，第一次是她一个人来的，第二次是两个人来的，第三次是三个人来的。毕雯雯当时还想，幸亏没来第四次第五次，如果每次都递增人数，她家会被挤破门的。不过那三个女孩子终于没有忍受得了漏水的折磨。但是，那对带着一个漂亮女孩的小夫妻又怎么解释呢？他们不但没有怒火满腔地找上门来，还对毕雯雯有表示道歉的意思。不过他们也在不久后就搬走了，是不是也是因为漏水？完全有可能。那么现在，就是考验这个秃顶男人的时候了。

3

毕雯雯放车的时候，小杜正在吃饭。

小杜客气地跟她打招呼，回来啦？今天回来早？

毕雯雯说，也不早，今天没加班。

小杜说，晚饭还没吃吧？

毕雯雯说，我家里有东西吃。

小杜把一个肉丸夹到嘴里，腮帮子立即鼓了起来。小杜试探着说，毕科长回家是自己做饭啊还是先生给你做好了啊？

毕雯雯说，有时候是我自己做，有时候是先生做。

关于“先生”这个话题，小杜已经变着方式问过几次了，毕雯雯起初是避而不谈，后来就索性这样含含糊糊应付了。

小杜筷子上又夹了一个肉丸子。她并没有赶快吃掉的意思。她似乎还有话要说。

毕雯雯不失时机地赞扬道，哟，晚上还吃这么好啊？不怕长胖？

小杜说，我哪里想吃啊，我家先生做好了送来，不吃不是浪费嘛，毕科长你不知道，我家先生啊，他虽然不是厨师，却天天琢磨着怎么做好吃的给我吃，我怕他真的把我给追胖了，我还骂他，你是不安好心吧？你把我追胖了，难看了，就不要我了，是吧？

毕雯雯笑笑，说，他哪敢不要你呢？

小杜说，说着玩玩的，我和我家先生是小学同学，又是技专同学，我家先生对我可好了，毕科长，这么长时间了，我怎么没看到你家先生啊？

毕雯雯说，你说我家先生啊，他不来这边存车，你怎么能看到他啊？

小杜这回终于抓住话了，那你家先生不上班？

毕雯雯想，既然撒谎了，就索性撒下去得了。毕雯雯说，上班。

小杜好奇了，说，上班很近是吧？

毕雯雯说，不近，很远。

很远啊？坐公交？

不，开车去。

小杜这回被震住了，她感叹一声，眼睛不由得朝隔壁的机动车存车库望去。那儿看车的是一个男保安。小杜说，怪不得看不到你家先生嘛，你们有私家车啊，乖乖，不得了。但是，小杜立即就发现一个问题了，她说，怪啊，你怎么不坐你先生的车？

毕雯雯随口就说，我哪里是不想坐啊，我是没那福气，我晕车，我一晕车就吐，受不死那个罪。我要是不晕车，早就买车了。

小杜长吁短叹，极为同情地说，晕车的感觉真不是人受的，我也晕，什么车都不能坐，我一坐车就要死几死。

毕雯雯暗暗好笑，觉得这个谎言真是撒得太圆满了。

一辆白色别克轿车从她们面前悄然滑过。毕雯雯看到开车的正是那个秃顶男人。毕雯雯突然觉得这个人有点神秘。开着自己的车，却租住别人的房子。毕雯雯的目光一直跟着车，直到车子消失在大马路上。

小杜从她的眼神里看出了什么，恍然大悟地说，我知道了，他就是你家先生，是吧？怎么啦？天都晚了，还出去啊？

毕雯雯笑笑，对小杜的话没有作答。没有作答就是默认。

小杜对她的新发现显然很开心。她真是个心直口快的人，开口道，你放心他这么晚还出去啊？我看你家先生经常天黑才出去，我都下班了还没见他回来。他回来是不是很晚啊？毕科长，你是不是管不了他啊？你们夫妻感情，是不是不怎么好？

毕雯雯不知如何回答。小杜又说什么，她没听清楚。毕雯雯突然说，你家漏不漏水？

小杜说，你说什么？什么漏水不漏水？你是说漏税还是漏水？我家不做生意，我家没有人做生意。我家先生在厂里还是车间的小组长。我看车也不上税……你说什么啊？

毕雯雯说，对不起。毕雯雯知道自己思想开小差了。毕雯雯想赶快离开。

小杜又拉着她说，毕科长，你要搬家了吧？你家房子很大吧？

毕雯雯支吾一声，说，当然当然……很大的。毕雯雯怕言多必失，赶紧说，小杜我不打扰你了，你快吃饭吧，你瞧你饭都凉了。

4

毕雯雯走到502门口，她把耳朵贴在门上听听。她听不到屋里有哗哗的水声。再听，她就听到水滴声了，滴答，滴答，滴答……很有节奏的。毕雯雯明知道听不到水滴声，明知道水滴声不过是幻觉，她还是希望他家卫生间里漏水。希望那个秃顶男人也能像那三个女孩那样，找上门来。鬼知道为什么，她觉得自己都有点怪怪的。

回到家里，毕雯雯在屋里找一本杂志看，随便翻几页，就把杂志扔到一边了。毕雯雯打开电视，她发现最近电视上根本没有好看的节目，俄乌冲突都一年多了，也没有个结果。毕雯雯走到阳台上，她看到五楼的窗口黑漆漆的，连窗帘的颜色都分不清了。不过她知道那窗帘的颜色。那窗帘是米黄色的。米黄色是她不喜欢的一种颜色。不过她喜欢那个冷峻的秃顶男人。

前面说过了，关于漏水，她不想在这个问题上多纠缠。她就要搬走了。她觉得，再不搬走，就要露出马脚了。

楼下突然响起打门声。

有人把门啪得轰轰响。毕雯雯打开自家的防盗门，听一听，原来打门声是在五楼。会不会是秃顶男人家……

毕雯雯悄悄地走到五楼和六楼之间的楼梯，她果然看到有人在敲 502 的门。一个男的和一个女的。看起来他们是一对夫妻。男的把秃顶男人的门敲得轰轰响。其实那不叫敲，是在用拳头擂。上下楼层都有人围过来看。敲门的男人敲累了，说，气死人了，他家卫生间漏水，滴滴答答的，声音要多响有多响。

女的怀里抱着一个婴儿，她见有人围过来，也说，原来没生小乖的时候，滴就滴吧，我们也就受了，现在我们小乖都两三个月了，我们能受得了，小乖要不要睡觉啊？

她的话，让毕雯雯在心里发出质疑声，女人怀里的婴儿正在酣睡，那个男的把门擂得轰轰响，都没有把婴儿惊醒。

男的又说，我都跟他家讲过三次了，答应要修的，到现在还没有动静，你说气人不？

毕雯雯听出点道理来了。毕雯雯有点心虚，她走到五楼，小声地问，是不是这家卫生间漏水漏到你家啦？

女的说，漏倒是不漏，没发现有水，就是滴水声烦人，天天滴，一滴一滴的，我们都被烦死了。

你确定是他家漏水？

那还能有谁家？总不会是六楼滴下来的吧？六楼滴到他家，他能忍受得了？

毕雯雯心虚，没敢跟他们再说什么，赶快溜走了。

5

毕雯雯在北京像素小区打听了一套房子，定金都交了，搬家公司也联系过了，明天，她就搬走了。这是毕雯雯最后一次走在这条下班的路上。明天晚上，她就不走这条路了。明天晚上，她就听不到滴水声了。明天晚上，她就能睡一个好觉了。毕雯雯把新出的《星光》送了两本给社区阅览室。阅览室管理员小梅说，毕科长，我看到你家先生了。

毕雯雯被吓了一跳，心想，笑话，我离婚都六年了，哪有先生给你看见啊。毕雯雯说，小梅你别乱说了。

小梅说，真的呀，要不是小杜告诉我，我还不知道他是你先生呢，不要太帅呀。

毕雯雯一下子知道了。她不说话了。她知道小杜把秃顶男人介绍给了小梅。毕雯雯不经意地苦笑笑。她越发地觉得，赶快搬走是明智的。毕雯雯就先打预防针地说，小梅啊，我可能要搬家了，以后我把杂志寄给你。

小梅说，刚熟悉就要搬啊，我还舍不得呢。

毕雯雯存车的时候，看到小杜趴在桌子上抱着头。毕雯雯以为她睡着了。毕雯雯推着车，小心地从她身边走过。毕雯雯存好车出门时，看一眼她。毕雯雯发现她并没有睡着。她把头抬起来了，两只手还捂在脸上。毕雯雯听到她小声抽泣着。毕雯雯还看到，小杜的手指缝里渗出了水。这可是泪水啊。小杜的泪水顺着手滴下来了，一滴一滴地滴在桌子上。毕雯雯听到她泪滴的前几声很有节奏，后来节奏就拉长了。她哭了。毕雯雯感到奇怪。好好的，哭什么呢？还没等毕雯雯说话，小杜就说了，毕科长，你给我评评理，他凭什么就不要我啦？他不就是当了车间的小组长，有什么了不起啊，他就要跟我离婚啊，他还讲不讲良心啊，反正我死也不离！

原来是这样。三天前，小杜还夸她先生如何会做饭，还夸她先生对她如何的好，怎么转眼就要离婚啦？毕雯雯说，不要乱说了，你家先生一定是跟你开玩笑，他哪敢跟你离婚呢。

小杜用左手抹一把眼泪，用右手抹一把眼泪。她的眼泪就像泉涌一样怎么也抹不干净了。小杜满脸泪水地说，他要是开玩笑就好了，他是真要跟我离婚的，他都两天没有回家了。他外边有女人了。

毕雯雯说，你又乱说了。

小杜说，你不懂，我知道他。小杜又两手抱住脸了，继续道，我不乱说，我有证据……我可怎么办啊。小杜把两只手猛地拿开，睁大着眼，对毕雯雯说，毕科长，你信不信，他不是外边有女人吗？他不是要跟我离婚吗？我让他得不了逞，我要把他给剪了，剪下来喂狗！

毕雯雯说，小杜，可不能乱来啊。

离开小杜，毕雯雯心里沉甸甸的，生活怎么说变就变啊。

毕雯雯走到五楼时，看到秃顶男人家的门上贴着一张纸条。毕雯雯留意一下，纸条上写着一行字：502，限你三日内修好卫生间，否则，我就不客气了。落款是402。

毕雯雯回到房间里不像以往那样去看电视了，而是开了灯，坐在客厅的沙发里，仔细听着卫生间的滴水声。她没想到，滴水漏水还影响了第三家。四楼那家，看样子是认真了。她估计，502的秃顶男人要顶不住了，肯定要上来找她了，肯定要强迫她修好卫生间了。

果然不出所料，502的秃顶男人上来了——毕雯雯听到了敲门声。毕雯雯想，等他敲一会儿再去开门，我只要告诉他，我明天就搬走了，他就知道我的意思了，他就不会让我修卫生间了。但是秃顶男人显然缺乏耐心。他只敲两三下就不敲了。他甚至连门铃都没有按。她门上是装有门铃的。他却没有按，而是咚咚咚地下楼去了。毕雯雯有点失望，觉得这个人果然冷，白让他冒充自己的丈夫了，以后要让小杜知道，她会笑掉大牙的。小杜的嘴巴也太大了，她什么话都敢说，她跟小梅说这个有什么意思呢？她说不定跟很多人都说了。这个小杜啊，她自己也出乱子了。

毕雯雯不由自主就走到门边，她打开防盗门，看到门上也贴着一张纸条：

602：

你好，我是502。有件事情我想跟你商量，你家卫生间可能漏水，如果你近期准备搬走，不想修理卫生间的话，我们能不能调换一下住房？我可能在这儿还要住一段时间。调换住房的好处是，我可以把卫生间修好，你也能有一个安静的环境。以上意见，妥否，请给予回复。

毕雯雯有点好笑，觉得现代人，怎么都这样啦？不能正大光明地说话，却要用纸条来交往。再一想，这纸条上还有点问题。他的言下之意明明是知道她要搬走的。他怎么会知道她要搬走呢？说不定又是小杜跟他说了什么。小杜还会跟他说什么？会不会把她指他为夫的话也说了吧？或者，根本就是，小杜已经把他们当成一家人了。如果这样，岂不是让他看不起了吗？毕雯雯觉得事情有点不对。

毕雯雯觉得，该到跟他谈一谈的时候了。

毕雯雯开始化妆。毕雯雯把自己化得很年轻。

毕雯雯下楼了，她敲开了502的房门。

6

后来的事情大家都知道了，毕雯雯没有搬到像素小区，她预交的定金也白交了。她从602搬到了502。502的秃顶男人搬到了602。这样的交换很有意思。这样的交换，并不说明她小气，并不说明她舍不得花钱修坐便器。他已经暗示她了，知道她就要搬走了。是啊，一个即将搬走的人，让她花一笔可观的钱去修理即将和她无关的坐便器，这可能吗？

毕雯雯没有多少东西，她简单拎几趟，就把家给搬过来了。

毕雯雯听不到滴水声了，却翻身打滚睡不着了。白天时，她就听到了，楼上有敲敲打打声和轰轰声，那是工人在修理卫生间，也可能是拆了马桶。前后不到一个小时，修好了。修好了，就什么声音也没有了。毕雯雯在502的卫生间里仔细查看，她看看顶棚，看看墙壁，看看地面，看看几根粗细不等的管道。她想象着漏水的情境。她想象不出来，她脑海里只有节奏分明的滴答声。但是，乳白色瓷砖地面上，有一个铜钱大的明显的水痕。塑料棚顶的某一个缝隙间，也有一处烟色的水锈。毕雯雯脑海里，渐渐浮现出三个女孩形容的水库、大海、黄河的模样。

毕雯雯睡不着了。她开始想着楼上的男人在干什么。他们说过话了，有过交流了，并且她还知道他是一家全国连锁店驻北京分店的筹备处主任。但是，她对他依然了解甚少，甚至没有看他笑过。他说话的语气是那种平缓而缺少节奏的，他办事是留有余地的，他是个能考虑对方并给对方留有面子的人。只是突然听不到听了小半年的滴水声，她总觉得缺了什么。

再以后，就是夏天到了的时候，一天，小杜把眼泡都哭肿了。

毕雯雯把助力车停好，过来安慰她。毕雯雯说，小杜啊，离就离了，谁离开谁还不活了啊。

小杜突然哇一声大哭了。小杜说，离不了了，要是离了就好了。

毕雯雯说，怎么啦？

小杜说，我家先生，被我打伤了，他……他真不经打，他……他……他得了……他就像得了前列腺炎一样……他下边，天天漏……他小便失禁，天天滴滴沥沥，要用橡皮管子引到马桶里……这日子还怎么过啊！

小杜的话让毕雯雯也很难受。毕雯雯想到了记忆里的滴水声，那不过是马桶里的滴水声，而小杜家先生，直接就漏了。毕雯雯小声嘟囔一句，怎么会是这样？

小杜抹眼泪，她左一把，右一把，脸上的泪水横七竖八的。小杜说，毕科长，你好福气啊……毕科长，你不晕车啦？我那天看你坐你家先生的车了。

毕雯雯知道迟早会有这一天，她和秃顶男人出双入对时会被小杜看见，但没想到会这么快。

小杜说，我怎么还是晕车啊，我送我家先生去医院，硬是不能打的，我这命啊……毕科长，听说你在残联工作，我家先生算不算残疾人啊？

毕雯雯说，照你这样说，应该是了，只不过……怎么会弄成这样子呢？你是犯法的。

小杜说，犯什么法啊，我服侍他一辈子还不行啊？谁让他要跟我离婚啊。小杜说完，又抱着脸哭了。

毕雯雯上楼时，小杜的话还在她耳边萦绕。毕雯雯想，这倒是一篇好题材，可以写篇不错的稿子，在《星光》上发头条。《星光》已经好几期没有精彩的头条了。

毕雯雯走到五楼，她掏出钥匙，在自家的门口犹豫一下，还是走上六楼了。她打开602的门。她走进602，疲惫地瘫坐在沙发里。在她身边，是她早上换下来的内衣和一件男人的T恤。这些衣服都还没洗。毕雯雯有点疲倦，闭着眼想休息一下，迷迷糊糊中，她听有滴水声。毕雯雯心里一惊，她坐直了身子，仔细听，滴水声又消失了。

2022年11月17日修订

2023年5月12日定稿

窗口

1

初冬的细雨中，躲在办公室的林点点敲完那篇译稿的最后一个字母，抬起目光，散漫地从窗口望出去——她什么都没有望到。窗外是一片夜色。她望到的只是一片夜色。当然，她知道，窗户下边，依然是那片杂树林，林子下面是几件公共体育设施，边上是一条环绕整个商务区的便道。林子、体育设施和便道，林点点都很熟悉，她在林子里的条椅上坐过，畅想过未来，幻想过爱情，也多次发过呆；还在公共体育设施上压过腿，扭过腰，拽过拉力器。至于那条平坦而整洁的便道，她也曾跑过圈——那是三年前了，或者更早。林点点喜欢在这条便道上跑圈，有时候是顺时针，有时候是逆时针。慢跑一圈，大概花费十五分钟，如果慢跑两圈，花费约半个小时，消消食，提提气，攒点精神，再回到办公室加个夜班。这样的工作和生活，已经成了那一个阶段的常态。后来，也就是近三年，她没心情再在这条便道上跑圈了；未来还在畅想，只是没有明确目标了；爱情，她都想不起来应该是个什么样子了。加班还是常态，特别是近阶段，整个公司只有她一个员工了。一个员工，所有的事都是她一个人的事，上班或加班就成了一个模糊的概念。

小雨是什么时候下起来的，林点点并没有察觉，就像天什么时候黑了一样，她也没有注意，当她完成了工作，百无聊赖地抬起头来时，就发现窗外的一片夜色了。夜色，无非是又一天过去了而已。但是，窗外，一直陪伴着她的那几片梧桐树的叶子，又少了一片，现在只剩下两片叶子了，而且光影里，两片叶子湿漉漉的，不时被雨点击打而发出微微的颤抖，如果不是隔着玻璃，她都能听到那击打声。下雨也好。林点点想，下雨了，总归是大自然做出了一点变化，给沉寂的日子增加点节奏。林点点对窗外的小雨有了一点淡淡的好奇和莫名的喜悦。

林点点关了电脑，从办公桌前站起来，喝了一口杯子里残剩的咖啡，走到窗前。林点点喜欢在加班时把整个办公室的灯都开着。都开着灯，她就感觉一直沉浸在明亮里，心也便是亮堂的。在亮堂的室内灯光照射下，窗外那朦胧的光影就暗淡多了，或者根本可以忽略不计。窗口探头探脑的两片叶子也就能借到室内的灯光，进而展示它们不愿离开枝头的顽强，而且叶子的表面，还闪烁着一些光泽。这个发现，让林点点略有点小成就，好像那两片叶子被赋予了新的生命。

让林点点心里悚然一惊的是，两片叶子，几乎就在她走到窗前的同时，跌落了下去。林点点仿佛听到叶子脱离枝头的撕裂声。很凄惨的撕裂声。林点点所在的楼层是四楼，也就是顶楼，叶子和地面是有点高度的，按说她不至于听到叶子落地的声音，但她确实听到了。林点点心中顿生疼痛感，那撕裂声让她产生了共鸣，觉得万物都是有生命的。觉得它肯定不愿意从那么高的枝头跌落下去，零落成泥；它还想做它的叶子，哪怕已经枯黄。她看到，树枝还在，仿佛不舍一样，轻轻摇曳着，或者是在向她诉说着什么，怨怪她把叶子惊落似的。林点点心里便又有了内疚感。

林点点贴近窗户，看了看这棵树，只能看清临窗的几根树枝，冬夜小雨中的大大小小的树枝，实在没有什么好看的。作为楼下小树林中的一棵当家树，林点点每天都能看到它。另外的几棵杂树，都远离了窗户，而且是不同的树种，比这棵梧桐要矮。她没有植物学方面的知识，也不去探究它们。她只是觉得林子不错。雨中的林子会怎么样呢？窗外的夜色比朦胧还要朦胧，地灯和路灯因年代已久，亮度受到了损伤，或者楼下的地灯和离窗口最近的路灯都已经坏了，离窗口两三米外的夜色浓度渐密，那条眼熟的便道，成为了黑的一部分。便道外侧是黑色的铁艺栅栏，整个商务中心都由这样的栅栏围着，此时根本看不到它的轮廓。如果能想到，还有栅栏外的那条路。那是一条断头路，像盲肠一样横在栅栏的外侧，路便成了停车场。这段路和所停的各色车辆，也是林点点所积累的记忆。既然什么都看不到，夜色也没有什么好看的，她便收回目光。就在目光收回的过程中，她看到栅栏的里侧，也就是便道和栅栏之间的草地上，有一个比夜色更黑的蘑菇状的东西升了起来，是那种缓慢的升，悠悠晃晃、飘飘忽忽，一直升到一米多高，像极了一个人形。林点点以为它会继续升高，甚至会飘起来。而它并没有升高，也没有飘起来，只是黑影的轮廓更清晰了，晃晃悠悠平行移动了两三米之后，又渐渐缩了回去，缩回到地面，缩回到草地里，和黑融入一起，消失不见了。林点点吓得魂不附体，试图把窗帘拉起来，却心跳手颤，拉了几次才把窗帘闭上。

林点点像刚跑了一万米一样喘息着，她的气息根本不够用，短促得有点犯恶心，连椅子都不敢坐了。那是什么鬼东西？传说中的暗物质？以前怎么没见过？她在办公室加班，兼偷宿，已经一个多月了，再有一个星期，就两个月了，她吃住在办公室，无数次在夜晚朝窗外张望，白天更是多次去过小树林，在器械上运动，也会在条椅上坐坐，难道她一直在和那个黑影做伴？它一直都在她身边？惊魂未定的林点点，立即挨个儿把窗帘都拉起来了。她还查了查门，把门也反锁住了。她想躲到小会议室，也就是她睡觉的地方，但觉得小会议室里同样的不安全。整个办公区域，没有她能躲避的地方了。好在，她毕竟是成年人，三十大几了，又是高学历（硕士），怎么会相信那些不着边际的东西呢？一定是自己眼花了，工作一天，累了，出现幻觉了。她抚着自己的胸，端起咖啡杯子，喝了一口。空杯，她什么都没有喝到，喝了个空气而已。但，杯子里的咖啡香，还是刺激了她，让她渐渐理性起来，回到现实中。她再次走到窗前，悄悄撩开窗帘，把窗帘撩开一条缝，向那个轮廓分明的黑影消失的地方费力望去。那里什么都没有，还是一片黑，更黑的黑。而小雨似乎更加绵密起来，能听到雨水打在树枝上的声音。林点点又把窗帘拉开来一些，猛然间，玻璃外的窗台上，出现了两颗亮晶晶的亮点，绿莹莹的，像一双眼睛正在看向她。她尖叫一声，瞬间以为那个黑影找她来了，好在同时她就看清了，那是一只猫，一只花狸猫。林点点见过它，它是商务区的流浪猫，她曾经试图接近它，唤过它，但它很怕生，躲进了绿化带不出来了。在这个关键节点上，花狸猫的突然出现，让林点点在惊惧之后，心里仗义了一点。要不要让它进来呢？能有一只猫做伴，也不错啊。但是，这只猫的警觉性实在太高了——它迅速逃离了窗口。

2

找好朋友聊个天吧。林点点想，找人打打岔，分散一下思想，有助于消除恐怖。

坐在小会议室的沙发上，手捧一杯热咖啡的林点点，想想刚才的经历，还是怕。她确定那不是幻觉，她确定那是一个真实的物体。但那是什么？怎么会像人形一样慢慢长高？怎么会平行移动？又怎么像气体一样被草地所吸收？她是越想越害怕，身上起了一层又一层的鸡皮疙瘩，心虚，还感到冷（晚上八点半，中央空调就停了）。她顺手开了卷轴的开关——这是一款新型的取暖设备，截取的是《江山万里图》的局部，做成了一幅卷轴，挂在墙上。它不仅是一幅艺术作品，还有取暖功能，整幅画全是散热器，七秒钟可达最高温，几分钟后室里温度可达二十多度。正是因为有了这个取暖挂画，林点点才有胆量继续住在办公室里。林点点本来有固定住所，在燕郊，她和人合伙租了一套两居室的公寓，每天早出晚归，虽然路上要耗费大量的时间，总算有个固定的窝。但是好景不长，北京往返于燕郊的交通因各种原因越发艰难了，加上固有的检查站，上班就没了个准点，有时候早上六点出门，中午十二点还堵在路上。好在老板了解她的通勤情况，加上她是业务骨干，又愿意加班，也容忍她这样的上班模式。只是林点点受尽了各种苦，被多次挤成柿饼子也就罢了，有一次尿都差一点憋在了裤子里，第二天她就穿了尿不湿上车了。就在这样的艰难中，林点点都挺了下来。可是窗外夜雨中的不明物体，让她萌生了逃离办公室的想法。可她逃到哪里去？就算她能出了大门，也回不了燕郊，就算能回得了燕郊，也出不了燕郊，无法再来上班。公司业务怎么办？公司原有三十多个员工，业务很忙；两年前，还有二十几个员工；一年前还有十几个员工；就是在今年春天和夏天，还有八九个人；就是在国庆节前，还有四五个最顽强的骨干，包括老板。国庆节后，回大同和郑州过国庆的三个员工因为当地的疫情管理，无法进京了，加上老板也被困在广州，阴差阳错的，整个公司，就她一个人了。一个人还能玩得转一家公司，她佩服自己都佩服得五体投地了。一个人还不让消停，还有妖魔鬼怪在惦记着她，变着花样来吓唬她，想到这里，林点点有点悲从中来，更加怀念窗台上一闪而过的那只流浪猫了。如果有一只流浪猫陪伴，也会让她情绪安稳点。没有流浪猫，有人也行啊。可找谁呢？现在的情状下，要想找一个人来陪伴，显然比找一只流浪猫还难得多。那就聊天吧，可又跟谁聊呢？她拿出手机，在朋友圈里翻翻，这时候，一条微信突然到了，一看，是刘子司的。刘子司是她三年前的同事，一个小帅哥，比她还小两岁，自称语言学家，别人却叫他话痨，在公司干了不到三个月（试用期内），被老板辞退了。三年多了，她和刘子司压根儿就没有联系过，这会儿他怎么来微信啦？他话多，这时候的话多，可不是缺点了——正是她需要的。

“晚上好，林点点，林妹妹，林姑娘，林大美人，干吗呢？”刘子司不改当初的话唠本色，连微信都舍得费时费电写这么多废话。

一看刘子司的一句问好都能衍生这么多的废话，林点点就想到他说话的样子了，想到他一副永远不正经的口气，还有那双小眼睛一眨一眨像藏着一万个心眼的机灵相。林点点没有发微信，她立即打通了微信语音。她需要直接通话。对方好像更心急，零点一秒都没耽搁就接听了。

“喂，林姐，林老师，林先进，林主管，你好！”刘子司又换了一套称呼，“看来我们的工作狂人没有加班啊，不然不会这么快就回复了。”

“就你聪明，”林点点不由自主就跟着他说话的调调了，无厘头地说，“你在哪里呢？有人说你在广州还是深圳啊我忘了，你们那情况还好吧？”

“我在哪里不重要……哈哈还深圳、还广州，昌平啊，我在昌平，目前这个形势全国都一样。”刘子司用轻咳一声转换道，“告诉你呀，我做了个梦，奇怪的梦。猜猜梦见谁啦？你怎么想都想不到，我梦见你了，你进入我的梦中了，哈哈，搞笑吧，你穿一身绿衣服，跟一只小青蛙一样，还学着小青蛙在叫，淋着大雨，蹦蹦跳跳的，想跳进我的窗户，我……哈哈，我特别想让你跳进来，可你就是跳不进来，一次比一次跳得矮，急死我了都……奇怪的是，转眼你就不见了，光听到你的叫声，就是不见你的人，天黑了，雨又急，风又大……你怎么啦？林姐，林姑娘，林主管，林妹妹……你这是哭还是笑？对不起对不起，我就是……把梦里的事说给你听听嘛，听听而已嘛。怪我怪我怪我……那就再见啦！”

“别……谁哭啦谁笑啦？再什么见？继续讲啊……”林点点确实是哭了，哽咽了，刘子司所说的梦，怎么和她刚刚经历的怪事如此相像？难道她经历的也是梦？当然不是，如果是梦现在还在梦里呢，“后来呢？说清楚啊，是我叫还是小青蛙在叫？”

“后来？”刘子司说，“后来，后来我发现，我窗户就没有打开。”

“故意使坏，不让我进，是不是？”

“不是……我哪敢？”刘子司声调变了，变得正经而认真了，“开个玩笑……梦嘛，后来就不了了之了。不过我还真的爬起来，打开窗户，朝窗外看了看，倒是真的下雨了。窗外是草地，这个季节了，也不会有青蛙的，可能是你从前穿过一件抹茶绿的裙子吧，那条裙子特别好看……适合你，你的气质、身材和形象全出来了……你一定会问我为什么这时候就睡了吧？不睡觉还能干什么……喂……喂，哈，好啦，你有事先忙吧。”

“我在听呢。刘子司，对，你说呀……我现在不忙，不不不，我现在很忙，就是在忙跟你通话……这几年，咱们公司一直在走下坡路。本来我不想说公司的事。现在哪家公司的日子都不好过，咱们公司还活着，已经很万幸了。”林点点在听刘子司说话的过程中，渐渐恢复了平静，思维也逐渐正常，好不容易逮到一个自投罗网的说话者，她可不想放弃，就展示了她从前从未展示过的讲话口才，喋喋不休地讲了三年来公司的变化和人事变动，讲她记忆里的一些人和事，讲到高兴处还发出笑声，咯咯的或哈哈的笑声。而对方居然全部听懂了她的讲述，很适时地回应、附和着她的话——就是讲错了，比如讲一个去年进公司的一个副总喝酒的趣事，这个人刘子司根本没有见过，刘子司也回应得天衣无缝。当她意识到自己讲错了而刘子司还那么聪明地接上话茬时，她的快乐是真实的，在那一个时段里，她居然忘记了和刘子司通话的目的。

这次两个多小时的通话，让林点点内心的恐惧感稀释了许多。

3

林点点几乎一夜未眠。

本来，按照计划，她昨天晚上应该洗个澡的。林点点胆敢偷宿在办公室，解决了洗澡问题也是她的创意之一。四楼的办公区域，原本只有两家公司，除了他们公司而外，另一家占据整个楼层面积三分之二还强的大公司，已于一年前关闭了，整个四楼只剩下他们一家公司了。换一种说法，整个楼层，只有她一个人了。她的所谓创意，就是买一个直径一米的巨型塑料盆，利用晚上，拿到卫生间，烧几壶热水，关上门，居然也能洗个痛快，相当于在宾馆浴池里泡澡了。但是昨天晚上，在遇到灵异事件后，她哪敢再去走廊里的公共卫生间洗澡啊，就连上厕所，都是在废纸篓里加套一个塑料袋解决的——她压根儿就不敢出办公室的门。这当儿，天大亮了，雨后的太阳出来了，她才小心谨慎地拉开窗帘，朝楼下看。

楼下一览无遗，一夜雨水的冲洗，空气清爽，树木和便道都很干净，在栅栏和便道中间的草坪上，草坪还是绿的，平整的。她凭感觉，重新计算着那个立体黑影大约移动的距离。这个距离说明不了什么，让她心跳突然加速的是，她突然做了一个决定，今天晚上，她要观察那一段距离，目不转睛地盯着那一段距离，如果那个怪影再度出现，她立即打开手机上的手电照射它。这个决定让她心跳加速，也让她热血沸腾。

为了很好地实施计划，林点点决定，等会儿，趁着商务区人多时，下楼去那一带观察观察，看看昨天晚上的怪物有没有留下痕迹——现在，她由恐惧，更多地转向了好奇。

就在林点点从冰箱里拿出牛奶、面包和几样干果当早点时，听到楼下有人在说话。林点点悄悄走到窗口，向楼下瞥去——她希望看到的不是人，是那个黑影。略略失望的是，她看到的是两个男人，两个吸烟的男人，在冷风中虾着腰，缩着脖子，跺着脚。她平时最讨厌吸烟的人了，特别是有人喜欢跑到小树林去吸烟，那里有条椅，有体育设施，是休闲区，不是吸烟区。林点点每次去那里晃悠，闻到空气里弥漫着烟臭味，都会在心里抱怨几句，甚至恶毒地骂几句。不知是平时没有注意，还是商务中心的人越来越少，来吸烟的人不多了。这会儿，再看到他们，反倒觉得他们吸烟的猥琐样子还挺帅气的。

趁着有人（可以给她壮胆），何不现在就下楼呢？林点点胡乱吃了几口，赶紧换上那件新买的紫薇粉色刺绣羊羔绒帽衫，这种色谱澄明、宁静，显得脸白。但是，看那两个吸烟的家伙缩头虾腰的鬼样子，外面应该很冷，还是套上风衣吧，虽然是去年的款式，高档羊毛呢混纺的面料，烟栗色，无领休闲的风格一点也不过时，还显得明艳而轻松。头发有点乱，怎么办？那就戴上那顶浅灰色绒线帽，帽子和风衣很搭，冷静而沉着。这样，一个知性、时尚的美女就出现在镜子里了。林点点很满意自己的穿搭。

她迅速出门，进入楼梯，嗒嗒嗒一路急走，下楼了。她径直走到光滑、平坦的便道上，右拐，顺时针向小树林方向走去。她看到，两个吸烟的男人，不再哆哆嗦嗦猥猥琐琐了，立即挺胸收腹地站好，一齐看向她。她沉稳地走着，目光瞟向左侧的草坪和铁栅栏，甚至栅栏外“盲肠”上停着的一辆辆各色汽车，也在她目及范围内。但是她还是更多地看向那路牙石和栅栏中间的草坪。她不认识那是什么草，长势绵密，常年青绿。从草坪的表面，看不出有什么异样来，没有洞口也没有地漏，有一盏地灯，不，是两盏、三盏地灯，被茂盛的草坪半掩半埋着。地灯肯定是坏了，不然，昨天晚上这儿会很亮的。商务区的地灯和路灯坏了不止这一片，大约有三分之二都不亮了（或是为了省钱而人为关停）。草坪上散落着不少树叶，不同树种的树叶，红的黄的青的绿的，一片一片的，像有规则又像没有规则。有一个藏在草丛里的水龙头，可能是供干旱时浇树浇花用的，周围的水渍比别处多了些，甚至还汪着水。水汪边有一片树叶，被踩了一脚似地陷着草坪里。一路看过来，也没发现什么异常。让林点点感到异常的是，后背上仿佛驮满了两个男人的眼珠子。林点点好久没有在乎陌生男人的注视了，心里狂跳的频率，和昨晚遭遇灵异事件时差不多，只不过昨天晚上是被惊吓的，是倍感恐怖的，现在则是喜悦，仿佛她查看草坪的事是次要的，招蜂引蝶才是下楼的主要目的。

林点点就这么袅袅娜娜地向前走着。一幢一幢造型各异的商务楼，在她的行走中，向后退去。这个商务区的写字楼很有特色，楼层不高，全部是三至四层。更具特色的是，这些写字楼全部由钢架和玻璃构成，不动一砖一石，且每幢造型都不一样，有的是菱形，有的是鼓形，有的是碗形，有的是魔方形，有的是平行四边形（她公司所在的那幢），有的像一条行进中的船，还有的是一根三节棍，更奇特的还有像一颗橄榄球和一个哑铃的。这些怪异的写字楼，其整体摆布也有特色，呈风车形，即在商务区中心地带，有一个圆形广场，这些写字楼就成了一个个风叶星散在广场四周。所以，穿梭在商务中心的各条小道，也是不规则的，随着楼形而弯弯曲曲的，只有这条围绕商务中心的便道，才像一条正经的路。此时还不是早晨上班的高峰期，便道上没有人。就算到了上班高峰期，也不比以前那样繁忙了。现在，许多公司都是人去楼空。想想三四年前，商务区的写字楼一间难求，现在，如果把坚持上班的公司集中在一幢楼上，也可以安置得下。林点点想想，觉得大家的日子都不好过，她能有班上，还可偷宿在办公室，享受公共设施，还是挺幸运的，受点惊吓又算什么呢？按规定，商务区是不许人留宿的，加班也最多到八点半，因为八点半后就停止供暖了。

林点点再向右一拐，拐进一条小道，这条小道由连续几个S形弯道组成，很有特色，是林点点平时爱走的。小道两侧都是半腰高的绿化带，间隔着绿化带的，是一株株乔木，有青枫，有海棠，有紫荆，还有垂槐，这些树有的还青枝绿叶，有的枝干萧条。林点点准备穿过中心广场，绕到自己公司的那幢楼。

就在林点点正常行走，快到前边分岔的小径时，一道黑影从她面前飞速而过——林点点因为走神，想着那两个男人还在不在，那道黑影就突然出现了，像一道黑色闪电，或干脆是一道黑色的射线，从她前边三米远的三岔口横穿了小路。林点点吓得停顿了一下，腿肚子仿佛抽了筋，打了个软腿，什么东西？难道是昨天晚上灵异事件的重现？林点点不敢前行了，想退回去，可后边的路好像也挺远，回头看，走过的一段绿化带的弯道处在剧烈地晃动，像有动物在激烈打斗，在林点点回望时，忽而又静默了，像是等着她回来。林点点进也不是，退也不是，站在原地了。蓦然间，她又看到路面上，有斑斑点点的白色鸟粪。如前所述，商务区的写字楼都是不规则的建筑，楼和楼之间会有较大面积同样不规则的空地，都栽上了各种林木，还在林子里安放着便民健身设施，林点点正好走到一片林子下，就被那条横穿小径的黑影吓住了，再抬头看上方的树枝，树叶落尽的枝条上，停着许多只鸟，大鸟，乌鸦还是喜鹊，她不认识。大鸟们露着一片片灰色的肚皮，睁着突出的眼睛，静静地冷眼注意着她。按照林点点的那点生活常识，清晨时的鸟儿应该在枝头欢跳和喳喳乱叫的，这一动不动的静默状，为什么？林点点心底的惧意迅速扩散，那种缓缓而来的惊惧，比突然而至更加恐怖。就在林点点想撒腿狂奔时，一只猫，从绿化带里走了出来，大摇大摆的，它看看林点点，朝林点点叫一声，在林点点面前两三米远的地方打了个滚。

原来是一只猫，一只花狸猫。林点点松了一口气。如果没有认错的话，昨天晚上出现在窗户外的就是它。因为林点点喂过它，它可能认识林点点。奇怪的是，它没有像以往那样见到林点点就逃，而是向林点点撒娇。紧接着，绿化带里又蹿出一只猫，这是一只黑猫，非常活泼灵敏，冲过来就扑向了花狸猫，然后就和花狸猫玩闹、追逐起来。

4

九点上班时，林点点已经打开电脑工作半个小时了，她工作QQ挂着，微信也挂着。她要随时和客户保持联系，还要和老板保持联系。老板是个“九〇后”，比她还年轻一岁，是个心思缜密的美女，要身材有身材，要相貌有相貌，要才华有才华，林点点在她的翻译公司工作了五六年，北京外国语学院英语系研究生一毕业就是她公司的业务骨干，主要就是看着她顺眼。她虽然身在广州，指挥公司业务就跟在林点点身边一样自然。林点点乐于和她配合，一些新开发的外资企业的安装资料、产品资料、材料资料等和各种使用说明书，无论是由英译汉还是汉译英，全是林点点在做。至于其他语种，比如法语、德语、西语、日语等，老板也有办法。虽然公司这方面的员工因各种原因辞职或被辞职，老板都能通过各种关系找到替代者。所以公司看似只有林点点一个人在坚守，老板也能沉得住气，加上近三年房租的优惠和其他开销的减少以及战略目标的转移（维持公司存在），总体上的运营还能够继续，只是和鼎盛时期不能相提并论了。

但是，林点点的心思不能全用在工作上，她分心了——窗外，昨天晚上亲眼所见的草地怪影（她的新命名），就像影子一样跟随着她，让她心有余悸。就是在工作时，也不能完全地定神。她甚至还在工作进行中时，几次跑到窗前，朝窗外眺望。窗外，她能看到的，当然只是惯常风景了，楼下的树林，林中的健身设施，隔着便道的草坪、栅栏，栅栏外的“停车场”，这些固定的景象和往日并无二致。唯一不同的是，一次她在窗户里看到，有一辆车子的车顶上，一个人在晒衣服，这是一个奇怪的人，光着上身。季节都是小雪了，气温在零度左右了，他居然光着臂，裤子还挂在屁股沟上，随时要滑落的样子。再一看，此人不是在晾衣服，只是站在安置于车顶上的晾衣架边——他在洗澡。这一定是个冷水浴的爱好者。他的车子是一辆造型怪异的房车，虽然在房车的侧面，有一辆白色小轿车挡住了房车一半的车身，林点点也能看出来，那是一辆房车。能在房车上晾衣洗澡，一定是房车的主人了。隔着四五十米的距离，林点点能看出来这个家伙肌肉还挺结实，九点多钟的阳光还比较鲜艳，照在他身上发出了很强烈的光反效果。他不会趁着“停车场”没有人，把裤子也脱了吧？林点点兀自一笑，自嘲道，想什么呢？哪有好事会让你碰上？“停车场”所停的车辆，都不是临时停车。有的车，比如房车前边是一辆罩着黑色车罩的车子，这辆车在那儿停了至少有两个月了，还在她一入住办公室时，就发现那辆罩着黑罩的车子了。至于这辆房车，她倒是没有上心——原来，房车里还住着人。林点点再回到电脑前工作时，心思就更飘了。

来电话了。林点点一看，老板的。老板很少打电话，有事都在微信上说。

“喂——老板，”林点点接通了电话，“回来啦？”

“哪能啊，这边有事——回不回都一个样。”老板声音永远都是那么好听，甜中带着磁音，“点点，你最近是不是遇到什么事啦？”

林点点心里“咯噔”一声，真是神了，老板怎么知道她遇到事啦？她谁都没说啊，就连昨天晚上和刘子司通话时都只字未提所遇到的草地怪影，远在几千里外的广州，老板就是会掐指一算，也不会这么精准吧？林点点可不想让老板知道自己遇到的事，那会让她认为自己会因此而分心，不能集中心思工作。林点点赶快说：“没呀，我能有什么事，艳遇？做做美梦还差不多，天天上班译稿子呢——哎呀，还说呢，手里这个活太麻烦了，多达一百多页的说明书，还有很多生词，英汉大词典都翻烂了。恐怕这个月也完成不了。”

“完成不了就慢慢完成，也不是太急——没有事就好，哈哈哈，艳遇……也不是不可以啊，本姑娘可能要有好消息了，等回去再告诉你。好啦，没事就好，公司就你一个人在坚守了，别的员工只能在别处支援你，无法和你做伴，你肯定会感到孤独，万一有人追求你，抓住机遇，决不放手，到年底，给你一个大大的红包。你工作吧，有事微信上说。”

通话就这样结束了，莫名其妙的。不过听话听音，好像老板有艳遇似的，确实也不是没有可能，老板有钱，人又漂亮，只身在广州打拼，遇到几个追求者也很正常。只是她这些年奉行独身主义，难道要改变初心？老板不但自己奉行独身主义，还看不惯公司内部员工互相间的情感纠葛，一旦发现苗头，立即掐死在萌芽中。当年刘子司离开公司，可能就是他有向林点点调情的苗头。因为林点点姓林的缘故吧，有一次在中午饭点时，大家一边吃饭一边说笑，有称林点点林姐的，有称林老师的，刘子司却称林妹妹。有人纠正，你还没有林姐大，怎么敢叫人家妹妹？刘子司就进行一番演讲，说林妹妹只是一种称呼，或是昵称，和年龄大小没有关系，但也不是所有女孩子都可称妹妹的，就好比大观园里的众位小姐，叫林黛玉林妹妹多好听啊，就不能叫薛宝钗薛妹妹，叫着试试，难听死了，所以要叫宝姑娘，叫史湘云既不能叫妹妹，也不能称姐姐，叫着试试，史妹妹，史姐姐，是不是吓死个人？所以大观园里都叫她史大小姐。叫林老师林妹妹，也这个道理。大家听后，哄笑着说有道理，同时也感觉到，他这么卖力气地变着花样夸林点点，是有其小心思的。而事实上，刘子司已经约了林点点吃晚饭，祝贺她生日快乐。林点点是从来不过生日的，这次却默许了他的邀请。这些，在小会议室（也是老板的办公室）忙于工作的老板肯定全都知道了，自然也嗅到了什么，第二天就让主任宣布刘子司走人，不用等试用期结束了。她也假惺惺地对刘子司说，等公司有岗位了，再请你过来。林点点当然知道老板的用意了，心里不快了几天后，也就渐趋平静。这会儿，老板要是真改变独身主义的初衷也不奇怪，林点点从来都不相信独身主义——无非是没有遇上对的人而已。

林点点的思想迅速从老板的通话中回到现实——老板的电话固然奇怪，这一宿两日所经历的，何不都是怪事一串串呢？有一部书（也许是电影），叫《好事一箩筐》，她这是叫《怪事一箩筐》，从夜间偶遇圆柱形黑影开始，到跑到四楼窗台上作怪的花狸猫，到刘子司的深夜来电（包括他那个梦），到今天清晨商务区小径上跟踪她的猫和在树枝上冷眼旁观她的那么多鸟，房车上的冬浴爱好者也可以算一桩，还有就是老板的查岗式电话，林林总总，没有一件是正常的，甚至早上抽烟的两个人也不是真实的人。林点点心里不禁打了一个冷战。

然而，更不正常的怪事如期而至——晚上，天一擦黑，林点点就实施她的计划了，早早拉紧窗帘，只留一条缝，从缝隙里朝昨夜大致出现怪影的地方观看。天色渐渐暗淡了——越来越暗了，但最终没有像昨晚那么黑，朦胧中，总能看到那片草地和草地上的落叶，林点点才想起来，昨天是下雨天，云层低而厚，过度的黑混淆了她的视线。而现在是大晴天，天上有星星，星光照耀，加上城市远方的灯影不断反射，总是能有一定的能见度。这样的光影当然更好了，如果那个黑影再度出现，她会一眼认出来。但是，天黑都一个小时了，一个半小时了，两个小时了，那儿还是什么动静都没有。倒是栅栏外，车和车之间，仿佛有人走动，又仿佛没有。工作了一天，加上长时间的站立，林点点早就累了，虽然不断地变换站姿，叉腰，松胯，抱胸，依然倍感疲劳。已经过了昨天晚上那个点了。八点半一过，中央空调也停供了。此后又过了半个小时，她强打最后精神，希望出现过的怪影能够再次出现，但那一带还是空空如也。林点点渐渐放松了警惕，目光向小树林下收拢、移动，她看到那把条椅了，早上时，她看到有两个男人在条椅前抽烟。条椅的这边就是那组健身器材了。有一种健身器材在动，确实在动，它怎么会动了。虽然看不清，凭记忆，林点点也知道那是一种什么器材，是两个悬空的脚踏，站在悬空的脚踏上，两手扶着横杠，可以前后甩动双腿，这个动作可以拉伸大腿肌肉。小树林里没有一个人，这个器材怎么会像有人使用一样地晃动起来？林点点心里的恐怖一点点地放大，一点点地扩散，果真有一种她肉眼看不见的东西在作怪——林点点不敢想下去，她感到喘息急促，心跳加速，但依然没有看清谁在那器械上锻炼，没有发现它晃动的原理。林点点拿着的手机，慌忙中打开手电，隔着窗玻璃朝那儿照射——天啦，她看到蹲在脚踏上的是两只猫，一只黑猫，一只花狸猫，正悠闲自得地玩耍。这真是一对成了精的猫。林点点哭笑不得，身体一虚，瘫坐在地上。

5

好吧，林点点认了，既然这件事可以真相大白，那么昨天夜晚的草地怪影一旦在她的手电照射下同样地原形毕露，也就没有什么趣味了。但，林点点依然想象不出来，那该是个什么玩意儿，任凭她开动脑筋，任凭她发挥无数种想象，也毫无结果，总不会是直立行走的猫吧？就算是直立行走的黑猫，它也不会有那么大的体积啊。难道黑（猫）在黑（夜）的加持下会庞大十倍百倍？又像气体一样消失是怎么回事？

林点点躺在沙发上，盖着柔软的蚕丝被子，心里再次回味着这一宿两日的怪事，那两只成精的猫也足够资格加入怪事的行列了，而中午她去取餐时所看到西门口的一个保安，其走路的姿势，像极了昨天晚上的草地怪影。这让她深感不安。怎么会有这样的感觉？林点点真是奇怪自己强大的想象力了，或是自己的认知出现某种偏差了。林点点的脑子里错乱着各种信息，各种信息不断地闪回，不断地叠加，不断地演绎，还被不断地修订，甚至不断地被某种声音呼唤着，蒙蒙眬眬中，她看到有一个人，抱着一大抱鲜花，趴在铁栅栏上，朝她大声地嚷嚷着。这个人面熟，又让她想不起来是谁，谁一大早给她送花？而此人不断地喊她的名字，变着花样地喊，林姐林姐林姐，林老师林老师林老师，林姑娘林姑娘林姑娘。林点点喜欢这种语言狂欢式的喊叫，想回应，却应不出声来，一急，醒了——原来是个梦。林点点稍事清醒，看看手机，已经是凌晨六点五十分了，这一觉太快了，昨天一天的工作加上心事重重，让她心累身累，昨天晚上倒头就睡了，好像一夜都在做梦。她懒懒地起来，简单地把被子叠好，放进柜子里，出了小会议室。在空旷的大办公室里，果真听到有人在大声喊她。这也太奇怪了吧？梦境居然还会和现实相接？而窗外确实有人在喊她，就是“林老师林老师”地喊。林点点立即走到窗前，看到楼下栅栏外，站着一个抱着一大抱鲜花的人，这不是刘子司吗？他一大早怎么来啦？还抱着一抱花，冲着她办公室的窗口在驴喊马叫。在他身后不远的地方，也就是房车的车头前，有个人正在刷牙，像看景一样地也冲着窗口望来，脸上挂着看热闹不怕事大的微笑。他是不是那个冬浴爱好者呢？林点点不去管他了，她早被鲜花吸引了。

怎么回事？林点点蒙圈了，她赶快打开窗户，大声问："干啥？"

"林姐，生日快乐！"

林点点只套了那件风衣就出门下楼了，腿上还穿着睡裤，长发还是乱纷纷的，脸没洗牙没刷，睡眼惺忪的。她不知道刘子司怎么知道今天是她生日的。她连自己都忘了今天的生日了。可不是嘛，11 月 26 日，正是她的生日。无论如何，有人在她心情不爽的时候送来生日鲜花，她还是开心和激动的。她跑下楼，来到刘子司跟前，看到刘子司笑容灿烂，身材瘦小地装在一件大羽绒服里，有点手足无措——那一朵朵火红的玫瑰，正和刘子司一样在向她微笑。

"你……"林点点脸红了，反应迟钝地愣着，不知道说什么好。她看到，隔着栅栏的刘子司那灿烂的笑演变成了脸红脖子粗的傻笑。林点点被她的笑所感动，仿佛刚回到现实中，赶紧伸出双手，从栅栏缝隙里接过花。花束太大了，受了拥挤，是被她拽进来的，由于双手都用上了，本来掩着的风衣就敞开了，露出里面的睡衣来。林点点赶紧又用一只手掩紧风衣，语无伦次地说："谢谢啊……哪来的花？哦……啊……这么早？怎么不进来？"

"进不去啊姐，我软磨硬泡了半天，门口保安就是不让我进，说我没有通行证。我估计就算我有通行证，他们还要查验我别的证……你们门卫太搞笑了，让我把花放在门口，打电话让你来取——那怎么能行，我是一定要亲手交到你手里的。我都三年多没见到你了，我要是再不见到你，就把你的样子忘了，我可不想忘了林姐，我要看看林姐是不是变了，哈哈，没有变，还是一如既往的漂亮……不不不，是美丽，漂亮太弱了，美丽才适合林姐。不打扰啦林姐，天气这么冷，赶紧回吧。”

“真不好意思，连到办公室坐坐都不能……那我回啦？谢谢帅哥！”林点点抱着花跑着离开了栅栏。她一边跑还一边想，他好像没说从哪里来？他不是说住在昌平吗？昌平离这儿可是不短的距离，他要起多大的早啊。起这么大早送一束花来，林点点与其说是感动，还不如说被吓住了——生日送花，是只有情侣之间才有的仪式啊。他有送花的理由吗？他没有送花的理由她就没有接花的理由。但他还是送了。她还是接收了。她对自己的表现极不满意，怎么连衣服也不换就出来啦？脸没洗、头没梳的，还以为多心急呢，多在乎他的花呢，应该先拒绝一下吧？拒绝……好吗？有理不打笑脸人，何况人家还有花。

林点点是一路纠结着跑回办公室的。林点点连花都没来得及放下来，就跑到窗户边朝外望。栅栏那儿已经不见了刘子司，就连作为他背景的刷牙人也不见了踪影，只剩下冷冰冰的栅栏。林点点觉得是不是刻薄了人家，拿到花就跑，连回头看一眼都没有，而他，也没有把送花的事留下一点余韵——转眼就不见了，这花不是白送了吗？她赶紧拿出手机。手机上也没有他的任何消息。林点点心里有点乱，发了阵呆，觉得他真是一个可笑的人，这也是一件奇怪的事。是否给她一箩筐的怪事中又增加了一件呢？

早上的时间还很充足，林点点没有按照以往的习惯，先吃早点，再梳洗。她开始细心地梳妆打扮自己，这是住进办公室快两个月来的第一次。她对刚才纯粹以自然人的模样示人深感不安，好好打扮一番，仿佛有点亡羊补牢的意思。老板的小会议室里还有一张供梳妆用的桌子，桌子上什么都有，她不打招呼直接就用。林点点花了近一个小时，终于把自己收拾好了，在穿衣镜子里看了看，和早上那个黄脸傻大妞，简直判若两人。衣服也要挑选，虽然不用出门，穿好看的衣服，才能和妆容匹配嘛，才像过生日的样子嘛，工作起来才舒心嘛。幸亏她“双十一”的时候大买了一通，这当儿也才有得挑。最终，出现在办公桌前的林点点，就是一个精致美丽、精神焕发的职业女性了。

但是，林点点工作的专心程度大打了折扣，有些惯常的单词，她找不到对应的句子了，或译出来的译文，也不够精准，不是那个味了，眼神也时不时地要瞟向放在隔壁桌子上的那束花。她曾把花拿到自己的桌上，这更让她分心，更不容易集中注意力，再拿回原处。如此搬了几次，总之是坐立不安心事茫茫。还不时去窗口看了看。她是人到了窗口才知道又到了窗口的。她自我安抚地说，不过是侦察一下草地怪影有没有新动静而已。但是明显的，草地怪影不再给她带来新的恐惧了，或者说原有的恐惧早已经淡漠。老板如果这时候再打电话来查岗，她还真的有可能承认是遇到事了。是的，她遇到事了。

一天就这么过去了。天又黑了。

6

直到夜深人静时，林点点的工作，才找到一点感觉，才开始出效率，加班才有了加班的样子。可能是从一个极端又转向另一个极端，太投入了，有人敲门她都没有听见。当她意识到有人敲门时，不只是悚然一惊了，简直是魂不附体——从来没有人在晚上敲响办公室的门，她吓得整个人都空了，差一点变成一滩液体。林点点没有变成液体，当敲门声真的清晰起来时，走空了的五脏六腑又回来了。她朝门的方向望去。门依然是反锁上的，这是她的习惯。窗帘也是关闭的，就是说，窗外的人，只会知道办公室里有人，不会知道有几个人。所以，不管是强盗，还是抢劫犯，只要不开门，就暂时安全。于是，林点点便悄悄站起来，绕过一组办公桌，再慢慢移动到门后，提着心，轻声而短促地喝问："谁?"

"我。刘，子，司。"门外的声音是一字一顿的，生怕对方听不明白似的。

林点点大舒一口气，放松的同时又紧张起来，赶紧开了门。

刘子司还是早上栅栏外的那张笑脸，像复制粘贴一样没有变化，稍有不同的是，他只穿一件灰色卫衣，把羽绒服抱在了怀里。另一只手里，提着一盒蛋糕。他是因为走得太急而出汗了吗？天气这么冷，不至于吧。林点点庆幸自己好像有先知先觉一样，早就给自己收拾好了，美丽了一下，也是为了过生日有个好心情，没想到真的会有人来欣赏，真的会有人来给她送蛋糕，冥冥之中，好像她早已知道一样。

“怎么是你？”林点点说过就后悔了，这话太草率，也太生硬，怎么不应该是他？不是一直希望再见到他吗？“进来……还有蛋糕？也太奢侈了吧……进来呀。”

刘子司走进了办公室。

“喝咖啡还是喝茶？”林点点完全恢复主人的心态了。

“吃蛋糕吧——生日快乐哦。”

“哈哈哈也好，那得先说说，你是怎么进来的。”

“我要说是从下水道爬进来的，你不会说我是违章乱纪吧？”刘子司已经把蛋糕放到桌子上了，眼睛看着林点点，小心谨慎道，“停车场上有辆房车，房车里的大哥看我隔着栅栏给你送花，说可以进入栅栏里，他就经常进入栅栏里去取水。你知道他是怎么进来的吗？他车子旁边是个窨井，那个窨井居然和栅栏里边的窨井相通，他就爬进爬出了。他是个职业旅行家，就住在房车里，快一个月了，日常用水就是从栅栏里的水龙头里取的。他白天怕人发现，都是在夜间行动。那家伙，啥事都敢干，和我有一拼，好玩吧？”

林点点瞬间明白了，瞬间解锁了草地怪影是怎么回事了。原来是从草坪那个窨井里钻出来又钻回去的，不过是一个宿在房车里的旅行家进来打水而已。可林点点一点也不觉得好玩，那天雨夜差点把她吓死。

可能是看到林点点面露凝重之色吧，刘子司带着抱歉和解释的口气说：“哈，林姐你不会真以为我是从窨井里爬进来的吧？是不是因为我抱着衣服？我可没那胆量……我是想办法才进来的。”

“能进来就行——我哪想那么多，才不管你从哪里进来的呢，从窨井里爬进来才叫刺激呢……就是觉得，觉得，觉得挺感动的。”林点点矜持地微笑着，喉咙突然有点儿发哽，想哭，身体一软，向刘子司移动了半步——觉得他身上有某种吸力似的，差一点倒进了他的怀里。她努力稳住自己，说，“咱们……吃蛋糕吧。”

红红的生日蜡烛点起来了，办公室的灯全灭了，蛋糕香和奶油香弥漫在办公室里。

林点点许愿之后，吹灭了蜡烛，屋里一片漆黑。只听到刘子司变了声调地说：“我要给你点个花脸。”

林点点没敢接话，回应的是无法控制的粗鲁的喘息声。而此时，手机不识时务地叫了一声，在寂静的屋内十分突兀。林点点点开一看，是千里之外的老板发来的红包和祝词：“生日快乐！”

林点点在看微信的时候，刘子司趁着微弱的手机光亮，抹了一块奶油在手指上，朝林点点的脸上点。林点点没有躲，任刘子司把奶油点在她的下巴上和脑门上。林点点在感受奶油的凉意时，猛然觉得，刘子司的出现，是不是老板刻意的安排？老板真的能洞察一切吗？无论如何，林点点柔弱的内心，一直被感动和甜蜜着，就算是老板的花招，她也不予理会了。在手机光亮消失的同时，林点点感觉自己就是一枚蜜饯，正投喂到刘子司的口中——不由自主就伏到了对方的怀里。

可能是窗帘没有拉严吧，一道灰度的亮线，像把黑暗切开一样，从窗外切进了室内。林点点的下巴搁在刘子司的肩膀上，情不自禁在向他贴紧，却突然看到了窗帘的异样，身体突然战栗一下，紧紧搄紧了刘子司。

2022 年 11 月 16 日初稿于北京像素荷边小筑，费时六日

2022 年 12 月 9 日第三次修订

滑板

1

青年艺术家孙夜，照例是在晚上九点下班回家。

孙夜有一头乌黑发亮的长发，如果走在深夜里，他的长发会被无边的黑暗淹没，成为深夜的一部分，成为黑的一部分。但他不是走在无边无际的暗夜里，而是走在灯火辉煌的大街上。

穿过的第一个十字路口，是朝阳北路（一条东西走向的路）。这个人流穿梭、车辆拥挤的路口在四周光怪陆离的灯光照耀下，尤其的迷离、浪漫。也难怪，朝阳北路南侧呈东西向的，是一家叫常营天街的大卖场，其长度有四五百米。横跨常蕙路上空的，是一座四层的玻璃天桥，天桥连通着两边的天街，天桥上瀑布一样悬挂着的巨型霓虹灯，不断变幻、闪烁着五彩的光芒。这家大型卖场集写字楼、专卖店、餐饮、娱乐、培训（乒乓球、羽毛球、修身、游泳、溜冰、美体、美术、声乐、器乐、舞蹈、绘画、雕塑、陶艺等）于一体，除了少儿培训的机构外，来这里消费的都是时尚青年，可以说是青年人的乐园。所以，这个路口就别样的热闹，每天晚上都是人头攒动，一派喧哗景象。孙夜混迹在这些人群中，显得既合群又出类拔萃，他身背装有吉他的琴盒，戴着荧光色棱形镜框的近视眼镜，穿着新潮，神情阴郁，加上一米八三的身高，无论是在等红灯或过人行横道时，都会引来身边小姐姐们的偷看。

穿过朝阳北路，在常蕙路西侧，是一家超市的门前广场。这个广场不大，大约也就一个篮球场大，地面却异常平整。由于有一个可以遮蔽半个广场的廊檐，且灯光明亮，每天晚上，无论春夏秋冬，这里都吸引着一批轮滑和滑板爱好者，他们轻灵的滑行，帅气的旋转，优雅的身姿，都朝气蓬勃青春逼人，给整个夜晚带来灵动和活泼。

孙夜就是昨天晚上，在这里被一个少女的滑板铲翻在地的。

这是一个和他有着同样发型的漂亮女孩，穿一件白色蝴蝶袖休闲毛衣，破洞牛仔裤的左腿露出膝盖、右腿露出一片细白的皮肤。孙夜还没有看清她，就感受到一股巨大的冲击力撞击而来。撞在他腿上的是滑板，撞在他身上的是女孩的身体，然后，他就飘了起来，衣服就被女孩一把揪住，和女孩一起摔倒在地。孙夜本能地要保护身上背着的吉他，又本能地要保护拽他衣服的女孩，又想让自己不至于摔得过惨，结果，心智凌乱，脑子蒙圈，什么都没有保住，他和女孩同时摔倒在一起，吉他也磕到了地上——他听到一连串撞击声，不知是吉他和坚硬的地面撞击发出的，还是他的屁股和地面撞击发出的，而那面滑板，在和他撞击后，快速旋转一周半，趴到他的肚皮上。最后定格的形态是，他大半个肩膀上还压着女孩的肩膀，女孩散乱的头发甩了他一脸，一股散发出桂花香的洗发香波味弥漫在他的鼻息。

这个画面一定非常狼狈。但他无法避免自己的狼狈，因为女孩的吸气声就在他耳边，那应该是隐忍着疼痛的吸气声。她一定摔得更疼。他无法责备她。他先责备的是自己，一是他没有注意她是从什么地方飞过来的，在发现她时他只看到她的破洞牛仔裤，或者说只看到了那两个能钻得进猫咪的破洞；二是他没有躲闪她快速飞来（来不及不是借口），影响了她的自由滑行。如果不是他的挡道，她肯定不会撞得这么惨，她也不会因此而刹不住车，甚至会撞到路边的绿化带里——照那些滑板者的出色技艺，她肯定能够在快速行进中做出原地大回环的高难度动作，来规避将要发生的风险。这么说吧，之所以造成现在的事故，毫无疑问，无须多想，不用推卸，全是他的责任。他下意识地一连说出几个“对不起”时，女孩也从他身上抬起半个身体，咯咯咯地脆笑道：“是我对不起呀……没摔坏吧？”

女孩好听的笑声让他心情放松下来。他先是把吉他转到怀里。他想打开琴盒，检查一下吉他有没有受损。又觉得这样不妥，会不会有讹人的嫌疑？毕竟还有一层琴盒作保护，便赶紧说：“没事没事没事……你也没事吧？”

女孩已经起身了，敏捷地从他肚子上拿过滑板，一只脚踩到滑板上，看着他，说：“当然……那……”女孩“那”的后边没有说，因为她和他的目光已经在半空中相接了，就在这一瞬间，她脸色顿时绯红，目光躲闪的同时，脚一踏，踩着滑板滑行而去，张开的蝴蝶袖就像一只飞行的白色蝴蝶。

从相撞，到摔倒，到女孩离开，总共也不过几秒，甚至不过一点几秒而已。他第一反应也是迅速离开现场，因为那边玩滑板、玩轮滑的青年已经有人向这边张望了，如果他还半躺半坐在地上，肯定会有人过来问询他，关心他，他又不是七老八十，不需要人搀扶的。何况他已经告诉女孩没事了。没事了，再做出有事的样子来也挺丢人的——虽然，他的屁股确实有些胀疼，虽然，他担心琴盒里他心爱的吉他会受到损坏，但他还是迅速爬起来，而且是弹跳着爬起来的，故意做出潇洒状，离开了广场。他想回头再看一眼撞他的那个女孩。他觉得那个女孩很漂亮，直观上，衣服已经很漂亮了，发型居然也是齐肩短发，和他的发型几乎一样，而她清清秀秀的模样和红唇皓齿，也是他赶紧说“没事没事”的催化剂之一，特别是她欲言又止时的脸上绯红和快速躲开的目光，像一道强烈的闪电，击中了他——那是一种心理暗示造成她的外在表现。如果她不是迅速滑行而去，他接下来要做些什么真的还不好说，就是借此机会认识她、加她微信也是有可能的。但是，鬼使神差地，他没有回头。这让他整个晚上，直至今天一天，都有些心猿意马，有些魂不守舍，后悔没有转身看她，就是看她的背影也好呀，万一她要再次回头呢？

现在，他再次路过广场。广场上还是穿梭着十来个帅哥靓女，他故意放慢脚步，期待着她再撞过来，再把他铲翻在地，哪怕撞得再狠一点。可是，很明显的，在那些玩轮滑和滑板的帅哥美女中，没有那个女孩的身影——他相信他能一眼认出她来，那些高高矮矮胖胖瘦瘦女孩儿都不是她。

她今天没来？还是昨晚撞伤啦？孙夜有些失落。

2

离开广场时，孙夜的心头像深夜一样爬上一丝暗影，这个只有他自己才能体会到的暗影真的比很黑很黑的黑夜还黑，有一种一黑到底坠入深渊之感——年轻人的情绪就是这么难以捉摸，难以把控，连他自己都被这种情绪吓了一跳。他是迟疑地、恋恋不舍地，离开热闹的小广场的，而他的心神，仿佛还有一半留在广场上，另一半飘浮在半空中。

沿着小广场东侧步行道，孙夜继续前行。

他喜欢这条路，不仅是他回家最近的路，还是因为这条路上的风情和风景颇具诗情画意和艺术氛围——离开小广场，向前不远，是一块路边小公园，狭长的一条，其实就是四排高大的银杏树，林子中间有一条小径，非常幽静，人走在这里，心情很不一样。小公园的左边背靠一处住宅区的，是一家社区图书馆。在他晚上下班的这个时间里，这家图书馆关门了，只有门口的灯和招牌还亮着。挨着图书馆的，是一家健身俱乐部，能看到在各种器械上健身的男男女女。走出这个一百来米长的街边小公园，就是他要穿过的北辰路了，这是个小型丁字路口，从路口看北辰路，路边没有任何店铺，全部是铁艺栅栏。路两边停满了车辆，中间只容一辆车通行。北辰路的南侧是一处高层住宅小区，北侧是别墅区，透过栅栏，能看到一幢幢精致的别墅。能把北辰路当成停车场，这条路能不能走通还难说。穿过北辰路口继续向前走，左侧有一家小咖啡店，店名有意思，分为两部分，前半部分是霓虹灯组成的一片夜空，夜空里分布着大大小小闪烁的星星，后半部分同样是红色霓虹灯组成的“coffee”。两部分连起来，叫“夜空咖啡”或“夜色咖啡”也未可知。在咖啡店的门口，连通到常蕙路的一片区域，干净而平整，有一个羽毛球场那么大。在“羽毛球场”上，有一张超长条椅。和咖啡店里的氛围差不多，经常会静静地坐着一个人，或一对男女，甚至会卧着一只猫。

昨天晚上，孙夜走到这儿时，感觉到屁股隐隐地胀痛，加上对于琴盒里吉他的担忧，就在长椅上坐下了。他不是第一次坐在这里了。小咖啡店安静、温馨而迷离的灯光吸引着他，让他在疲劳的工作之余，能够在这儿坐坐，歇歇脑子、梳理一下情绪，他喜欢这儿，坐在这里，有时心里还暗涌着一股诗情，甚至有弹一曲吉他唱一首歌的冲动。但是，昨天晚上他坐在这里不是想弹吉他，他是要检查一下吉他。他拉开拉链，取出琴盒，打开，先检查吉他的外表，并没有损伤，再弹拨几个旋律，也是正常的琴音。最后看看琴盒，奇怪的是，那么响亮的磕碰声，琴盒居然没有一点损伤。孙夜心里放心了，却又不安起来。二三百米外的朝阳北路路口，还是人头攒动的热闹，甚至有着灯红酒绿的景象，这儿却是寂静而冷落，一家小咖啡店，反而更衬托这里的偏僻。孙夜的心，又回到那个小广场上，眼前呈现出滑板女孩滑行的身姿。

就在这时候，他听到一种奇怪的声音，像是在不远处的银杏林子里传来的，是鸟叫？他听过林子里的鸟声齐鸣，不是这种声音。是车流声？常蕙路上车辆很少，也不可能。就在他思绪混乱中，他看到人行道上，暗淡的路灯下，一个女孩踏着滑板快速通过了，正是那个撞他的女孩。随着女孩一起奔跑的，还有一条狗，狗绳就牵在女孩的手里。他们速度太快了，或者说，小咖啡店门前的这段豁口太窄了，眨眼间，女孩、滑板和狗，就从他眼前闪过。他立即站起来，目光追着女孩看去，女孩很快就被花园里的树木遮挡。他又跑到路边，女孩已经消失在远方的灯影中了。他知道，那儿还有一个路口，是他回家要经过的最后一个路口，也是丁字路口。

此时，现在，他再次坐在这张条椅上，再次回忆昨天的经历，期望能等到那个滑着滑板的女孩，或者那条狗。那是一条德牧。孙夜虽然不养狗，甚至还怕狗，但是他认得德牧。女孩在玩滑板时并没有德牧的陪伴啊？她滑着滑板，牵着德牧，是回家吗？

刚才，在超市的门前广场上，在滑板的人群中，他没有看到滑板女孩。在小咖啡店门口的灯影中，他期望能等来滑板女孩，跟昨天一样，她牵着德牧，风驰电掣地呼啸而来，又呼啸而去。

但是，让孙夜失望了，过去了十分钟，二十分钟，半小时了，除了常蕙路上偶尔有一辆车子通过，或路边小花园里走过一两个行人，并没有等来滑板女孩。孙夜有些落落寡欢，他极目远眺的前方，是道旁茂盛的错落有致的各种植物，此时正是4月末，这些植物的绿叶还在生长。如果细心地聆听，都能听到树叶生长的声音。再朝远处看，有着高大银杏树的地方，是北辰路口。有一个骑着自行车的人过来了。他不是孙夜要等的人。他骑到了小咖啡店的门口，拐了进来，都没有看一眼孙夜。他停好车，从车斗里拿出书包，进入了小咖啡店。都九点多了，还有人来。孙夜并不急于回家，他要在这里再坐一会儿。他想作一首诗、作一首歌词，或者酝酿一首曲。但是他的才艺，此时已经枯竭，无论是诗、词，还是曲，都毫无灵感了。或者不是枯竭，是被某种波动的情绪严重干扰了。孙夜的工作是在一家音乐教室教孩子们弹吉他和声乐，业余时间也作曲，也写歌，也唱歌。在新冠疫情没有暴发之前，他还在三里屯一家酒吧里唱歌，唱自己写的歌。新冠了，疫情了，他的生活也随之而改变。好在刚刚找到的这份工作，还是他擅长的，又是在天街里，离他住的地方不远，生活似乎又回到了正轨，回归了秩序，可昨天撞她的女孩，是不是某种变化的信号呢？也许什么都不是，不过是和他每天所经历的生活一样，是生活中的一个浪花而已，没必要纠结于一个美丽女孩的无意相撞，随着时间的推移，什么样的浪花都会慢慢平静。又来一个人了。孙夜想，等这个人走近了，消失了，他就离开，回家，继续自己惯常的生活，忘掉那个女孩。可仿佛有意提醒一样，这个人牵着一条狗，一条很小的狗，颜色是栗色的，形态是卷毛的。孙夜常见到这种小型狗，但他叫不出这个品种的名字。遛狗的是一个中年女人。养狗人互相都是认识的吧？孙夜突然冒出这个意念，便起身，跟在这个中年女人的身后，如果方便，可以跟她交流一下狗经——听说狗友们以狗为媒，互相是不嫌弃的。

中年女人没有注意，倒是走在他身边的小狗，停下来，望了孙夜一眼。孙夜怕狗。被小狗一望，也站住了。中年女人先看狗，再看孙夜，弯腰把小狗抱到怀里，疼爱地说："乖乖别怕，妈妈抱——别怕，啊。"

这个女人是把他当成坏人了。他只好打消和她搭讪的念头，在后边不远不近地跟着。

在第三个路口那儿，孙夜看到抱着小狗的中年女人向左拐了，拐进那条灯光昏暗的小巷（便道）里。所谓第三个路口，和北辰路一样，实际上是通往别墅区的一条便道，甚至还不如北辰路，它连路标都没有。昨天，滑板女孩也是在这里消失的。

孙夜停下来，朝便道里望。奇怪的是，那个抱着小狗的女人像有隐身术一样，眼一眨就消失了。孙夜担心昨天也在这儿消失的女孩和中年女人一样，在灯影鬼魅的便道里不见了踪迹。孙夜踌躇了一小会儿，继续向小区里眺望了几次，看了看那一幢幢映现在绿树丛里的别墅，想了想住在别墅里都是些怎样的人。当想象的翅膀飞翔起来时，孙夜索性在路口的条椅上坐下了，在相对宽敞的路口静坐，孙夜的心也空旷而荒凉起来。

3

短暂的心里波澜之后，孙夜的日子又恢复了平常。

转眼一个月过去了，5 月的末尾了。在整个 5 月里，孙夜没有再见过那个撞他的滑板女孩，也没有见过那条德牧。流浪狗倒是在街边见过两三次，它们不是德牧，也不是他认识的什么名贵品种。其中一条，还警惕地看着他，跟他走了一程。他在同样警惕地看它时，它还朝他歪一下脑袋，像是试图让他收养似的。但是他所居住的独幢别墅里，表姐有过交代，是不能收养任何宠物的。最后，那条流浪狗夹着尾巴失望而去。

在 5 月里，孙夜的工作没有发生什么变化，简单说就是没有变化，如果不是双休日，他的每一个上午，都是在家睡觉，午饭和早饭一起吃。下午两点到达天街西区五层，到他供职的音乐教室，做一些准备工作后，来上音乐课的孩子们就陆续到达了，三点四十分，他连轴教授的两节吉他课正式开始，到了五点五十，授课结束。休息半小时，六点半时，连轴教授的另两节声乐课开始，八点四十结束。他喝口水，略微整理下教室，离开。在沿着常蕙路穿过三个街口后，再穿过常营北路，就是他居住的叠泉乡村别墅了。这个别墅区，除了正门是常营北路外，整个都被郊野公园所包围。孙夜能住在别墅里，而且还免交房租，多亏他的表姐。他表姐是国内小有名气的女明星，拍过不少有影响的片子，和许多大导演都有过合作。在风光的那几年了，火遍了大江南北。但是现在不行了，没有名气，也没有绯闻。不过，靠着过去的财富和购置的房产，还照样过着富裕的生活。去年的春末夏初，孙夜硕士研究生毕业后，在家无聊，随外婆去参加一个亲戚的生日聚会。这个亲戚孙夜从未听外婆讲过，连母亲也没有说过。在孙夜开车带着外婆赴亲戚所在城市的路上，外婆才告诉他，这个亲戚是她不同父也不同母的姐姐，怎么讲呢？就是外婆小时候随着她母亲到继父家，而继父身边也有一个比她大七岁的女孩，这样，两个毫无血缘关系的女孩成了姐妹。在外婆的母亲和继父双双早逝以后，二十多岁的两姐妹也各奔东西，从此没有了往来。谁知道几十年以后，在外婆的姐姐九十大寿的时候，外婆突然接到姐姐的邀请。就是在这次生日聚会上，孙夜认识了外婆姐姐的孙女，这个全国小有名气的女明星，两人相聊甚欢，一叙，孙夜叫她表姐。在表姐得知孙夜还没有工作时，便把孙夜从江南的这个富得流油的三线小城邀到了北京。表姐辞退了为她打理叠泉乡村别墅的保姆，让孙夜免费居住了。孙夜刚进京那会儿，表姐通过朋友介绍他进入三里屯一个朋友开的酒吧里唱歌，唱流行的歌曲，也唱他自己作词作曲的歌。后来新冠疫情暴发了，酒吧都关门了。待能重新工作后，孙夜就没有再去酒吧唱歌，而是自己在天街找了这份工作。

在这个看似平静的5月里，也发生了一点小事——孙夜突然接到表姐的电话，让他在周五周六周日三天去别处住，她要到别墅待几天。孙夜知道表姐除了叠泉乡村别墅外，还有两套房子，她自己常住在三环里的一处拥有五室三厅的高级公寓里，在怀柔还有一套山景大别墅。所以，孙夜知道，不是万不得已，表姐不会动用叠泉乡村别墅的。毕竟这套别墅只有两层，房间不是太多，装修虽然不错，还是略显小了些，叫乡村别墅也是名副其实。但是没想到的是，孙夜只在天街附近的一家桔子酒店住了一晚，表姐就通知他回去了，并且还表态说她不会再打扰他了，叫他安心住着，安心工作。最后又关照孙夜，说屋里有一小袋狗粮是她遗忘下的，让他别扔了。孙夜就知道了，表姐还带了她的狗来了。表姐知道孙夜怕狗，莫非让孙夜去住宾馆，就是为了躲避她的狗？孙夜觉得事情也许并不是这么简单。但是孙夜也不去多想表姐的事——有钱人的生活，他毕竟没有体会过，表姐的世界他也无须了解（就算他想了解，表姐也不会让他了解）。

就在孙夜已经淡忘了滑板女孩时，毫无预兆的，那条德牧出现了。

还是在那条回家的光影迷离的路上。孙夜在星空咖啡店吃了点夜宵，嘴里哼着近期创作的一首歌，走在绿化带里时——咖啡店以北至第三个路口的小花园，是一条方块丁石铺成的小径，由无数个“S”组成的小径的弯子里，种植着不同的绿植，有的是几株海棠，有的是几株月季，有的是几株观赏桃，有的是几株樱花，还有几株北方不常见的绣球。现在，也只有绣球和月季还有花了。夜晚的灯色照在这些植物上，在不同的光影中，发出一些光怪陆离的影像。孙夜的新歌并不和这些灯色或植物有关。孙夜走在小径上，而不走花园边上的人行道，是这里的气息总让他沉静，在偶尔的弯子里，植物前，会有一张条椅，会有情侣坐在这里，孙夜不惊动他们，却喜欢看到这样的景象——总是有着一股神秘而莫测的味儿——孙夜的歌与夜和夜色有关。就在孙夜哼哼着旋律，走出小花园时，通往别墅区的路口，有人利用相对宽敞的地形在逗狗。

正是那条德牧。

逗狗的不是滑板女孩，是一男一女。男人五十岁左右，很精致、考究的样子，穿简约的 T 恤、短裤，一看就是高品质的休闲款。女的年轻，有多年轻呢？三十岁？还是二十岁？孙夜对年轻女孩的年龄从来都猜不透。按说和德牧在一起的，应该是滑板女孩。让孙夜失望的是，她不是，她比滑板女孩更高，且圆润、丰满一些。从他们穿着的情侣装上可以初步判断出他们的关系，但也不好说，许多招摇过市的展示反而更是为了掩饰心虚。他们每人手里拿着一个长柄的工具，用这种工具在扔一只绿色的网球，德牧在网球飞出去的同时，向着网球飞行的路线追去，德牧跑得很快，是在全力冲刺，基本上在网球落地的那一刻，它也正好赶到，一口叼住了网球，再慢跑着来到中年男人和年轻女人的身边，把球放在他们的脚旁。中年男人或年轻女人中的一个，再用手里的工具，把网球装在工具里，再次向前方扔去，德牧再追。如此往复。孙夜还记得一个月前的这条德牧，跟着滑板女孩一路狂跑。那么，谁是它的主人？是这对穿情侣装的男女？还是滑板女孩？抑或他们都是？如果这样，这对穿情侣装的男女和滑板女孩又是什么关系？正在被孙夜淡忘的滑板女孩，因为德牧的出现，重新干扰了孙夜的思绪。孙夜在观看这对情侣装和德牧的四五次往返游戏之后，觉得在夜晚十点多钟时，不会再有另一个观众出现了——他是期待滑板女孩能够出现的。孙夜的失望之情再次浮上心头。但这里毕竟不是寄托相思和怀念的场所，就在他离开之时，意外出现了，飞行中的网球突然改变了惯常的路线，从他头顶飞过，而狂奔中的德牧并没有躲闪，和孙夜发生了相撞。孙夜被撞翻在地，而德牧不过是一个趔趄，又迅速调整姿态，向网球的落点追去。

真是不幸，一个月前，孙夜被滑板撞翻，一个月以后，又被一条德牧撞翻。

情侣装男女不迭连声地哎呀着，跑了过来。特别是女人，更是惊恐中发出道歉声——这个球一定是她扔的。

孙夜本来没有什么，看似夸张的倒地，其实并没有摔着，而且不像上一次因为有女孩紧紧抓住她的衣服而无法自救，这次他很灵敏地瓦解了德牧的撞击，在倒地的同时，还护住了吉他。但是，在情侣装男女跑过来、他即将说“没事”时，德牧也来了。孙夜立即改变了主意，朝着德牧做出痛苦状，并且用责备的口气对德牧说：“你是故意的吧？你那么聪明，怎么会撞到人呢？啊……是我不对吗？我不该挡着你的路线？是我撞到了你啊？还是我妨碍你的奔跑？哈哈哈……你这个可爱的狗狗，什么意思吗？”

德牧在孙夜的说话中，摇头摆尾地在孙夜面前喘息着，嘴两侧还流下了两条白色的口水液，都甩到孙夜的身上了。孙夜本能地往后缩着身体，因为德牧用以道歉的肢体动作特别夸张，嘴巴就要触碰到孙夜的胸口上了，它嘴里要不是含着球，会不会伸出舌头舔孙夜？奇怪的是，一向怕狗的孙夜，此时虽然也怕，却并没有到恐怖的程度——他本能地觉得，和滑板女孩在一起的狗狗，一定是好狗。

“它是要把球给你的，是向你认错的。它想跟你玩呢。”年轻女人又跟德牧说，“好啦好啦，你把球放下来，让帅哥跟你玩。”

德牧就把嘴里的网球放下来了，放在离孙夜最近的地方。这时候，孙夜才看出来，这枚网球的颜色并不是绿色的，而是荧光黄。荧光黄网球，是只有重大赛事时，才使用的球。就是说，这枚网球，也价值不菲。孙夜对德牧说：“是要跟我玩吗？好吧，陪你玩一把。”

年轻女人就把手里的长柄工具递给了孙夜。孙夜也学着他们的样子，把网球装在长柄工具另一端汤匙一样的凹槽里，向前方扔去。德牧同样毫不犹豫就追着网球而去了。孙夜想夸夸这条德牧，顺便引出滑板女孩的话题。但是中年男人却对跑回来的德牧、也仿佛是对年轻女人说：“行啦行啦不玩啦，回家！”

4

邂逅德牧这件事，过去也就过去了，孙夜心里的涟漪，并没有像上次被滑板女孩撞翻而荡漾的那么久，在平静之后，虽然还故意在那条路口等候过几次，当然也是什么都没有等到了，滑板女孩和狗，都没有，就连那个中年男人和漂亮女孩也没有再次出现。

暑假来临的时候，孙夜的工作更加忙碌起来，每天上午、下午、晚上都有课了，而且调休的时间也减少了，每周只能休息一天。在他每天必经的这条路上，他也不再有什么新的发现。那家星空咖啡店生意突然好了起来，但也好不到哪里去；又突然不好起来，也不好不到哪里去，客来客往的，可能都是一些固定的客户。那家超市的门前广场上，玩轮滑和滑板的帅男靓女们也没见增多，当然，也没有再见到那个滑板女孩。在他去天街的时候，会发现他途经的常蕙路上的不同时段不同造型的街边小花园或绿化带里，会有带着孩子的家长，在看树，看植物，看植物下的蜗牛、蝉蜕、胭脂虫，还有吊着长丝的槐蚕。如果在潮湿的泥土下发现被拱成曲线形痕迹的蚯蚓，总有几个孩子对这些东西惊呼小叫。

夏天和春天不一样，和秋天也不一样，和冬天更不一样，这不仅是植物的形态，还有气候的变化和灯影的变幻。但是对于孙夜来说，没有什么不一样的。不一样的是，有一天，暑假结束、夏天已尽、初秋来临的时候，晚上，十点半左右，天空落下纷纷的小雨。小雨中的一切和平时相比都变了，天气突然有了一点凉意，植物也湿淋淋的，有时树叶会冷不丁地掉下来一枚，路上还会溅起细密的水珠，溅湿了他的鞋子，而他途经街边花园小径时，旁伸出来的植物的枝叶，会不经意触碰到他的身上，沾染一些水渍。孙夜并不介意这些水渍，背着吉他，走在平时走惯的路上，不过和无数个平常的一天一样。他晚饭是吃过了，现在也不觉得饿，加上没有其他的心事干扰，显得从容而自若。走到第三个路口时，在那张墨绿色的条椅上，他发现坐着一个人。孙夜没想到这儿会坐着一个人，吓了一跳。更被吓了一跳的是，这不是一个人，是一条狗——又是那条德牧。在惊魂未定之后，这个发现更让他悚然一惊：什么情况，下雨了，夜深了，这条狗会蹲坐在这里，淋着小雨，一动不动，它不像一个潜伏者，像是在等待谁。

如果是陌生的狗，孙夜会毫不犹豫地躲开。是这条德牧，孙夜就好奇了，它是在等它的主人吗？谁？谁是它的主人？滑板女孩？还是那对逗狗的男女？还是另有主人？孙夜觉得他和它有过交集——它撞过他（总觉得它是故意的，凭它的灵敏度和高智商，是能够避开他的。它撞他，有可能是受到那个滑板女孩的影响，专门瞄着他，物以类聚嘛），他也和它玩过网球，虽然只玩过一次，也是默契的，应该也算熟识了，至少有印象了，不是说，狗的记忆是超长的准确和长久嘛，料想它不会对他不友好。孙夜便屏息敛气，缓慢地靠近条椅，在朦胧的灯光映照下的条椅上坐下来——离德牧有一个身位的距离，他想以这样的方式，试探德牧对他的戒备。椅子上的雨水迅速浸透了他单薄的衣服，加上雨水的无遮无拦，他能切身地感受到德牧坐在雨中的艰难。他和狗，就这么并排地坐在一起——这个画面很特别，蒙蒙细雨中，橘黄色路灯的光影下，花园尽头的一张条椅，一人一狗，默默地静坐着，像是各怀着心思。孙夜认出了狗。他看到其中的一只狗耳朵，发出微微而短促的战栗，那是它隐忍中控制不住的心理反应——狗没有认出他来。德牧显然也知道身边坐着一个人，它悄悄地转动眼珠，瞥向他。孙夜看到他的眼神了，谨慎地小声道："不认识我啦？你撞过我的，我也和你玩过网球。想想看，你不是嗅觉灵敏吗？你不是过目不忘吗？你怎么会认不出我？"

努力假装平静的德牧，突然浑身抖动起来，先是抖落了身上的水花。德牧大约淋了很久的雨了，渗到它毛发里的雨水四散喷溅开来，孙夜的脸上、身上都是它抖落的雨珠。接着它就变换了姿态，站立起来，一只前爪讨好地搭在孙夜的腿上。它想起来了，认出他来了。孙夜还是紧张了一下，对于德牧的示好，他无从表示，只好继续和声细语地说："怎么啦？你在这儿等谁？找不到家了吗？需要我帮助吗？"

德牧的喉咙里发出了声音，尖细的、压抑的声音，哼哼唧唧的，像有话要说。它当然不会说话了。它的话就是哼唧。可能知道孙夜听不懂它的哼唧吧，它跳到地上，咬住孙夜的裤脚，拉扯一下，又拉扯一下。

“要我去哪儿?”孙夜明白了它的意思，站起来，跟着它走两步。

德牧便跑进了路口。看孙夜并没有跟上来，它站住了，冲孙夜叫了一声，瓮声瓮气的，像是说：“走啊!”

“好的好的，你在前边带路，我跟你走。”孙夜完全知道德牧的意思了。

这条路的两侧都是别墅区，从树木的高大、茂盛程度看，应该有些年头了，和常营北路一路之隔的叠泉乡村别墅应该属于同一款。当年建设这些别墅时，这一带还是典型的乡下，就像现在的怀柔山景别墅一样。只是经过这么多年的发展，这里也变成市区了。但，别墅的属性依然带有乡村的感觉，空置的很多。从这条无名路向里走，昏暗的灯色中能够大致看出一幢幢别墅的轮廓，粉墙黛瓦或灰墙红瓦，两层或三层，造型基本相像又略有差别，每户似乎还有独立的栅栏小院。公共绿地很多，绿化很好。但是，两边的别墅区几无人迹，门窗里透出灯光的别墅不到十分之一。看来和叠泉乡村别墅如出一辙，入住率极低。

德牧很急，向前跑几步，又回头迎几步，甚至它还从栅栏里钻进北侧的别墅区，大约知道孙夜并不能像它那样钻进去吧，又钻了出来。继续领着孙夜。孙夜看它如此焦急，便也跑了起来，一直跑到前方的一处黑色铁艺大铁门前。德牧从大铁门的缝隙里钻了进去。孙夜看到大铁门上挂着锁，锁边还挂着告示：居民朋友们，因疫情防控需要，此门不通，进出请走北路（常营北路门）。落款是某某花园别墅北区。孙夜拉了拉门，那扇笨重的铁门只是晃了晃。

孙夜对门里的德牧说："进不去啊。只能从北门进。等着啊，我从北门绕进去。"

看孙夜要走，德牧更加洪亮地冲他狂吠两声，显然是在阻止孙夜。孙夜也没办法，他可没有它的能耐，能从缝隙里钻过去。孙夜刚才看到了，它钻过去都非常吃力，都挤变形了才过去，何况他一个一米八几的大活人呢。孙夜只好耐心地跟他解释："我不是要离开，我不做逃兵，我要绕过去，从北门进，相信我，好吗？"

德牧不听他的解释，再次冲他叫，仿佛在说，你怎么那么笨，我都能进来，你怎么就进不来？你还能不如一条狗？不过这条狗确实也够聪明的，它像是突然想起了什么，沿着里侧的铁艺栅栏，向西跑去。在一棵高大的枫杨树下，它再次叫了两声。孙夜跟过去一看，这儿的铁艺栅栏发生了变化，有一根栅栏，下边的焊接处断了，被人推到一边，闪出了更大的缝隙，完全可以容得下孙夜穿过。孙夜真的要准备穿过去时，又犹豫了。私自进入，这算不算违法？不，不是私闯民宅，他是有邀请的，是德牧邀请的——至此，孙夜已经完全清楚，这条德牧一定有需要他帮忙的事，有可能是那对逗狗男女，也有可能是滑板女孩。狗的邀请也是邀请，事不迟疑，进！

看到孙夜从外面钻了进来，这条德牧既高兴又激动，蹦跳着在前头跑。孙夜也跟着它跑了起来，孙夜跑得快，它跑得更快。别墅区的路，因少有人走的原因吧，也或者因为飘零的小雨，砖地上有些滑，孙夜差一点滑跤。德牧也吓了一个蹦跶。继续向前走，路道不是笔直的，宽瘦也不一，别墅也不是整齐地排列，而是参差地错落着。路道的灯光有路灯也有地灯，可能是灯盏不断更换的缘故吧，玉白、奶白、嫩黄、鹅黄等色都有，甚至还有粉红和湖蓝，让别墅区里的灯色和光影显得既扑朔迷离，又多姿多彩。德牧领着孙夜，从一幢黑灯瞎火的别墅的门口经过，又从只亮着门灯的另一幢别墅的一侧经过，来到一幢灰砖红瓦的别墅门口，别墅的院门是开着的，门灯是橘红色的，别墅里的灯光亮着——家里有人。德牧快速跑进了院子，狂叫几声，像是在向主人通报。

“有人吗?”孙夜也到了院子里，他站在灯光里，声音不大不小地配合着德牧，“你家德牧走丢了。”

没有人回应。

而德牧似乎知道了一切，它疯狂地拱开了土金色的大门，进去后又狂叫两声。

孙夜跟过去一看，客厅沙发前的地板上，躺着一个人，短发遮住了半边脸，穿一件奶油白的裙式睡衣，是一副向前挣扎游动的身姿。孙夜虽然预感到德牧的一举一动肯定有事，但没想到是有人遇险了。孙夜认出她来，正是那个滑板女孩。

5

医院急诊室的病床上，滑板女孩已经苏醒了过来。她鼻孔里有吸氧管，手背上也插着针头正在输液。她眼睛虽然微闭，应该是看到了孙夜，并认出了孙夜。她当然也知道自己是在医院里了。至于是怎么来到医院的，开始也许不知道，现在应该猜到了。她知道自已脱离了危险，这难道不是值得庆幸的事吗？她应该露出笑容来呀，应该说点什么呀。但是，她没有笑，动了动嘴唇也是什么都没说出来，眼角似乎湿润了。她应该能说话吧？她只是不想说而已。她脸色已经不像躺在地上时那么苍白和灰暗了，头发也不再那么凌乱了，呼吸也均匀了。孙夜不时地看她一眼，仿佛感觉到她细微的心理变化，又仿佛什么也没有感觉到。因为她没有和他眼光对视过，甚至有可能，连对视的欲望都没有。这和孙夜的期望完全不一样。孙夜当然没有想要听她满嘴感激的话了，孙夜不是那种爱虚荣的人，甚至连一声“谢谢”都不一定需要。但是，女孩的沉静，沉静中所努力保持的克制，让孙夜顿生怜悯之情，同时又发觉她更加的神秘。

孙夜要回一趟家——不是他的家，是女孩的家。现在正是午夜时分。孙夜要回女孩所住的别墅，去取她的身份证，还有医保卡——如果有的话。这是医生关照的。而且医生还告诉孙夜，女孩已经转危为安，让他放心。还说不是什么大不了的病，就是非常严重的低血糖，而她的反应又属于过急性的，罕见的那种病例，需要自我调节，增加营养。孙夜回忆她晕倒时的状态，应该是突然从沙发上站起来而摔倒的。医生还告诉孙夜，输液过后，观察一到两天就可以出院了。孙夜把医生的话又对她说了一遍。女孩有了一点面部表情，嘴里也应了一声，声音很轻，孙夜还是听到了，虽然听不清具体的发音，但她说话了。孙夜看出也听出她虽然说话却又非常不想说话的状态，便不再问她什么也不期望她说什么而离开了。

孙夜是打车回到女孩所住的别墅的。孙夜在出租车里，还想着救助女孩的全过程。他立即叫了救护车之后，才尝试着检查女孩，发现她脉搏还在跳动，甚至呼吸也还顺畅，他还叫了女孩几声，还朝她嘴里淋了点水。孙夜不知道这样对不对，他不敢做太多的动作。他只能守在她的身边，救护车来了之后。他也跟着上了救护车。让人感动的是那条德牧，在救护车停在门口时，它已经把狗绳含在了嘴里，那是它的装备，它跟着救护人员也想要上车。孙夜叫它留在家里，它也居然听懂了孙夜的话，放下狗绳，跟着救护车一直跟出了大门，就是常营北路门，然后一直望着救护车远去。

孙夜再次来到女孩的家里，迎接他的，依然是这条德牧。它看到孙夜后——孙夜没有从常营北路门进，而是依然从栅栏的缝隙里钻了进来——卧在门厅里的德牧立即就跳起来，迎着他就扑到他身上。孙夜摸摸它的头，跟它说话，叫它放心，说你的主人安然无恙，明天或者后天就可以回家了。德牧听懂了，它高兴地领着孙夜进屋。

孙夜这才认真打量这幢别墅。这是一幢独栋别墅，在这个别墅区算是大套的了，周围环境自不用说，很美。室内装潢也是简洁而不简单，局部三层。底层除了客厅外，有厨房、卫生间和饭厅，还有一间客房。女孩就住在这间客房里。客房和整个客厅的装修一样，也看似简单，实则非常上档次。孙夜知道他此行的重点，不是要参观和欣赏别墅，是要找到女孩的身份证。他看了看女孩的房间，房间不小，这是别墅房间的特性。她房间的东西不多，除了一张床和衣柜，只有一张写字桌，桌子上的小包引起了孙夜的注意。孙夜打开小包就看到了一只有着雕绣图案的巴掌大的小钱袋，身份证很显眼地插在丝绸小钱袋的夹层里。小钱袋里还有别的卡。孙夜不关心别的卡。他也不去看那些卡。他不是来检查的。拿到身份证，孙夜想立即离开。他知道她的名字了，身份证上的名字很普通，苏辛辛。苏辛辛此时还在急诊病房里，她身边需要人。还有手机。她的手机在客厅的沙发上，也别忘了带过去。孙夜正欲离开时，看到门边的墙上，挂着一把吉他。孙夜对吉他非常敏感，那是他的最爱。一个女孩的房间里，挂着一把吉他，就算是身有急事，也还是引起了孙夜的注意。关键是，这是一把新的吉他，更关键的是，和他的吉他非常相似，不，简直就是一模一样，是同一个牌子。凭他对吉他的了解，这把吉他是顶级的，价格不菲的。这是她的吉他吗？她也是吉他爱好者吗？挂在她的房间，不是她的又是谁的？孙夜很想试试她的吉他，听听音效如何，如果有偏差，给她调试一下也是可以的。但是，孙夜急于要离开，试试吉他的音效，也只停留在想想上了。孙夜一转头，又被床头柜上的一张纸吸引住了，这是一张 A4 纸，放在精美的台灯下，吸引孙夜的，是纸上的一张头像，正是那个女孩的头像，对了，她叫苏辛辛。孙夜看到，头像虽然是黑白的，是一张生活照，复印机打印出来的，也能看出她的清纯、秀丽和不俗。孙夜被好奇心所驱使，低下头，看到了上面的字："苏某某，河北人，27 岁，硕士毕业于美国波士顿东北大学，本科毕业于上海某某大学，英语六级，钢琴九级，吉他爱好者，会游泳，擅长英语口语和编程，有固定住所。希望找一份音乐教师工作，或全职家教，待遇面议。"下面是联系方式。孙夜有些纳闷，这是她要找工作吗？

受这份求职广告的影响，孙夜对这幢别墅突然好奇起来，所谓固定住所，是这里喽？她是这里的主人吗？如果不是，那么主人又是谁？还有那天在路口扔网球逗狗的那对男女，和这幢别墅又是什么关系？他们是共同的房主？还是其中一人的？在客厅的楼梯旁，孙夜想上楼上去看看，按照他对别墅的了解，二楼的格局和底层是不一样的。而二楼一般又是别墅主人最为私密的地方，各个房间的摆设和装修风格，应该会露出房主的蛛丝马迹。当然这幢别墅还有三楼，三楼只是局部，应该还有一个大露台，他也可以顺便到露台上去眺望一眼别墅区的夜景，小雨中的夜景，必定也有一番风情的。楼梯还通着地下室。地下室有健身房、家庭影院这些奢华设施吗？但是好奇心并没有拉动孙夜的脚步，因为他看到德牧在看他，德牧看他的眼神有些特别，好像对于他试图探究这幢房子的秘密有关，是鼓励他上楼呢？还是提防他上楼？孙夜对这条狗还不熟悉，对于它的肢体语言和眼神还琢磨不透。孙夜送给德牧一个笑脸，说："好好看家哈，我去看苏辛辛了。你要不要带一句话？"德牧只跟他歪了歪头。孙夜临走时，还瞥了一眼楼梯口处的那个滑板，同时把放在客厅沙发上的吉他背上了，那是他自己的吉他，和苏辛辛房间挂着的吉他属于同一个牌子同一个款式，这里会隐藏着什么深意吗？孙夜的心里又荡漾起一丝涟漪。

6

三天后，晚上，九点刚过，孙夜坐在常蕙路街边花园的条椅上。灯色很好，他抬头看看天，能看到晴朗的天空上有几颗星星在闪烁。这是孙夜以前没有注意到的。深夜看星星，也是孙夜昨天和今天才有的爱好。

孙夜朝通往别墅区的便道上望望，那里的灯光不是太明亮，路口的灯还有一盏坏了，似亮非亮的，隔一段时间，突然亮了，再隔一段时间，又似亮非亮的了。路口很安静。料想往里延伸的便道也是安静的。孙夜刚一坐下时，他就从路口向便道望去了，到现在不过短短的两三分钟，孙夜就望了好几次。昨天晚上，孙夜也坐在这里，也这样望望天空和路口，半个小时或一个小时，路口那盏灯，也是时好时不好。夜静时，孙夜才悄悄离开。今天又坐下来时，孙夜的眼前重现了三天前的晚上那条德牧坐在条椅上的情景，小雨中，德牧就坐在他身边。然后，德牧带他去救助了一个叫苏辛辛的女孩。再然后，他返回她居住的某某花园别墅北区十七幢，带着女孩的包重回医院时，女孩依然躺在病床上输液。但是她的眼神已经有了神采，脸色也是自然的脸色。孙夜把包放到她的床头柜上。

“好多了吧?”孙夜说。孙夜知道她应该知道她包里的东西，那个有着漂亮雕绣图案的丝绸小钱袋，还有小钱袋里的各种卡。当然，还有帮她带来的手机。

“谢谢……”女孩说话了，她说了“谢谢”之后，似有未完，但她没有再说下去。

“要喝点水吗?”

“刚喝过了……谢谢!”

然后，又是沉默。

“你家那条德牧挺聪明的。”孙夜的意思，是告诉女孩，他所做的一切，都是在德牧的引导下完成的。

但是，女孩并不想知道太多的细节，她还是静静地说：“谢谢!”

看来她只会说“谢谢”了。

“需要我在这儿吗？明天还有一些手续要办。”

“谢谢……不用了，自己办。”

“那么……再见。”

“再见。”

就这么再见了。孙夜走出医院，想起来还有一句话没说，就是他把那条德牧关在她家屋里了，别墅门也锁起来了。不过孙夜知道她包里有钥匙。孙夜看一眼手机上的时间，已经是凌晨三点多了。孙夜觉得这样的告别有点简单，她的不断的谢谢声里，也似乎还有很多话。可到底还是简单了。那又该怎么样呢？孙夜没有模板可以参照，他喜欢她那天用滑板撞他的感觉，那种突如其来的冲击，那种措不及防的摔倒，还有她脸上的绯红以及翩然而去宛如白色蝴蝶的美丽身姿，当然，她的笑，也是悦耳而动听的，都是孙夜可以回忆起来的。为什么不能回到那个时候呢？是场合不对，还是时机不对？孙夜似乎知道，又似乎不知道。孙夜还想跟她交流一下吉他的弹奏技艺，或者，音乐。此时孙夜身上就背着吉他，可她对他身背的吉他并不感兴趣，或没有流露出感兴趣的样子。孙夜的心里像是丢失了什么，空落落的。

静夜的条椅上，孙夜感到一种悲凉的情绪在四周萦绕。忽而有轻漫的风儿拂过，又仿佛有吉他声从遥远的地方悠悠地飘来，又仿佛恋恋地离去，再听，又消失了。

孙夜的思绪自然对接了那天夜里离开医院时的情景，和此时的心情也很吻合。但是又没有明确的指向。他不知道要在这里等待什么——总之，他是要等待什么的。等待他一直想写而一直没有写出来的那首诗（孙夜把他所作的歌词都当作诗的）？等他一直想写而没有写出来的那首曲？他有时候是先有曲再有诗的，有时候呢，又是先有诗后有曲的。词和曲都等不来了——仿佛心有灵犀一样，路口那儿突然出现了一条狗，正是孙夜熟悉又陌生的德牧，它精神抖擞，神气十足，跑到路口突然停住了，昂起头，注视着街道，也看到了孙夜。孙夜心里突然激动起来，又突然地觉得，他要等待的并非仅仅是一条狗。他向狗的身后眺望，那条通往别墅区的便道上，还是静静的，路口那盏坏了的灯还处在似亮非亮的状态中。但是，孙夜眼睛一眨，那盏灯突然变亮了，那条德牧也冲他友好地摇起了尾巴。孙夜的耳畔，仿佛响起了滑板的滑行声。

2022 年 10 月 25 日于北京荟读图书馆

2022 年 11 月 25 日修订于北京像素

小菜场

1

小董的下班时间是固定的，晚上六点半准时出门。

另外几个固定的时间节点是，乘上地铁五号线是六点五十五分，转六号线，卡在八点五分；然后从六号线常营站出来，是八点四十五分；如果一切顺利，他到达这个叫格兰特的小菜场的时间，正好是晚上九点，正负不会超过三分钟。他会顺手在菜场买点小菜或水果，也会什么都不买，从门前穿行而过。可能是为了方便顾客吧，菜场还把整面玻璃墙改造成自由推拉的窗口，一些常卖的蔬菜和水果，就摆在窗口的一格格木档里，价目牌也都很明显。如此摆放，一来可以招揽顾客，二来也是方便顾客——不用进店，站在窗口就可以买到心仪的蔬菜或水果了。同样的，卖菜的员工，也是隔着木档面窗而立，大路上的人都能一眼见到他们敬业的态度。

小董叫董健人，挺正的名字。可从小学的时候，就有调皮的同学故意把他的名字叫成董贱人。一直到大学毕业，都会有这种同学，有的是无意的，也有同学带着善意的调侃，他们只是为了好玩而已。所以工作以后，每当有场合要介绍自己，他就谦逊地说："叫我小董好了。"于是，小董，就比他的名字使用频率还高了。

晚上九点这个时间，对小董来说，比较微妙，还有十分钟就到家了，会有点累。如果精神状态不错，他会自己下厨，做点饭吃，一般就是煮个面，或下个速冻水饺，偶尔会炒个小菜吃个面包片儿。但大多数时候，他精神状态都不是太好，一副疲惫不堪、行色匆匆、心事重重的样子，到家吃个泡面就对付了。有时也什么都不吃，冲个澡，上床看书，看累了倒头就睡。

11 月中旬的一天，天气不好，阴阳怪气的，想下雨又不想下的样子。小董正从格兰特菜场的玻璃窗前匆忙经过，突然一个好听的女声说："帅哥带点菜？带点水果？晚上的折扣价，一大包四季豆才三块钱，这一包水果也三块，带上吧，划算的，错过就没有了。"

小董没准备买菜，完全是被好听的声音所吸引，便扭头看——对方看他看过来，才接下来说了一长串的话。映入小董视线的是一个女孩，女孩身边的一个小方桌以及桌上一堆各色蔬菜和水果。如前所述，小董在这家菜场买过几次菜，从未见过这个女孩，更没听过这种甜而不腻、柔而不媚的声音，心里顿一下，便转头，问："多少钱？哦……三块？"

"三块。四季豆新鲜的，平时都卖四块五一斤，这一包有二斤多，才三块，一包就省了六七块，带上吧。这包水果，两个红富士，两个甜梨，四个猕猴桃，也才三块，没疤没麻没虫眼。便宜到家了，就像送给你一样。”女孩依然保持那样的说话节奏，口气中又加入了笑语，两只细弯弯的眼睛也笑眯了——她是真笑，虽然白色大口罩遮住了三分之二的脸，还是能感觉到她的欢喜。

确实便宜，小董想。水果他是常吃的，苹果、甜梨、猕猴桃他都吃。对于蔬菜，小董是可买可不买，虽然他喜欢吃四季豆，他们家乡叫梅豆，可能是梅雨时节最好吃也未可知。问题是，如果他买菜了，就得做饭。强迫做饭也能接受，但总之有点心不甘情不愿。不买菜也行，点外卖更方便。简单说吧，买菜不是刚需。如果买了，一定和女孩的态度有关，和她的话语有关——似乎入心入肺了。那就买吧。小董听到内心真实的声音，不由得就拿出手机，准备让对方扫码付款，又下意识地说：“梅豆……梅豆，确定是三块？”

女孩听了他的话，明显愣一下，眼睛里既有笑又有疑惑，问：“你叫我？”

“啊？”小董也疑惑了，看着她，“我问梅豆……”

“我叫梅豆啊，李梅豆就是我。”

小董恍然大悟，只能说巧事多，也怪自己说话大喘气，第二句梅豆后边停顿了二分之一秒，让她误解了。小董也乐，同时有点不好意思，好奇道：“梅豆……这个名字好。”

“你是问四季豆的价格吧？嘻嘻，确实是三块，折扣价嘛，瞧瞧，多新鲜。”

“一共六块对吧？你扫我。”

“可以。”女孩说，“你是咱家会员吧？”

“不是。会员有啥优惠?”

“如果是会员，立减五块。本来统共才六块，就很优惠了，再减五块，等于一块钱拿这么多菜。”

“这么好?”

“好吧?”女孩说，“办个会员吧，只预交两百块钱就是咱家会员了，还可以买咱家的打折商品——我们家每天都有折扣品种的，今天的香蕉就是会员价，八五折。反正也要买菜买水果的，两百块钱很快就会花完，花完可以再充两百，还是会员。”

小董觉得被套路了。又觉得，这也划算，是美好的套路，相当于预存两百块钱，就可享受折扣价，反正要消费的，又不是两百块钱白给她，加上今天已经优惠这么多了，且预充两百块钱也不算多，何乐而不为?就说:“办个会员吧。”

2

真是哪里都有营销策略啊，哪一行都可以营销啊。小董并没觉得梅豆的这番操作有什么不妥或不适，相反，还觉得她冰雪聪明，还觉得这种营销策略不错。从店家的角度出发，顾客表面上仅是一个小菜场的会员，实际上，在一段时间内，会经常到她家买菜的，毕竟钱还没花完嘛。这是其一。其二，店方还因此积累了资金，虽然资金的量不大，积少成多啊。小董想，所谓营销，不就是店家的利益和顾客的利益最大化?这是梅豆的主意吗?她叫李梅豆，这个名字太逗了，三个字不是水果就是蔬菜，她父母一定也是个有趣的人，起这个名字好像预示她的职业一样。

小董走在回家的路上，心里难得涌起一丝美好的情绪。

到家之后，小董例外地做了个水煮梅豆，这个菜最简单，把胖乎乎、圆滚滚的梅豆择去丝，清水洗净，再一折两断，放锅里，加水加油加盐，煮熟即可。小董在一根一根择梅豆的时候，自然就想到小菜场卖菜姑娘李梅豆了，仿佛就像和她有亲密接触似的，不怀好意地乐了。但是，小董突然想起一件事，他的钱被李梅豆扫码扫去了两百块，没有任何手续啊？他实际上只花了一块钱，应该还有一百九十九，李梅豆并没有给他概念中的一张会员卡，也没有任何收据，要不承认怎么办？小董拿出手机，点开微信的相关信息，查看一遍，有痕迹，收了他两百元钱的叫格兰特便民蔬菜店，和店铺上的名称一致，消费的一块钱也有记录。小董放心之后，还有疑虑，就是自己无法掌握余额的显示。小董便决定，明天晚上，再去小菜场买一次，顺便再详细了解一下如何显示余额的事。

第二天很快就到了。小董的包里背了不少东西，把两本书拿在了手里。小董在一家大型装饰工程公司做设计，很多著名大型建筑的内外装修都有他的参与，很费脑子的工作，收入也不少。但小董不满足于此，正在努力学习，准备考一级建造师。他已经有二级建造师的资质了，他觉得不够，他要在建筑装修这个行业干成国内顶流。他手里拿着的两本书，一本是他的考试用书，一本是《建筑十书》，作者维特鲁威是国外建筑装修方面的大师，这类书是小董经常看的，外国顶级装饰大师的风格也是他经常要思考和参考的，能触动他的灵感和创意，进而激发他的创作。

站在玻璃窗前，小董一眼就看到李梅豆了。李梅豆戴着白色带卡通图案的口罩，口罩上的卡通图案是一颗红艳艳的草莓和两只彩色的小蘑菇，和她从事的行业密切相关，有点调皮和波俏。更有意思的是，她的服装也充满了水果元素——草绿色的外套上，都是小花小草小果果。小董虽然叫不出那些小花小草小果果的名字，看着都很和谐和顺眼。李梅豆也看到小董了，正朝小董笑，那眼睛还是妩媚地眯眯着，仿佛对昨天晚上成功的推销表示满意。她抢在小董开口前说："帅哥要点什么？"

"香蕉，"小董说，"今天香蕉打折吗？"

"今天香蕉不好，可以吃其他水果，菠萝？葡萄？菠萝打折的。"

"不喜欢吃菠萝。"小董说，"那，买菜吧。"

"好，看看选点什么，四季豆、荷兰豆、兰花菜、卷心菜、圆白菜、西葫芦，还有大白萝卜……都新鲜，四季豆不用买吧？昨天买那么多，够吃一阵了。"她一口气说下来，语感和声调还是那样好听，最后她拿起切段的一块冬瓜，重点推销道："来块冬瓜吧，冬瓜排骨汤，或冬瓜烧海米，冬瓜烧干贝，都好吃的。"

为了买块冬瓜，还要去买排骨、海米、干贝吗？小董虽然觉得她的话在理，所列数的都是有名的家常小菜，也是他爱吃的，但消费要谨慎，便告诫自己别冲动，略一思忖，说："有像昨天那样打折的蔬菜吗？"

"没有了，我们九点半下班，打折菜一般八点前都处理光了。"她有点抱歉的意思。

"八点半前处理光了"肯定不是重点，昨天晚上也是这个时间，怎么会有？小董只是想想，没有把这句话说出来。他看着一堆堆菜，想着此行的目的，便说："我就是想买打折的菜。"

"噢——那你等一下，我去看看。"李梅豆利索地转身离去。

一个圆脸圆鼻子戴圆眼镜的胖姑娘过来了——她和李梅豆是搭档。李梅豆在窗口时，她就在里边照应。她在窗口时，李梅豆就在窗口照应。胖姑娘看到小董，问："你好帅哥，要点什么？"

"梅豆去拿了。"小董说，他也不知道李梅豆会拿什么菜。

"什么豆？这个吗？"胖姑娘指着一堆四季豆，她可能还不知道梅豆是谁，或一时没有反应过来，亮闪闪的眼睛略带疑问，按照自己的推理，以为小董是问四季豆，便说，"四季豆四块五一斤。"

小董不想重复也不想解释，摇摇头表示不买。

李梅豆拿着两把小葱旋风一般就过来了，她浑身带笑地说："给你找两把小葱，一共两块钱——平时都是三块钱一把的。"

"小葱怎么吃？"小董疑惑了，"这是调味品啊。"

"蘸酱，可好吃了。"胖姑娘抢答了。

"还可以卷豆皮吃，还可以包饺子吃，还可以炒鸡蛋。怎么吃都好吃——这是小甜葱。"李梅豆也说，她和胖姑娘一唱一和。

小董是南方人，从来没把大葱小葱当菜，有时候下馆子，看饺子有大葱馅的，都以为写错了，没想到两个姑娘也说葱可以当菜。他肯定吃不惯的，但两块钱能买那么大的两把小葱，也是划算的，就说："那就来两把吧。"

"好，你报一下手机号。"李梅豆说。

李梅豆听了小董报的手机号，点了一连串数字后，一边给两把小葱装袋，一边递给小董一张小票，说："你还有一百九十七块钱。这是票据，上面有余额，下次买菜只报手机号就行了。"

小董听了，心里的疑惑迎刃而解，也放松了很多。同时又小看自己了，觉得自己对于钱款的担心，实在多余，其实就是对李梅豆的不信任，这么美丽又清纯的姑娘哪会有那么多心思？再说，这店还在，总不能自己坏了自己的信誉吧？小董心里便生出了一点抱歉。正要说句感谢的话以挽回心里的那点内疚，李梅豆又盯着他的书，迅速改变话题道："你喜欢看书啊？那么厚的书……我也喜欢看书。我爸有很多书，文学、历史……好多好多。"

"是吗，你爱看什么书？我送你几本。"小董是说真话，他在做建筑三维设计之前，是搞平面设计的，其中就为不少出版社和图书公司设计过多种图书的封面，对方也赠送了不少样书，他可以挑选几本送给她。

"太好啦……我爱看小说和诗歌。"

"好，明天带几本来。"小董的办公桌上，还真有几十本文学书，有诗歌有小说，还有外国文学，他平时也不看，还嫌碍事，如今能有人喜欢，既减轻了负担，又落个人情——他看得出来，这个李梅豆能现场决定商品的折扣，大概是店长什么的，以后再买菜或买水果时，可能会得到照应，甚至能交成朋友，更何况，这是个让他心仪的女孩呢。他心里有了另外的想法，便开始不自然起来。而他的不自然，正巧被李梅豆身边的胖姑娘发现了。胖姑娘听了他们的对话，有点犯傻地看看这个，看看那个，一副很惊讶的样子。

3

为了挑选给李梅豆的书，小董还耽误了十几分钟才离开办公室。别看只是耽误这十几分钟，便踩不上他原来赶车的节奏了，加上他一路上尽想着李梅豆的样子，想着她拿下口罩一定清纯而可爱，便越发地感到心急，感到时间的紧张——他怕小菜场关门，不能第一时间把书给李梅豆，弄不好，还让她觉得他是一个不守信的人。

还好，他紧赶慢赶到了格兰特小菜场门口时，虽然已经九点半了，店还没有关门，窗口的灯还亮着。

窗口里只有胖姑娘，没有李梅豆。照例的，胖姑娘还是主动迎客说话，问小董需要什么菜。小董说不买什么，找梅豆。有趣的是，胖姑娘还是没听懂，指一下四季豆，说："是这个吗？这个是四季豆……"

小董赶紧从包里拿出书，举一下，说："梅豆……"

小董本想说给梅豆送书的。但他的话还没说完，或者说在刚拿出书的时候，胖姑娘就眼睛一亮地恍然明白了。而一个声音更是响了起来："在呀在呀……稍等稍等。"

正是李梅豆的声音，从菜架那儿传了出来。李梅豆的声音太特殊了，太好听了，不用看人，只听声音，就能听出她语音里的笑。片刻之后，人就出来了。她看到小董手里举着的书了，惊喜道："呀！真拿书来啦！"

李梅豆走到窗口，接过书，还保持着刚才的惊喜："太谢谢啦，《心是孤独的猎手》，卡森—麦卡勒斯著，我好像看过这个人的书，她是不是写过《伤心咖啡馆之歌》《第三者》《起风了》——这本还是诗集，太好啦！谢谢帅哥！要不要拿点菜？"

"不啦，家里还有菜。"小董发现，她是真爱书。如今这个时代，能有爱读书的人，特别是从事卖菜工作的售货员——更难，何况她还是一个可爱的小美女，真是稀有物种了。小董心里感叹着，踌躇着，还想再说点什么。但似乎又无从说起，这个场合不是表白的时候，同时又觉得，书送到了，她们也到下班的点了，先离开吧，来日方长。

就在小董正欲离开时，看到李梅豆的目光从他肩膀上望出去，高高举起手里的书，朝他身后挥手。小董回头一看，在马路边，从一辆小轿车里下来一个瘦高的男青年，穿一身时尚的潮服，冬天了，破洞牛仔裤上的几个洞里还露出肉，也正跟李梅豆挥手。小董感觉是，梅豆的男朋友来接她了，便说一声"走啦"就离开了，身后只传来梅豆再一次的谢谢声。

4

此后连续两天，小董从小菜场门口经过时，都没有看到梅豆在卖菜。他也没有买菜。他家的菜还有，梅豆还有好多，两把小葱也没有动。如果窗口站着的是梅豆，他可能还会停下来买点水果也有可能。可如果是胖姑娘，他就不愿意了。他又不能等着胖姑娘离去。那胖姑娘眼睛带电，她已经看穿他的小心思了——不就是想搭讪人家嘛。

接下来是周六、周日。周六他窝在家里看了一天书，没有出门。周日这天，小董把小葱拿出一把，剥去老皮，洗净，沥干了水，堆在盘子里，青青白白的也好看。他没有酱，也不想买，就这么吃了一根，口感是微甜微辣的，有点意思，但不是他想吃的味道。反正也不贵，他想，而且买它时还附带别的功能——查看余额。中午拿它炒鸡蛋吧。顺着这个思路，小董的心就不能平静，就次第出现了梅豆的身影、梅豆的笑和梅豆的声音，还有她口罩上鲜艳、俏皮的小图案，更有时不时跳到他脑海里的男孩，他们是什么关系呢？那还用问？小董自问自答，恋爱朋友呗。小董心里就五味杂陈起来。小董不是第一次有这种感觉了。大学三年级时，他就暗恋过邻班的一个女生，可这个女生名花有主，他每次看到她和她的白马王子在一起时，心里就是这种五味杂陈的感觉，放不下，忘不了，得不到，又牵挂着。大学毕业后，顺当地参加工作，过了一两年平静的生活，他又喜欢上了自己的一个客户，一个出版社的美女编辑，对方很欣赏他设计的封面，两个人的沟通也很顺畅，审美观、世界观、婚恋观也基本一致，甚至对美食的爱好也如出一辙。但是人家都结婚了，并且是一个孩子的母亲了。暗恋很辛苦的，身累心累，小董为了摆脱这种累，干脆不再兼职，不搞图书封面的设计了，而是专心致志地搞建筑装饰设计，目的就是躲开美女编辑。一晃又是两三年，因为工作的单一和交往的缺失，他没有再谈过恋爱，关于婚姻大事，他准备等拿到一级建造师的资质后再考虑。没想到毫无预兆的，居然遇到并惦念起这个叫李梅豆的卖菜女孩了。这是不是又是一场单相思？从大三以来，他喜欢的女人怎么都是名花有主呢？他怀疑自己的恋爱观是不是有问题了，是不是不健康了，是不是脑子进水了。

老实说，小葱炒鸡蛋很香很好吃。可他吃得不香了——心不在自己的心窝里，吃什么都是涩而无味的。接下来的时间，读书便没有效率，读了后一句，忘了前一句。拿起这本，又放下那一本。想想昨天，虽然也是看了一天书，效率其实并不高，也和今天的心一样无处安放。小董太了解自己了，他干脆不看书了，决定去小菜场，以买菜为借口（真买也行，放冰箱也不坏），看看她，聊几句。他知道，只有继续接触，继续交往，才能最终得出个水落石出来。但是现在去太早了，还是晚上去吧。没错，梅豆不是说打折菜八点半就卖完了嘛，那就七点到，她一定在的。

好不容易熬到了晚上七点，小董把自己收拾得干净利索，下楼了。他从他家所在的小区出门，右拐，不到十分钟，过一条小马路，就是小菜场了。小菜场门口果然有人在买菜。可卖菜的不是梅豆。小董在马路这边看得清清楚楚。等那两个买菜的大妈拖着菜包走了，胖姑娘还站在门口小桌边，并没有要回屋的意思——在小董看来，只有胖姑娘回到屋里，梅豆才会出来。如果胖姑娘一直站在门口，梅豆就一直在里面的窗口忙。现在，小董就像是一个地下工作者等待接头一样，等着目标的出现。可目标一直没有出现。小菜场的生意一直不温不火的，门口不时地有人来，又不时地有人去，不是在窗口买东西，就是去门口小方桌的打折菜摊上问价。不多一时，门口小方桌上的打折菜只剩下一包了。小董才猛然醒悟过来，门口既然是胖姑娘在照应，窗口就肯定是李梅豆啊，虽然他所在的角度，看不到窗口里的情形，按照以往的经验，肯定是李梅豆无疑了。去窗口买东西不就行了吗？非要买打折菜？看来他是糊涂了，是智商下降了。为什么只要爱情在心里萌芽，他的智商就下降这么多呢？

小董迅速穿过小马路，来到小菜场门口。

胖姑娘一眼认出了他，大声说："还有一包菜，打折，两个土豆，两根胡萝卜，一共一块钱，带上呗。"

小董微笑着摇摇头，径直来到窗口。窗口里不是李梅豆，而是一个本分的大约四十岁的女人。小董从未见过她。她并不像李梅豆和胖姑娘那样迎着顾客说话，而是看着顾客等着顾客先说话。由于事先没有准备好，小董一时语塞。

就在小董一犹豫中，身边的胖姑娘小声道："她不在。"

小董愣了。胖姑娘说"她不在"的她，一定是指李梅豆了。小董心里一慌，觉得这个胖姑娘的心机和她身上的肥肉一样都涨出体外了。他强装镇静地看胖姑娘一眼，本想假装听不懂她的话，可说出来的却是："我不找她。"

小董说完再次后悔，明显是此地无银三百两嘛。

果然，胖姑娘亮闪闪的眼睛里露出一丝狡黠的笑意。

5

小董再来买菜时，便再也没有看到过李梅豆了。小菜场的窗口里，轮流值班的，就是胖姑娘和那个顶替李梅豆的营业员了，偶尔会出现一个中年男人，大约是双休日的顶班者。

春节快到的时候，小董充值的两百块钱只剩下不到十块钱了——可见小董买菜的频率并不高。在剩下不到十块钱的时候，小董决定不再使用会员权利。留点钱，留点念想。而买菜（水果）的时候，小董也像一个正常买菜者那样，看好什么，买了就走，没有多余的话，也没有多余的表情。胖姑娘看他的眼神也正常起来，把他当成一个普通的顾客了。

有一天，下了两天的雪还没有停，还在不疾不徐地飘扬着雪花，城市一片白，树枝上也挂着冰凌，小董的心也没有一丝杂尘，路上的积雪倒是不厚，但是路面很滑。小董照例还是在晚上九点，小心地踩着咯咯作响的雪，从小菜场门口经过。明亮的灯光照在雪地上，有点耀眼。小董盯着脚下，羽绒服的帽子紧紧包住头，谨慎地晃悠着身体，快从小菜场门口走过时，他听到有个声音在叫唤——是在叫他吗？他听到一个女声接连地“嗨，嗨”着，又接连地“帅哥帅哥”地喊。小董在路过时已经瞄了一眼，灯光是苍白的，小菜场的门口并没有人，这是在叫谁？就在小董一转头的当儿，他看到窗口的玻璃窗推开了缝，一颗脑袋镶嵌在灯光里——是胖姑娘。

“过来帅哥！”胖姑娘朝小董招手。

小董只不过在心里迟疑一下，就没有站稳而摔了一跤。这一跤摔得很重，正巧摔在路牙石上，摔得他四仰八叉，毫不留情，把他摔疼了。同时他也听到胖姑娘的笑声了。胖姑娘的笑声，比她的眼神和说话好听多了。但是她可能也意识到笑得不是时候吧，笑声戛然而止，惊慌道：“……哎呀，小心！”

小不小心已经晚了，已经摔了。小董想快速爬起来，没想到又摔一跤。这一跤虽然摔得不重，却更加的狼狈，同时，小董也从心里怨怪起胖姑娘了，大雪天的，喊什么喊呢？但既然都摔了，还是勉强走回去，隔着推拉窗的那条缝，明知故问道：“叫我？”

胖姑娘指着放在白萝卜和茄子之间的凌乱而不多的四季豆，说：“……豆，你说的什么豆……放假了。”

如此恶劣的天气下只是为了几根四季豆？重重摔了一跤就是这么个破事？难道她也想叫他办卡？小董心里突然就窝了火，那火随即就冲了出来，感觉被戏弄，被耍了，他几乎恶狠狠地看她一眼，迅速地转身离去。

小董一瘸一拐地回到家，查看了身上的伤势，活动活动腰、屁股和腿。屁股还有点隐隐的疼，应该问题不大，睡一觉就好了。但是他在回想着摔跤过程时，胖姑娘虽然手指着四季豆却故意说是什么豆，什么意思？她又不是不认识四季豆。她是不是在学他的话，想说梅豆来着？最后一句是“放假了”，谁放假？天啦，她是不是说梅豆放假啦？她是想告诉他梅豆的事？小董的心里悚然一惊，像闪开一道豁口，当时，只顾怪胖姑娘的喊叫惹他摔跤了，并没有在意她说话的语感和话外的意思。对呀，梅豆不是说她爱读书嘛，不是拿了他的三本书嘛，她拿到书时还那么的开开心心，那形态，有可能就是一个学生啊，看她的年龄，是在校大学生完全有可能啊。坏啦，错过了了解梅豆行踪的最好机会了。如果明天再问，胖姑娘还会告诉他吗？小董仿佛看到被冤枉的胖姑娘那被冷落的无趣的眼神了。

真是世事无常——第二天，小董到小菜场窗口时，没有看到胖姑娘。问售货员，对方告诉他，胖姑娘回家过春节了，不不不，是回家相亲了，相亲成功就不来北京了，不成功春节后还回来。

“那……你知道梅豆吗?”

“啥？啥豆?”这是个新来的售货员，她盯着四季豆，“我们这儿只卖四季豆。”

“梅豆不是四季豆，她根本就不是菜品，她是一个人，一个小姐姐，读大学的女生，以前也在这店里工作过，和胖姑娘是同事。”小董尽量把话说清楚，但口气仍然很焦急。

对方笑笑，摇摇头。

“胖姑娘的手机号能告诉我吗?”

对方警惕地看一眼小董，礼貌地说：“不晓得呢。”

小董知道了，就是人家知道胖姑娘的电话，也不会告诉一个形迹可疑的陌生人的。在回家的路上，小董心里本已经淡忘了的梅豆，又清晰地浮现出来，她还是那么的美好，那么的青春，甚至就是藏有小小的心机（推销会员），也是那么的天真。小董觉得天不遂人愿，他喜欢并失踪的女孩，就要重新知道其行踪了，就要柳暗花明了，却又被自己的愚蠢生生地搅黄了。

春节很快就到了，梅豆也没有重新出现在小菜场里——小董是这样想的，也许她还会到小菜场里做寒假工。所以小董在春节前的那段时间里，每天下班时都要去小菜场买点菜或水果。就是不买东西，也要去问问商品的价格，目的就是看看梅豆在不在店里。梅豆一直没有再次出现在小菜场。这让小董心里的那点希望又渐渐熄灭，那棵蠢蠢欲动的小草芽不但在发芽阶段就夭折了，相反的，他开始嘲笑自己自作多情，也许人家梅豆压根儿就没有把他当回事。也许人家梅豆跟他要书，就是真心地爱读书、爱文艺而已，并没有想借此机会和他拉近关系。如果想以书为媒介，不应该是要书，而是借书。借，才能还，一借一还，就会多一倍的见面机会，那才像爱情的样子。但是，直到新年过后，小董依旧不死心，还是关注着小菜场。又直到寒假结束了，他才真正相信命运已经做好了这样的安排。

6

小董的工作没有什么变化，一级建造师的资质证书也早就拿到了。但他的工作没有因此而发生改变，还是建筑方面的各式设计，只是比以前更忙了，脚步更加的匆匆了，已经几个月没有在家里开伙了，都是随便点的外卖或零食。所以，关于小菜场菜品和水果的季节变化，他也不再关注、无从知晓了。偶尔看一眼一直洞开着的玻璃窗，和窗户里摆放的花花绿绿的水果蔬菜，包括几度变化的售货员的面孔，也不再引起他丝毫的联想，他纯粹就是一个普通的过路者了。

转眼就是春天了。又转眼就是夏天了。在七月的一天夜晚，小董拿着一本叫《建筑形容，空间和秩序》的专谈建筑美学的书，匆匆从小菜场门口经过时，看到门口的灯光里，摆着两张小方桌子，其中的一张小方桌上，放着一个精致的长方形塑料盒，还有几只漂亮的小瓷碗等小摆设，桌前靠着一个制作相对简陋的小牌子，上面写着“冰粉”两个彩色美术字，还有一行小字：八元一份。冰粉，小董吃过，他出差去成都，在宽窄巷子附近，吃过一碗地道的成都冰粉，冰粉上所浇的各种碎末，什么花生碎啊，山楂碎啊，香芝麻啊等等他还印象深刻。类似的小吃，他还吃过杭州西湖的藕粉，冰镇的藕粉上所浇的桂花蜜饯，真是爽心润肺地好吃。他在杭州读大学的四年里，可没少吃西湖的桂花藕粉。但是，这些粉，都不如他家乡福建石狮的爱玉冰。爱玉冰也是一种粉，装在碗里，和冰粉很像。但是爱玉冰是山上的一种野草晒干后，装在纱布袋子里放在水里搓揉沉淀后而制作出来的，是他们家乡盛夏季节里消夏解暑的家常小吃，几乎家家都做，家家都藏有几捆干草。其浇头更是讲究，除了各种碎，还有冬瓜糖、红绿丝、芡实仁、莲子等。冰粉的制作，就五花八门了，具体他也说不准，成都好像是用一种藤状植物的树籽。而北方的冰粉，有人带到公司的办公室吃过，同事们说是地瓜粉，他尝了，确实一般化，没有野生植物味也就算了，浇头也是粗枝大叶不讲究，和他家乡的爱玉冰简直不能同日而语。小董是好久没吃到家乡的爱玉冰了。好久是多久？两三年了。他想家了。

虽然冰粉不是爱玉冰，但好歹也是同一类小吃，再加上他晚饭也还没吃，吃一碗冰粉也不错，一来可以聊慰思乡之情，二来也能哄哄肚子。

“来一碗冰粉。”小董冲着玻璃窗口说。他知道，即便是门口没人，他这么叫一声，也会有人立即出现的。

出现的，是一个小帅哥。小董眼睛一亮，如果没有记错的话，正是去年11月某天那个开车来接梅豆下班的小帅哥。小董已经把手里的书放到小方桌上了，刚要坐在小方桌边的小凳上，屁股突然就落不下去了，他所看到的小帅哥是一脸喜悦地跳着出来的。有小帅哥，说不定就会有梅豆。小董思想没有任何准备，蒙圈了。小帅哥看到客人，并没有招呼，而是潇洒地一转屁股，冲着玻璃窗大声喊道：“姐，出来！”

跑出来的，正是梅豆。梅豆也看到坐在小桌前准备吃冰粉的顾客了，眼睛先是睁大，然后是笑眯，再然后走路都不会走似的忸怩着，脸顿时红了，在白口罩的映衬下，还是能看出来她的妩媚和羞涩，惊讶道：“你呀？怎么会是你？半年前，我们学校因为疫情开学迟，我在店里帮着打理几天……你来了，这个暑假，我刚开张，你又来了……哈，还是书，送我的吗？吃碗冰粉吧，冰粉……是我从成都学习、引进的新产品，今天开张第一天，优惠价，八块钱，对你再打个对折，四块，这就给你做哈。”

梅豆手脚利索地在给小董装冰粉——她说是“做”，其实，不过是拿过一只小瓷碗，打开那只长方形白色塑料盒，把已经做好的冰粉舀了一小碗，又打开另一个盒子，里面是分成六个小份的各色浇头。小董看到，梅豆似乎比半年前瘦了一些，穿铁灰色小 T 恤，低腰的破洞牛仔裤，牛仔裤和小 T 恤之间，是半隐半露的小蛮腰。她拿着汤匙，把每种浇头往冰粉上舀一点，还不忘看一眼身边的小帅哥，嗔怒道："傻看什么？滚！"

小帅哥并没有滚，还朝她挤了下鼻子。

"我弟。"梅豆又对小董说，声音和对她弟的声音完全不同，"读大一。"

"暑假后就大二好不好？姐，你老是停在过去时，自己大四了，老说大三，装嫩！"小帅哥很不服气，揭短一样地说。

"还不滚到店里！"梅豆继续道，"爸说了，你这个暑假工归我管，你就是为我打工，当心我扣你工资！"

小帅哥只好不情愿地回小菜场了，然后，出现在玻璃窗里。

听话听音，小董全明白了，梅豆在成都某个大学读书，暑假后就大四了。这小菜场是她爸开的，她喜欢帮家里打工，还喜欢动动心思，利用小菜场的平台，学习经营之道——卖起了冰粉。她是学商业的吗？还是学经营管理？无论学什么，都不重要了。重要的是，小董的心和去年 11 月初冬之时的心处在同一个时空里了，仿佛这大半年白过了，仿佛冬天和春天都没有经历过，就是昨天和今天的事。小董的心里既激动，又美好，想说点什么，又不知道说什么。好在冰粉端上来了，就放在他面前。

"请慢用。"梅豆也坐下了，就在他身边。她摘下口罩，毫不认生地就拿起小董放在桌子上的书，和去年拿到小董的三本书一样，梅豆好听地念了一遍书名，就翻了起来，看到小董签在扉页上的名字，嘻哈道："你叫董健人？这个名字有意思……哈哈哈，其实我不叫李梅豆，李梅豆是我给自己起的笔名，我写诗署名梅豆，我妈姓李，就灵机一动告诉你叫李梅豆了，其实我姓艾，叫艾玉冰。"

小董一听就乐了，紧张和拘谨一扫而光。难怪胖姑娘不知道梅豆是谁嘛，这压根儿就不是她的名字。她叫爱玉冰，多么熟悉和亲切啊，就像遇到家乡人一样。小董一边拌着冰粉一边说："告诉你呀，我熟悉爱玉冰的，我们老家有一种粉，跟冰粉差不多，就叫爱玉冰，和你名字一模一样。"

"是吗？真的呀？也是艾草的艾？嘻嘻，管他什么爱了，爱情的爱更好……爱玉冰？你不会哄我玩的吧？对了，去年寒假时，我在家上网课，没敢去店里，托胖姑娘一个事……她没有告诉你？"

小董心里咯噔一声，什么都明白了。但他无法还原那天的情形，既不能撒谎说胖姑娘没告诉他，也不能实话实说，只好含糊道："后来看你不在店里，就没怎么去……"

7

一周后的晚上，在格兰特小菜场门口的灯光里，冰粉的招牌，换成了"爱玉冰"，而且招牌也不像先前那么简陋了，是一幅易拉宝，其设计的水准，堪称一件艺术品。制作爱玉冰原材料的野草叫草枳子，也在易拉宝上呈现了出来。更出乎预料的是，来吃爱玉冰的人还不少，多是些少男少女。他们在吃的同时，还了解了这道小吃的前世今生。梅豆姐弟俩也在，正不停地招呼客人呢。

小董还是踩着点下班。他朝小菜场门口急急走来时，老远就看到梅豆在朝他张望。他立即向她举手示意，跑了起来。小董奔路的姿势十分潇洒，十分轻盈。他越跑越快，几乎是狂奔着跑进小菜场门口的灯光里。

2022 年 11 月 27 日居家封控第六天草于北京像素

2022 年 12 月 9 日改于北京荟读图书馆

弹弓

1

这辆机动三轮车，花花绿绿的，看起来像是非法或者违规改造的产品，其实不是。这是赵汗青找来好多张花纸，贴在车身上——无非是超市的促销广告或保险公司的宣传画，还有就是房地产公司的售房信息。他三岁半的外孙女看爷爷费心打扮自己的“坐骑”，也把自己心爱的贴纸，贡献了十几张，分别贴在车头车尾和车轮上。

一大早，赵汗青就开着这辆花哨的机动三轮车出门了。三轮车出小区，拐上一条混合车道，不消半小时，开到了冶金一局家属院。这个家属院，在燕郊是最大的家属院，没有之一。别的不说，就说这个家属院里不仅有幼儿园、小学、中学，还有一所大专学校和一所三甲医院，就足见这个家属院的规模了。家属院分为一院二院三院直到八院，各院中间有一条宽阔的花园式马路，像糖葫芦一样把几个大院穿起来，足有好几公里长。三轮车一连穿过几个路口，到六院一幢居民楼前停下了。

赵汗青八十多岁的老父亲就住在这幢楼一单元的 101 室，底层，小两居，是二十世纪八十年代的布局和装修，有个不到十平方米的小院。从前赵汗青母亲在世时，会和赵老爷子一起坐在小院里晒太阳，偶尔也会帮老爷子擦擦流到腮帮和衣襟上的口水。如今老爷子的口水还继续流，依然从左边嘴角流经腮帮，滴落在肩膀上，再挂到前襟，只是没有人帮他擦口水了，如果正好有阳光照下来，那一条亮晶晶的口水会闪闪发光。赵汗青带着早点，从单元门一进客厅，就从窗户里看到父亲坐在小院里的那把旧木椅子上。赵汗青把早点——豆浆、油条和一块松软的杂粮蛋糕放到客厅的餐桌上，又从冰箱里取出他前日带来的咸菜炒肉丝，对着后门说："爸，吃饭。"

"吃过了。"老爷子声音还挺响亮。

又吃过了。每天都这样，每次也这样，叫吃饭时，都说吃过了。其实根本就没吃。赵汗青也有办法对付："再吃点。"

"吃就吃点。"声音并不是很勉强，接着就是椅子的挪动声和责问声，"你不上班？"

"我退休了。"赵汗青已经告诉他上百次了。

"你多大啦？就退休？"说话间，老爷子已经来到饭桌前了。

看着父亲吃饭的香劲儿，赵汗青知道，老爷子身体没问题——当然没问题了，每年单位组织的体检，各项指标都很好。就是脑子糊涂了。这脑子也不知怎么就糊涂了，说糊涂就糊涂了，听母亲说，好像退休不久就糊涂了，做梦时老说梦话，梦话里还会有骂人的话，有时候指名道姓骂他的老同事老张。那时候赵汗青也没有上心，平时似乎看不出来老爷子脑子有问题，加上有母亲陪伴，自己工作又忙，一眨眼就是十几年，直到几年前开始失忆，开始流口水，才发觉问题严重，到医院检查，查不出病来。再体检时，他又跟着一起去，试图让医生从全面体检中查出失忆的源头，可也查不出来。母亲说，早就问过体检医生了，问过不是一次两次了，没毛病。活该我倒霉，到老了还要侍候这个老不死的。就这样，又过了几年，直到去年，母亲突发脑血栓去世，老爷子没人照顾了，又正好赵汗青退休，他就接过母亲的接力棒了。

吃过早点，赵汗青帮他洗脸换衣服，带他出去玩。

一出单元门，看到花花绿绿的彩色三轮车，老爷子脸上就露出笑容，惊讶地说："买新车啦?"

"高级吧?"赵汗青也会逗他。

"高级……实在是高级。"老爷子脸上乐呵呵的，他盯着车子看看，左看右看，上看下看，后车窗，车轮上，后视镜，都看看，又突然定神，或是愣神，像是在努力想着什么，忽然回身进屋，从屋里的什么地方，找出一张闪卡，就是小学生爱玩的那种卡通花纸片，一看就像是从垃圾箱捡来的，就要往三轮车上贴。可是闪卡上没有胶，贴不上去。赵汗青就抢过闪卡，从车里拿出透明胶，把闪卡贴到车身上，和周围的花花绿绿也还协调，看老爷子满意了，才说："好看吧？上车!"

老爷子乐呵一下，像是满意，又像是勉强满意或不太满意。他在快速上车时，情绪又瞬间转移，嘴里不迭连声地说着"上车上车上车”的话，那种屁颠颠的嘻哈样子，巴不得迅速体验行车的乐趣。

三轮车行至六院和五院相邻的十字路口时，看到街边花园的几张长条椅子上，坐着几个晒太阳的老人。有一个老太太在八角亭里吹口琴——这是赵汗青经常看到的。相邻的老人一动不动，聚精会神，都在听。有一个老人，还轻轻地打着拍。可能是赵汗青的三轮车太招人了，太亮眼了，一个瘦瘦高高的老人起身迎在路边，伸出了手，做出停车的手势。赵汗青认识他，他就是老张，老爷子在梦里骂过的老张，也是和老爷子搭档三十年的老张。老张身边是他的老伴，赵汗青都叫她张姨，是一个戴白圆框眼镜、小巧、白皙而干净的老太太。老张每次看到三轮车路过，都要关心关心老爷子，和老爷子说两句什么。赵汗青看老张老两口儿已经站起来了，便把三轮车缓缓地停在老张夫妇的身边。

老张哈下腰，把手伸进车窗，想和老爷子握手，看老爷子没有反应，就问：“遛弯儿去啊？”

“你谁啊？”老爷子眼皮睁大了问。在赵汗青的印象里，老爷子没有一次认出老张来。

车窗外，老张的脸上露出同情的凝重之色——连多少年的老同事都不认识了，有点殃及池鱼的悲哀。在老张的脸旁，又出现另一张脸，这是老张的老伴。老张的老伴叹息一声，试图唤起老爷子的记忆，用她那带着浓重温州口音的普通话问：“我是谁啊？”

赵老爷子定睛看看，又看看，眼睛一亮，以为想起来了，却又傻傻一笑，反问道：“你谁啊？”

“唉，多好的老头子，咋就糊涂了呢?”老张的老伴惋惜地说，又对老张道：“他比你还小呢。”

赵汗青开车离开时，那抒情的口琴曲还在车窗外悠悠扬扬地飘荡。从车视镜里，也能看到老张夫妇目送的复杂的眼神。赵汗青感叹地想，老爷子这一辈子，总算交了一个真正的朋友。

2

秋天了，气候温润，风光无限，燕郊好玩的地方多，城区里各个公园都不错，燕郊公园自然不用说，去过多次了；森林公园高大的林子下面，也多次留下他们的身影；潮白河边也有多处景点，河湾里的观景台，河边的栈道，还有河堤上的花园式绿化带，都去腻了。随便哪个地方，轻轻松松都能玩个半天。就算一些旮旯角落，也有风景可看——赵汗青就带老爷子来过城郊的苗圃，看那些正在育苗中的绿化树、景观树和各种木本花卉，还教老爷子认过海棠和垂槐。老爷子当然学得很快忘得也快了。这一次，赵汗青要带老爷子去一个新地方。所谓新地方，他也只是好几年前不知因什么事而路过，三面被城市的高楼大厦包围的一条干河边，有一条废弃的院墙，墙外（也或是墙内）是一片杂树林子，这林子不小，稀稀拉拉沿着干河绵延有大半里路，河边和林子中间一撮一撮的闲地被人开垦成菜园。赵汗青就是想带老爷子到这林子里玩，顺便看看这些菜园。如果可能，他也可以开垦一块，一来可以种菜玩，二来又不耽误带老爷子出来散心。

到了目的地，老爷子从三轮车上下来，这里看看，那里望望，脸上也没有什么表情，还伸伸胳膊，踢踢腿，然后就往干沟里走。到小树林子，要路过干沟上这座老式的石拱桥。所谓干沟，就是一条季节性河道，夏天雨水多时河里有水，冬春，也有一汪一汪的水塘，要不然，怎么会有人在河边开垦菜园呢？没有水，菜地怎么浇灌？赵汗青看老爷子小心地在头里走，知道来对了，老爷子也是被干沟对岸的那片树林子吸引了。虽然是秋天，10 月中旬，林子还是一片绿。赵汗青知道，年龄无论大小，对陌生的地方、未知的领域都是好奇的，比如老爷子第一次到潮白河最宽处的 S 形河湾处，面对潮白河宽阔而浩瀚的河面，像古代文人看秋水一样，能一看看半天，只差吟诗作赋了。潮白河上除了粼粼的水波外，能有什么好看的呢？当然，随着太阳的移动，河面上的光影会发生微妙的变化，也偶尔会有一只白色的鸟儿在河面上贴着水皮飞翔。但老爷子并不是看鸟，也没被阳光的照影所吸引，他就是看水，看静静的秋水，仿佛看到水底的游鱼，看到水底的螺蚌。然后，乐呵呵地找来几块小瓦片和石片，打水漂玩。老爷子只敢用臂膀发力，腰部的力借不上，或不敢借，水漂打不起来，最多打两三个。但打几个水漂显然不太重要，重要的是老爷子很快乐，像是回到了童年，脸上的笑容像赵汗青的外孙女一样天真而纯朴。赵汗青也找来一小堆瓦片和石片，陪老爷子一起又玩了一会儿。赵汗青小时候没机会玩过这种游戏。但这种游戏无师自通，看过就会玩。但他水平也不高，老爷子就教他，手把手地教，瓦片的选择、握姿，入水的角度，很专业的样子。后来又示范一个，一下子居然打了十来个水漂，在水皮上蹦蹦跳跳的瓦片，像欢快的精灵，一直跳到了河心里，水面上一个一个的涟漪，扩散着，交汇着，像是散发的光辉。老爷子哈哈大笑了。赵汗青也跟着哈哈大笑。现在又去那片陌生的小树林子了，不知会不会激发老爷子的新发现，看他腿脚轻灵的样子，像是有了什么预感。

赵汗青赶快紧跟上老爷子。因为接下来就是爬坡了——干沟上是老式的石拱桥，坡度比较陡，长条的麻石板有的断裂了，有的翘了起来，踩空了容易闪了腰，老爷子的腿脚要是吃不上劲，腿一软，就算摔不伤，也会吓人一跳的。

“你车子安全吗?”老爷子每次出来玩，离车子稍远一点，都会这样关心地问。

就凭这一点，赵汗青又觉得老爷子脑子没有任何问题。可事实上，这正是脑子有问题才这么瞎操心的。赵汗青说：“放心，安全。”

说话间，脚底有一张废纸，一看就是超市里的那种促销广告，而且不是一张，半张都不是，只剩下一个角，四分之一的样子，脏兮兮地还被踩脏了。老爷子试图捡起来。赵汗青拦着说：“不要，车上有好多贴纸，都是新的。”

但是，老爷子还是艰难地弯腰捡了起来。这种情况也是多次发生，赵汗青没有办法，只能由着他，并在旁边帮扶着他——本来就是出来玩的，限制太多就不好玩了。老爷子像是摆脸一样，在赵汗青眼前亮一下花纸，郑重其事地叠成几折，装到口袋里。

过了破败的石桥，他们顺利地从一处断墙的豁口处，进入杂树林中。杂树林其实不算杂，只是靠墙一带野生出榆树、刺槐，还有泡桐以及一丛丛紫蕙槐，成片的林子是白杨。这片林子应该不缺人来——林子中间有一条路影子，不太茂盛的杂草已经枯黄了一半，路影子是人走出来的，还有杂草覆盖，而杂草虽被踩踏严重，依然顽强，显然行走的人不多，也不少。这林子虽然稀松平常，可对于老爷子来说，还是新鲜的。有一棵树上有喜鹊窝，而且还有喜鹊，老爷子站下来望了一会儿。赵汗青故意问他："这是什么鸟？"

"花喜鹊，这都不认识？"老爷子一副嘲笑的表情。

赵汗青虽然被老爷子嘲笑，心里还是快乐的，行啊，还认得喜鹊，还说是花喜鹊，这个"花"字用得妙。又往前走，林子中间有一片半个篮球场大的空地，杂草密集，那截墙头也相对高大而完整，墙根的几棵杂树上，扯着四五米长的一根彩色塑料包扎线，和墙头呈平行状。塑料线上，挂着两三只小铁皮罐，两三块巴掌大的轮胎的碎片，还有一个儿童车的车轮子，直径只有二十厘米吧。赵汗青一时没有认出这一套是什么装置，难道是传说中的行为艺术？不像啊。再看草地中间，有三四块大石头，一排放着，显然是墙头上拆下来的。更奇怪的是，还有一只木凳，混在方方正正的大石头中间，经风吹日晒，已经辨别不出木凳原有的色彩和风姿了。赵汗青发现，不仅自己对这套装置感兴趣，老爷子更是感兴趣，先在木凳上坐下来，朝着墙壁端详了一会儿，又到墙根，挨个儿查看小铁皮罐，还往轮胎残片上击了一掌，在袅袅余音中，拨动一下锈迹斑斑的小车轮子。老爷子在回来时，惊喜地在草地上捡了一把弹弓。老爷子快乐地咧开大嘴笑了。弹弓是铁条做的架子，弹弓皮断了一根。赵汗青瞬间明白了，这是一个靶场，弹弓靶场。这个发现令赵汗青无比兴奋，冥冥之中，仿佛有牵引一样，把他们带到这片小树林子——赵汗青不厌其烦地带老爷子出来玩，一来是让老爷子开心，还有一个小小的目标，就是希望能唤起老爷子的记忆，目前，老爷子的记忆只有几分钟或一两个小时，半天前发生的事，他都忘得一干二净，有时候，当天的事也毫无印象。但他相信老爷子能把失去的记忆找回来，他肯定是哪根关于记忆的管道堵死了，回不去了。一旦某一个点触发了，有可能堵死的管道就通了。赵汗青就是这么想的。打水漂的时候，老爷子还能手把手地教他，还能把水漂打得那么好，说明在他的记忆里，这项技能一直都在，看到了瓦片，看到了河，就跃跃欲试地打起了水漂。这弹弓又能诱发他什么呢？果然，老爷子重新坐回那张凳子上，拉了拉只有一根皮筋的弹弓，朝面前的装置上瞄了瞄。显然，这架损坏较为严重的弹弓引起了老爷子极大的兴趣。他开始认真修理弹弓了。

赵汗青就在老爷子修理弹弓的时候，在手机上搜了搜，迅速下单买了一把弹弓，还有三盒弹子。

3

因为同城快递，第二天中午弹弓就到了。女儿告诉赵汗青弹弓到了的时候，赵汗青和老爷子刚吃过午饭，准备小睡半小时。赵汗青就让女儿把弹弓送来了。拿到弹弓后，赵汗青没有立即展示出来，他准备到小树林的弹弓靶场再拿出来，给老爷子一个惊喜。

本来没有想到新弹弓会这么快就到，既然新弹弓到了，要不要破例再和老爷子出去玩一趟？按照以往的习惯，一天只有半天时间出去玩，其他时间在家里收拾一下，也会陪老爷子在后门外的小院子里坐坐。如前所述，小院子不大，种了一棵西府海棠和一棵观赏桃树，春天都是花枝招展的，秋天了，和其他枝条也没有什么区别。母亲在世时，会在小院里种点菜，也不是什么稀罕菜，一年四季无非是葱啊、辣椒啊、萝卜啊什么的，也有几盆盆栽花草。如今，盆栽花草还保持着原样，菜已经没有了。在原来种菜的地方堆了些杂物。小院子的红砖墙上，藤藤蔓蔓地爬满了无数根蔷薇的枝条。现在，老爷子就坐在桃树和海棠中间，手里正玩着捡来的那把破弹弓，就连中午吃饭时也一直把弹弓放在手边。中午，赵汗青在自己小时候睡大的房间里躺了躺，起来就看到老爷子还在玩弹弓。老爷子手里的弹弓，时不时会对着他面前的墙壁，拉满，瞄了瞄，又放下了。老爷子的神情有些不对，也不知道哪里不对，一会儿凝重，一会儿皱眉，还会嘟嘟囔囔，不知说什么。好像上午也会有这种状态。上午，赵汗青是带着老爷子去看火车的。火车道离小区不远，出东大门，再拐往北，也就三百米左右。穿过火车道地下通道边上，有一条小路，可以到铁路路基边。原来那里是一个货物堆放场，早就废弃不用了，大铁门上挂着一把锁。那锁也是做做样子，从坏了的大铁门的栅栏里，可以钻进去人。赵汗青就和父亲钻进去了。火车当然是看到了，看到了好几列，有货车，有绿皮火车，还有复兴号。赵汗青发现，老爷子的神情，和以往不太一样，也说不出哪里不一样，就是有点反应迟钝，也会若有所思。若有所思是假象，因为老爷子是经常若有所思状的。所以，看火车这个活动，在赵汗青观察中，属于不太成功。

赵汗青在客厅观察了一下老爷子，发现老爷子和上午一样，反应迟钝，若有所思，而且在若有所思状的基础上，又多了皱眉和嘟囔——不时地皱皱眉头，嘴里无节制地念念有词。而且，让赵汗青猛然发现的是，平时只有在外面玩时，老爷子的口水才不流。这会儿，在小院子里，居然不流口水了。皱眉和嘟囔，还有不流口水，这是新现象。这种新现象，无论如何都是好现象，对唤醒老爷子的记忆，都会大有帮助。另外呢，老爷子的皱眉和嘟囔，一定是在努力回忆着手里的弹弓是怎么回事吧？是想着昨天的小树林怎么没了呢？或者恍恍惚惚有小树林的印象，就是抓不着摸不着那飘浮的记忆了。于是，赵汗青毫不犹豫就决定，再和老爷子去小树林，玩弹弓去。

4

没想到的是，小树林里玩弹弓的老人有四五个，他们一排坐在那几块石头和木凳上，旁边停着几辆车，三辆自行车，一辆电动车。他们年龄都在六十岁开外，最大的一位，应该不小于七十岁了。赵汉青看下来，如果老爷子加入进去，他的年龄最大。

老爷子走得急——他是在看到了小树林的几个老人玩弹弓时，走路就急了。赵汗青和老爷子保持并排的状态，随时起到保护的作用。到了靶场后，赵汗青快走一步，和颜悦色地跟弹弓手们打了招呼，脸上的微笑像是酝酿很久似的，这是一种真正想加入他们的虔诚。但是，他的一声“你们好”，并没有引起任何人的注意，只有一个身穿看不清是什么制服的人，偏过脑袋看他和老爷子一眼，马上就拉开弹弓瞄准前边的标靶了。赵汗青看他理开的双臂特别稳当，一晃不晃，右手一松，子弹就击中了一个罐头盒，发出一声脆响，仿佛击中罐头盒响起的声音，比他松手还快一样。赵汗青心里感叹着，高手。

老爷子可没有赵汗青那么矜持，他只看一眼前方的靶子，就亮起了手里的弹弓。赵汗青一看，老爷子就在弹弓手们的身后侧。以老爷子的技术，加上他的瘸腿弹弓，弄不好会伤着他们。昨天捡到弹弓时，就有好几次，把子弹射到了一两米远的草地上。赵汗青就牵着老爷子的胳膊，来到和弹弓手们平行的位置，从包里取出新弹弓，还有子弹，和老爷子进行了交换。老爷子对于新弹弓特别惊喜，脸上的皱褶一连扯动好几个回合，这就是笑了，并且也代表着一种语言。而他昨天粘在小车轮上的花纸，已经被这些弹弓高手射烂了，上面有无数个小洞洞。赵汗青已经发现，弹弓手们的子弹都是装在口袋里的。正好老爷子的西装上也有口袋，就把一包彩色子弹倒进了他的口袋里。老爷子也不说话，两腿微微叉开，身架保持很好，扯了几下新弹弓后，摸出一颗红色子弹，包上，对着目标就射去。老爷子当然什么都没有击中了。这时候，弹弓手们才真正注意到老爷子。

“嗨——”一个穿灰色风衣、戴棕色礼帽的胖子，朝老爷子喊道，“过来，坐着玩！”

胖礼帽站了起来。

其他人也看向老爷子，有的面色平静，有的对这个新手表示好奇。

老爷子酷酷的，神情专注，不慌不忙，根本不理他们，继续他的射击。当然还是没有命中目标，子弹打在了标靶后的墙上，碎了。

胖礼帽已经走到那辆电瓶车边，取出一个马扎，问赵汗青：“一起的?”

“我老爸，他好这个。”赵汗青说。

“哦，看不出来——你也退啦?”

“退了，去年退的。”

“年轻啊。”

“我五十五岁退。”

“哦——好，退了轻松。让老爷子坐着玩吧，没事，坐着玩，我有小马扎。”胖礼帽说罢，坐下了。

赵汗青就把老爷子拉到那块大石头上坐下了，大石头上还有一块海绵垫子，显然也是胖礼帽带来的，他装备比较全，左右口袋里都插着弹弓，手里还拿着一把，架子是木头的，一看就是高级的那种，黑油油的，像是檀木。赵汗青在网上查过，弹弓也分好几个档次，好的弹弓有一千多的，还有两千多的，最便宜的才十几块钱，他买的那把也不贵，五十块钱，属于普通款。

老爷子占了好座位，精神气质立马出来了，一点也不像八十出头的老人，挺腰直背，像是一个弹弓高手，接连向标靶射击。只可惜老爷子的动作只是看着潇洒，不中用，每次射击都脱靶了。老爷子身边的弹弓手们，本来就消闲无事地半天打一下，嘴里讲着各种八卦，这会儿都停下来，看老爷子表演了。赵汗青的初衷只是想让老爷子开心，此时也有点不好意思了，要是个新手也就罢了，可老爷子看起来又像个久经沙场的老将，既然是老将，光姿势好看也不行啊，那叫花架子，得有真功夫才行。正在赵汗青为老爷子捏把汗的时候，“当!”老爷子的子弹击中了其中的一个罐头盒。

“中了!”胖礼帽喝彩道。

“我打中的?”老爷子转头问身边的弹弓手们，目光又找到了赵汗清，再次确认，“我打中的?”

“是啊是啊，打中啦!”赵汗青肯定地说。

几个老人都给他鼓掌，加上赵汗青的掌声，居然有点热烈的意思。

老爷子乐了，一脸的得意。

5

夜里刮了一阵大风，天一亮又停了。大风把三轮车上的彩色贴纸刮走了几张。

赵汗青到了之后，陪老爷子吃过早饭，又给三轮车贴上了花纸。

赵汗青本想在下午去小树林的弹弓靶场的——他已经摸清楚规律了，弹弓手们都是每天下午去玩。但是，当赵汗青看到老爷子弹弓不离手时，就决定上午也去，下午再去，一天玩两次。只要精气神够，多跑跑也好——有了弹弓以后，赵汗青感觉老爷子还是有些变化的。具体也说不出什么变化来，但是，有变化比没有变化好。有变化就是进步。

赵汗青把花纸贴好后，去屋里取水杯，再给老爷子的水杯加满水。出来时，看到老爷子已经在三轮车前捣腾什么了，可能是新贴的花纸吸引了老爷子吧。赵汗青看他不过是在花纸上拍拍，摸摸，像是把花纸抚平，也就没有上心，便打开后车门，让老爷子上了车，开车出发了。

花枝招展的三轮车照例要从六院和五院的十字路口通过。这个十字路口，和别的十字路口稍有不同，主要是这个路口有一家综合超市，还有三四家不错的小馆子，整个家属院的图书阅览室和单位老干部活动室也在这里，还有一个另类的八角亭子，所以总是比别的路口人多些，也热闹些。而老爷子的多年老同事老张和老伴除恶劣天气外，几乎每天都在这一带活动，能晒太阳时就晒太阳，不能晒太阳时就在八角亭里坐着，听口琴，看下棋，或谈论国际国内大事。而且让赵汗青感到这个路口和别处路口不同的是，老张老两口儿对老爷子也关怀有加，这尤其让赵汗青心里多了层温暖。当年，也就是他们年轻时，老爷子和老张曾有几十年都是在浙江的深山里并肩战斗的，一起跋山涉水，一起测量、探矿——他们是冶金一局六处下设的一个大队，两个人都是工程技术人员，也是好搭档，情谊深长也就不奇怪了。要不是老爷子退休不久就糊涂了，两个人现在有可能天天在一起玩也未可知，就是一起去玩弹弓也是有可能的。至于老爷子会在梦里骂人，骂老张，那也是在梦里骂，不作数的。

赵汗青看到，老张又像一尊雕像一样站在路边了。如果赵汗青不是老远就看到老张站起来，还以为他昨天——乃至以前到现在一直都站在路边的。他站立的身后是一个花坛。花坛里也没有什么名贵的花，无非是月季、迎春花一类的，现在这个季节，已经没有花开了。赵汗青照例还是减速，靠边，在老张身边缓缓停下。老张凑前一步，和往常一样，低下头，要对老爷子说些什么，无非是些关心的话，暖心的话——虽然老爷子一直不领情。没想到老爷子这回不是拉着脸一声不吭，或答非所问了，而是拉满弹弓，瞄准老张。老张一个惊吓，退后一步，还下意识地抬手挡脸。老爷子突然乐了，像孩子一样笑得天真。和以往的程序一样，老张的老伴，那个普通话里带着浓重温州口音的干净的小老太太，好奇地伸伸头，看老爷子的弹弓还拉满着，不过是稍许一愣神，就乐了。老太太的一口牙齿很白，不知是假牙还是真牙，她笑着说："瞄我呀？我是树上的知了猴啊？怎么越老越小啦？认识我是谁啦？"

"管你是谁！"老爷子声音粗鲁了些。

赵汗青看形势不太妙，就对老爷子说："爸，弹弓收起来。这是张叔张姨。"

老爷子的弹弓并没有放下来的意思，继续瞄着他们。张姨也只好躲到另一边乐去了。

失去张姨这个目标，老爷子又重新瞄准了老张。

这时候，只听张姨的笑，突然变成了一声惊叫。张姨平时都是和声细雨温文尔雅的，刚才的笑也是很美好的，还自嘲自己是知了猴，还奚落老爷子越老越小，没想到这一声惊叫和平时的张姨大相径庭，惊叫声不是短促的，而是有着很长的尖细的拖音，中途还拐了个弯儿。惊叫声中，张姨伸手要去撕贴在车上的花纸。老爷子手里的弹弓也在她的惊叫声中，抖了一下。赵汗青真的怕他手一松把子弹射出去，要是打到人的脸上或头上就出大事了，而首当其冲的，就是张叔，其次是张姨。赵汗青赶快伸手阻止说："爸，走啦!"

三轮车一动，已经消失的尖叫声又转唤成笑骂声，是用温州的方言骂的，只一句，与此同时，张姨伸手一抓，把三轮车上的花纸撕了半截。赵汗青大致感觉到那是骂，具体骂了什么，他也听不明白，温州话没人能听明白。但是，老爷子却乐了，还回过头，冲着后车窗，又用弹弓向老张夫妇瞄了瞄。

6

当第一场冷空气来临的时候，老爷子的弹弓技艺已经练就得炉火纯青了，原来是打哪儿指哪儿，现在是指哪儿打哪儿了。

更让赵汗青感到欣慰的是，老爷子的记忆不是几分钟十几分钟或几个小时了，而是偶尔能记得前一天甚至几天前的事了，比如老爷子拿弹弓瞄准张叔、张姨的那天，赵汗青把三轮车停在小树林外干沟边的河堤上时，查看一下车上张贴的花纸——他从后视镜里看到不知被什么事惹得惊叫的张姨扯了小半块花纸。在被扯坏的那块花纸上，赵汗青发现，花纸上贴了一张黑白的二寸照片，还有“红星照相馆”和“1963 年夏”的字样。照片上是一个女孩，瘦瘦小小的样子，眉目清秀，扎着两根大辫子，很甜美地微笑着。照片很陈旧了，有一个角上，还有水浸过的痕迹。赵汗青不认识这是谁，显然不是母亲的照片。母亲年轻时的照片都被他拿回家了，母亲年轻时是圆脸，也不戴眼镜。这张照片是从哪里来的呢？照片上的女孩又是谁呢？怎么会出现在他的三轮车上？而且是贴在花纸上的。他早上新贴花纸时，并没有发现照片。赵汗青恍然想起来了，他回去给水杯加水时，看到老爷子在三轮车前捣腾什么，原来是贴照片了。老爷子不是喜欢捡花纸嘛，什么花纸都会捡，新的，旧的，脏的，坏的，连一张儿童玩卡都捡，就是捡一张照片也是有可能的。可怎么会引起张姨的尖叫呢？赵汗青看一眼已经走到石桥上的老爷子，知道他能找到靶场了，于是就悄悄地把照片揭下来，藏到钱包里。老爷子在靶场足足玩了一个上午——弹弓手们果然上午是不出动的，只有老爷子一个人。老爷子玩得开心，在每个凳子上坐了坐，在每个凳子上都一连射出了几颗子弹。这天老爷子进步很大，总能隔段时间击中目标。中午吃过午饭，他主动要去靶场玩了。更让赵汗青奇怪的是，在他故意整理那半张花纸、以期引起老爷子的注意时，老爷子果然也过来寻找、查看了，脸上的表情非常迷惘，然后又返身回到屋里，在他那个结实的实木书柜里翻找什么，一连抽出几本书。赵汗青又跟到屋里，观察他。但是，令赵汗青失望的是，他翻了阵书后，就坐到书柜边的椅子上发呆了。老爷子的书没有什么好书，谁都不爱读，因为都是冶金方面的专业书，没有故事，所以赵汗青从小到大，都对这些书不感兴趣。但是，赵汗青的失望只持续了几秒钟，就发现老爷子确实有所恢复了——老爷子是找照片来的，在老爷子的记忆里，他记得有照片这回事，又不确定有照片这回事，所以才来书柜里重新找，这不就是进步吗？所以，赵汗青觉得这些天他取得了大成果，高兴地对老爷子说："走吧，带你去玩。"那天自然又是一个人霸占了整个靶场，玩得格外爽。赵汗青趁着老爷子高兴，对他说："这弹弓只能打击靶场这些目标，不能瞄准人，更不能对人射击，知道吗？要是把人打伤了，要抓去坐牢的。"老爷子高兴，说："知道知道。"赵汗青故意提醒他道："你刚才用弹弓瞄了谁你知道吗？"老爷子还是一脸开心的样子："瞄了谁？谁都没瞄好不好？"老爷子的记忆，就是有一阵没一阵的。

这事过了两三个星期了，冷空气说来就来了，气温骤降。赵汗青决定，太冷，今天不出门了，就让老爷子在后边的小院子里玩弹弓——他已经整了个小靶场，在小院墙壁上挂了一个小铁罐当标靶。这个标靶目标比小树林里的标靶略大，是曲奇饼干盒，色彩很艳，便于射击。虽然射击距离没有小树林里的靶场长，但也还能玩。而且老爷子坐在椅子上，就可以对着标靶射击了。便跟老爷子说，今天太冷，冻耳朵，你在院子里打弹弓可以吗？老爷子居然满口答应了。

不用出门，赵汗青便在厨房忙活，中午准备吃冬瓜排骨汤。他就从冰箱取出排骨来，一边化冻，一边收拾其他配料，特别是老爷子喜欢吃排骨汤里的板栗，便又剥了十几个板栗。一切准备差不多时，看看时间，九点多了，便先炖上排骨，慢慢熬着，准备出来跟老爷子聊两句，报告一下中午的美食。正在这时，突然听到门口有吵闹声。赵汗青走出厨房，一眼没看到小院里的父亲，心里陡然一惊，心想，别出去惹祸啊。再看门外，老爷子被张姨揪了耳朵，拽着走过来了，弹弓也拿在了张姨的手里，像是张姨的战利品。

果然还是出事了。

“来，汗青来看看，你家老爷子干的好事，把老张的脑瓜上打了个紫包。”张姨看到赵汗青了，立即告状，又用带着浓重方言的普通话对老爷子说：“我就知道你拿着弹弓瞄来瞄去不会有好事，当年在楠溪江边，一个中午你能打一盆知了猴，油炸了喝酒……你当老张是知了猴啊？警告你，你要把老张打残了，你也没好日子过！”

还没等赵汗青道歉，张姨手一松，走了。

赵汗青这才将老爷子接进屋里。

“弹弓，我的弹弓……”老爷子这才想起来弹弓被张姨拿走了，大声叫着。

赵汗清拉着父亲，连哄带吓地说：“弹弓我再给你买……你敢出去，当心张姨把你头上也打一个包。”

7

这之后，有一天，毫无预兆的，赵汗青和往常一样，照例把三轮车停好后，带着早点进门。突然看老爷子正在吃早饭，还问惊呆了的赵汗青吃了没有。看其神情，完全像一个正常人了。赵汗青不知老爷子哪个神经受到刺激，神智就清醒了，就恢复了。赵汗青整整一个上午，都在观察老爷子，用了各种办法测试，最后得出结论，老爷子确实是像一个正常的老爷子了。

今年的冬天是个暖冬。春节临近的时候，天气特别好，阳光灿烂，赵汗青给老爷子送年货。赵汗青已经不像以前那样每天都来了。要是每天都来，老爷子会烦他的。就算隔三岔五来一次，老爷子也嫌他来多了。开门进屋，赵汗青感到有些异常，小院子里有人在说话。赵汗青吃了一惊，原来是老张。老张听老爷子不知说什么，正在哈哈大笑。赵汗青看到，桌子上，摆着两包礼品，一袋平阳大黄鱼，还有一盒乌牛茶，都是温州的特产。再看老张，正拿着弹弓，朝标靶射击。“嘭”，铁皮饼干盒发出响声。老爷子也拉开弹弓，射出一颗子弹，铁皮饼干盒也发出一声响。

赵汗青觉得蹊跷，正欲去小院和老张说话，发现书房有人，一看，是张姨。

张姨戴着老花镜，正在书桌子上看什么。

赵汗青悄悄走过去。赵汗青看到，张姨正在看一本旧相册。这个相册不是家里的，应该是张姨带来的。赵汗青以为张姨没有发现他，却听张姨说：“汗青，你看，你爸年轻时还很帅啊。”

赵汗青看到正在打开的一页相册上，有三张发黄的旧照片，有一张赵汗青看过了，就是被老爷子当作花纸贴在三轮车上的那张，赵汗青已经知道，那是张姨年轻时的照片。另两张，一张是两个青年的合照，一个是年轻时的父亲，还有一个青年，应该是老张了。

这张照片的怪异之处是，两个青年的手里都拿着弹弓。另一张照片是放大的四寸照片，背景是在山间溪畔，照片上是三个人，父亲和老张，中间是一个女孩，一看就是张姨。

2023 年 1 月 11 日草于北京像素荷边小筑，费时七天

2023 年 2 月 11 日修改

演戏

1

乔雨在图书馆找一本关于马术的书。她没有找到。不要说马术了，就是关于养马、放马的书，也没有发现一本。图书馆不大，相比于她学校的图书馆，不知小了多少，面积和规模相当于她学校图书馆一个小小的角落。

到这家社区图书馆找书，是乔雨灵机一动的行为。本来她是来拍电影的，上午十点，要在这个叫像素小区的草坪上，拍一系列镜头，她被学姐兼朋友邀请来帮个忙。这个朋友叫邓非非，是个在网络电影界崭露头角的年轻导演。乔雨受邀以群众演员的身份演一对情侣在雨中接吻的镜头。上午十点是昨天就约好的时间，可她在地铁上还有几站就要到达草房站时，邓非非打来电话，说主演身体不适，改在下午四点拍了。上午十点离下午四点还有六个小时，这么长的时间，她完全可以回到租住屋去——她称那里为家。但是到家又干什么呢？今天是周六，她受不了隔壁那对小情侣的打情骂俏或哭哭闹闹。再说了，折回，买菜做饭，吃完后也差不多到出门时间了。看是六个小时，实际上能利用的有效时间也没有多少，还不如在像素小区的周围转转了。她查看过地图，这个小区边上就是无边无际的郊野公园，在遮天蔽日的密林里闲逛，对修复自己低落的情绪和糟糕的情感遭遇说不定会大有帮助。

不消说，到了像素小区，乔雨先找到要拍片的那块草坪，果然视野开阔，环境优雅。有了目标地点后，她心里踏实了，抬头一看草坪对面的三十五号楼的底层，有一家图书馆，招牌虽然不起眼，在那些咖啡店、小吃部、便利店、音乐教室和吉他培训的诸多招牌中，还是别具一格的。躲在图书馆也不错。乔雨就来到图书馆了——她在写一个舞台剧本，有几场戏和跑马场和马术有关，也和马有关。可她对跑马场和马毫无经验，就想着可以利用这段时间，找些书来看看。手机上当然也能查到相关视频和资料了，但她还是想看看书，琢磨书中那些奇巧的细节和精准的描写。

“小姐姐，有关于马的书吗？”乔雨轻声细语地问那个唯一的管理员。

“我刚入职，也不知道，你找找看，对不起啊。”

乔雨已经找过一遍了，管理员的态度很亲，话也很轻，表达很明白，再找找也是唯一的办法了。

这个图书馆虽然不大，应该说选书者的眼光不错，外国文艺方面的居多，包括文学、哲学、美术、音乐、影视、舞蹈、建筑、咖啡、宠物、威士忌等多个门类，也有不少国内小众文艺的书，且装帧、开本和版式都很有特色，看着舒服。凭她对这些书的大致印象，应该有关于马术方面的。要不要问问其他读者呢？来这里看书的都应该是老读者吧？对书目应该都有了解。乔雨看了一眼沿墙的几张小方桌和开放式的自修室，有看书的，有自修的，有写作业的，还有在电脑上工作的，都是年轻人，随便逮一个问问似乎也不太合适。乔雨只能继续在一排排书架里查看了，每一本书脊上的文字她都不放过，甚至连作者和出版社都不放过，遇到感觉有意思的，也会抽出来看看，比如美国剧作家奥尼尔的《天边外》，比如德国剧作家布来恩特的《半夜鼓声》，虽然这些书她都读过，但版本不一样，译者也不一样，还是好奇地瞄一眼。

乔雨原来不搞戏剧创作，她是跳舞蹈的，高级的芭蕾舞。虽然轮不上跳领舞、独舞，但在群舞里也是出类拔萃。大四那年，学校排毕业演出的大型舞剧，因为听说彩排那天，某专业剧团要来选演员，大家排练时都很用功。不知是用力过度，还是平时积累的疲劳，在毫无预兆的情况下，她的跟腱断裂了。这一打击太大，不仅退出了演出，还从此不能再跳舞了。好在她别的科目也不错，文学课尤其突出，加上学校对她有所照顾，她考上了本校文学系研究生，主攻舞台剧编剧，业余热爱编舞，算是转行成功。当然，同学之中有搞网络电影的，她也会客串一下，舞台剧也会跑个龙套，演个小角色，一来是帮忙，二来也算是实践。在忙忙碌碌的同时，明年的毕业剧本也在着手创作。既然邓非非把拍电影的时间改在下午，她也没有什么可抱怨的，能借此时间解决剧本中遇到的小问题也不错，不能解决也不遗憾，跟腱都断裂过了，舞蹈生涯还没有开始就结束了，甚至爱情也被欺骗了，还有什么事情不能面对？

“是要找关于赌马的书吗?”

突然，乔雨的身后响起一个男人的声音。她一个激灵，以为是幻觉，因为在她所处的两排书架中间，并没有人。乔雨知道自己的优势，身材好，大长腿，神情安静而专注，就更不要说美貌了，她的前男友就是被她略带幽蓝的眼睛所吸引进而迷恋她的，当然还有她窄而高的鼻梁和丰满的唇了，她走到哪里，都会引来男人的注目。但图书馆不是城市广场或剧院这样的公共场所，也不是喧哗的超市，注意她的人不会很多，她又是在书架间缓慢走动，谁来跟她说话？又确实有人在说话。乔雨转头看去，隔着书架中间的空当，是一张线条硬朗、长满青春痘的脸，像是卡在书里似的，或者是书的一部分。这张脸上的眼睛和她目光相对时，眨了一下，接着刚才的话，结巴道：“对不起，刚才是我在说话……你找赌马……的书?”

乔雨点点头，猜想他一定听到她刚才跟管理员的对话了。但不是赌马。她又摇头说：“马术俱乐部的马，或草原上的马，赛马……反正是关于马的都行，赌马的书也行。”

“这儿好像没有。”男孩刚才被她的美貌镇住了，太紧张，这会儿，气顺过来了。他绕过书架，走到她身边，肯定地说：“没有。”

乔雨看到，这是一个看起来很“脏”的男孩，T 恤上的图案花里胡哨，像是用颜料随便涂抹上去的，破洞牛仔裤上也是色彩斑斓眼花缭乱。乔雨发现，对方看自己的眼神更是错乱而不安。乔雨知道哪里都会有这样的男孩，她所在的大学里也有，喜欢搭讪漂亮女孩，又没有足够的胆量进一步行动。不过这种男孩也大多没有什么坏心眼儿。但既然他不能帮她找到她所需要的书，也没必要跟他多说什么。乔雨的目光又转移到书架上。男孩也知趣，没再说话，走开了。

2

近午时，乔雨的手机上，来了一条很讨厌的消息。类似这样的消息这几天已经来过几次了，是她前男友胡玮。

胡玮是她的学兄，比她高三届。胡玮在毕业演出时，出演芭蕾舞剧《胡桃夹子》里的男一号。因演出成功加上老师推荐，毕业后被北京某剧团作为人才要去了。他们好了几年，在乔雨受伤前，胡玮移情别恋，和一个匈牙利留学生莫托拉又好上了。莫托拉有比乔雨更蓝的眼睛，更高的鼻子，更丰满的嘴唇。乔雨受到失恋和跟腱断裂的双重打击，在短暂的伤心失落后，也坦然面对，一心扑在学业上了。但是胡玮和莫托拉火热的爱情在时间不长后发生了变故，莫托拉回国便再也没有了消息，像人间蒸发一样。原本胡玮是要跟莫托拉结婚的，是要跟莫托拉去欧洲蜜月旅游的，两个人的计划可以说非常完美，胡玮还显摆地在乔雨的面前透露过，连行程、交通工具、预订的宾馆都有了着落。不承想天有不测风云，胡玮也有被甩的一天。但是没想到的是，胡玮显然是把乔雨当成备胎了，在痛骂了莫托拉几次之后，回过头来又试图和乔雨重修旧好——虽然没有明说，也是有明确暗示的。乔雨觉得胡玮这样的做派没有意思，把她当成什么啦？爱情可不是儿戏，不是小孩子过家家。所以乔雨不但拒绝了他的暗示，甚至还感到恶心。乔雨后悔在胡玮和莫托拉热恋时没有微信拉黑他，虽然她从心里已经拉黑了他，但出于礼貌，还是保留了他的微信。那时候，乔雨的想法也很单纯，胡玮追求自己的幸福生活本不算错，拉黑他未免显得自己太小气，毕竟她当初付出的感情是真诚的。胡玮却把她的善意当成对他的依恋，回头再找她仿佛理所应当。乔雨当然也很策略地不予理睬了。胡玮把她的不予理睬当成了犹豫，不但没有收敛，还继续和乔雨联系，提出吃饭啊，逛街啊，看电影啊，看舞台剧啊什么的，无非都是些恋人间惯常的小伎俩。这不，这又来微信了，说他下午要到常营一带办事，晚上请乔雨到天街吃苏帮袁，还说苏帮袁是淮扬菜馆，他家的鸡头米炒虾仁和狮子头多么的好吃等等。照例的，乔雨还是什么也不回，并且在心里暗下决心，这是他最后一次机会了，如果再打扰，立即拉黑。

图书馆里没有午餐供应。在来图书馆的路上，印象中，隔壁的隔壁的斜对面，是一家咖啡店。乔雨知道图书馆确实没有她需要的书了，这也算不上什么损失，到咖啡馆去坐坐，吃吃简餐，刷刷手机，时间也快的。

像素小区的楼房虽然只有十多年的历史，却有着几十年前的建筑样式，如前所述，一百多米长的筒子楼走道两侧，不仅有一家图书馆，还有五花八门的各色店铺。乔雨轻易就找到那家咖啡店，进去以后，选择一个靠窗的座位坐下了。靠窗的位置确实好，窗外是一片养眼的绿化带。5 月下旬的绿化带里花香飘逸，最近处是一丛蔷薇，蔷薇花是红白相间的，密集地开着，热热闹闹。乔雨要了咖啡，还要了一小碟蛋糕和菠菜烟熏三文鱼小扁面。小扁面很好吃，硬度刚刚好，作为配料的三文鱼，肉质新鲜、嫩滑而不腻。小扁面就把她吃饱了，一小碟蛋糕还没有动。要多了。乔雨觉得心智有点乱，本来饭量就不大，还点这么多，都是那个姓胡的闹的。这些天，胡玮隔三岔五的微信，就像房间里的老鼠，她明知道有一只老鼠，就是抓不到它，而想起来又觉得恶心，觉得屋里的所有角落，都有它的脚印。

咖啡店也分散几处放着一些书。乔雨走过去，随便拿了几本。她知道，下午的时间还很漫长，光一杯咖啡和一小碟蛋糕怕是消磨不了，有几本书的加持，也许会快一些儿。咖啡店的书，和图书馆的书是不一样的，咖啡店的书，大都是画册，或画册那样的开本，也大都和咖啡、红酒、时装、西餐有关，就像时尚杂志。乔雨在闲翻这些书籍时，想到一本叫《犬马》的杂志了，有没有这种杂志她也不能确定，她看过一部电影里有这样的镜头，一个帅哥去会见一个他喜欢的女明星，由于身份不对等怕被拒绝，就冒充《犬马》杂志的记者去采访。如果真有这种杂志，上面一定有关于马的介绍。但是，就算有这种杂志，那也是国外的呀，一时半会儿也看不到，难道她剧本里关于马的情节和描写就没有别的元素替代？

忽然听到一阵音乐声，吉他、架子鼓、电子琴都有。咖啡店里也有音乐，是似有若无的轻音乐，而乔雨耳畔响起的音乐，显然是从蔷薇花丛的另一边传来的，蔷薇花丛的另一边还是绿化带，绿化带外就是像素小区的步行街了。透过栅栏，乔雨看到，有一支小型乐队，在步行街上唱歌。已经有人在围观了。乔雨对于街头艺术家的表演都不甚上心，没有兴趣。但是今天不一样。今天，乔雨的心情凌乱，也说不上什么大不了的事，义务帮朋友的忙被改时间，也许是最大的原因；想趁机查找一本书而不得，也可能是原因之一；当然，那条令人讨厌的微信也算是火上浇油吧；那个脸上长满青春痘的搭讪者也多少牵连一点点。乔雨想着，心思散漫着，还不如去凑个热闹，听听街头音乐了。乔雨便把余下的蛋糕吃了两口，再收拾一堆书，归位到它们原来的书架上，结账出门。

让乔雨心里一动的是，那个吉他手，居然就是脸上长满青春痘的图书馆搭讪者。他在唱一首老歌，旋律很熟悉，一时又想不起来歌名。乔雨也不需要想起来，因为放在地上的吉他盖子上平摆着两本书引起了她的注意，一本是小说《黑骏马》，还有一本叫《马术入门》。乔雨心里一热，觉得错怪了这个貌不起眼的“脏”男孩了，他装束奇怪并不能说明什么，对漂亮女孩的搭讪又算什么错？而他有心又暖心的举动，才是本质——他一定是故意找来这两本书，等着她来索取的，或者趁她泡咖啡馆时送去图书馆，又因没遇到而带到这儿。乔雨再看一眼男孩，他正投入地弹奏，和着主唱歌手在唱歌，并没有发现她也是围观者。没被他发现，乔雨就不太自然地上去拿书。怎么办？乔雨就在围观者中间穿梭到他正对面，并且向他面前靠近一些。这一招果然管用，男孩看到她了，朝她一笑，是真的笑，露出白森森错乱的牙齿。乔雨也朝他一笑，算是招呼过了。

一曲歌罢，乔雨和大家一起鼓掌。有家长上前咨询音乐教室的报名情况——这是一场招生演出，男孩一边发招生小名片，一边腾出时间和她打招呼："看看这两本书行不行，刚才去图书馆了，你不在。"

"行……谢谢啊，不打扰你啦，我去图书馆看书去。"乔雨拿着书，跟他挥手告别。他也适时地塞了一张小名片给她。

3

这两本书，确实给乔雨提供了帮助。《黑骏马》的细节描写直接就启发了她的构思，《马术入门》更是让她了解了许多世界名马及其特性。乔雨以为会在图书馆等到那个男孩，再当面认真感谢他。但是，下午三点半时，她接到邓非非的微信，说剧组已经到像素小区，一切准备就绪，就等你来开拍了。

不是说好四点吗？怎么提前啦？提前就提前吧。乔雨照着男孩给他名片上的手机号，发了一条短信，说两本书放在图书馆了，跟管理员报一下书名就能拿到。这个男孩姓庄，名叫庄月骏。乔雨拿着名片，看着他的名字，兀自一笑，庄月，两字合在一起，还真是脏，骏，不就是骏马的意思？不知为什么，乔雨心里，莫名地高兴了一下，觉得有某种神奇的元素在指导她的思绪——居然猜对了他名字的大半，而且他本身就是一匹小马驹。乔雨发完短信，又跟管理员做了交代，这才来到小区的大草坪上。

来到如此空旷的草坪上，乔雨发现，天气变了，虽然她早上出门时，并没有要下雨的样子，也是不见太阳的阴天。这会儿天色更加阴晦，空气中都有一丝丝水汽了。是要赶在下雨前拍吗？还是等着下雨时拍？老远的，她看到草坪上有七八个人，还凌乱地扔着几把彩色塑料椅子，以及其他一些设备。乔雨一眼就看到导演邓非非了。邓非非自信而自负，仗着所拍的电影得过欧洲一个小国电影学会的头奖，有点大导演的架势。但是，事实上，现在的电影越拍越简单了，谁都能当导演，特别是网络电影，大都是就地取景，能省则省，连服装道具都省了。乔雨在接到邓非非的邀请之后，还问要不要穿什么特别的衣服。邓非非说你穿什么都好看，就牛仔裤白 T 恤。乔雨就牛仔裤白 T 恤白板鞋了，不过她多一个心眼儿，又在包里塞了一件短袖的黑色连帽衫，需要的话，也能替换一下。

让乔雨万万没有想到的是，这七八个人里，居然有一个是胡玮，她极不想见的人。此时的胡玮，既不显得开心，也不显得不开心，很拘谨的样子，像一只犯了错误等待主人原谅的狗，想主动示好，又怕主子不理他，不示好，更怕主子忘了他。乔雨立马把头扭到一边，心想，邓非非搞什么鬼！再一想，马上就想到这场戏肯定有预谋。她真的不想配合邓非非和胡玮这种拙劣的预谋了。但是，和邓非非毕竟是好几年的朋友，以前也合作拍过片，还拿过她几千块钱的劳务费，转身离开拍摄现场实在不是太好。再说，在同一个剧组里出现一个她不想见的人，也不算人家的失误，怪人家也没有道理。而邓非非在见到乔雨后，并没有额外多说什么，只是告诉乔雨，情节做些调整，即本来这场戏不是发生在雨天，现在既然天气有变，就等着下雨再拍，效果也不错。又说："你的戏不变，等会儿，那儿会出现一张条椅，你和男友正在拥抱接吻时，被一对从婚礼现场跑出来的情侣强行介入，只好离开。"乔雨问："为什么要强行介入?”邓非非说:“这是上一场戏的情节,你不用管,你们是无辜的,好好吻就行。”乔雨听明白了,但还是不放心地走近邓非非,小声问:“姓胡的怎么来啦?”邓非非说:“又不是只需要你一个群众演员?我要我的群演都是最帅的帅哥和最美的美女,这可是我一贯的美学追求。”乔雨听后,不再说什么,只是努力躲着胡玮,避免和他照面。但胡玮踌躇着,还是主动过来和乔雨打招呼了。乔雨只是冷冰冰地应一声之后,就和副导演说话去了。这时候,乔雨还不知道胡玮的群演角色。

条椅搬来了,是从别处移来的。主演也换好服装了,一个穿婚纱的新娘,一个普通的身穿工装的男孩(可能是抢走新娘者),他们是从婚礼现场冲出来的(这是前一场戏),冲进镜头。此时,果然天公作美地下起了雨,雨不大不小,哗哗啦啦的,也有点声势。要在雨中接吻,这真实吗?乔雨想,和谁演对手戏呢?简单说,和谁接吻呢?不会是胡玮吧?乔雨心里咯噔一下,这才觉得这个预谋够狠的,够处心积虑的,邓非非还真配合姓胡的了,我去!

邓非非说:“胡玮,乔雨,你们坐到条椅上,我说开始时,你们就开始。”

果然如乔雨的判断。

胡玮已经过去坐下了。

乔雨还站在原地。乔雨知道,即便是演戏,这个戏一演,说明她动摇了。她没有动摇的意思,表面动摇也不行。她决定不演这个戏,不给姓胡的任何的机会。乔雨把伞举高一点,想把自己不演的想法告诉邓非非。还没等她开口,在邓非非身后,在几个看热闹的群众中，她看到了庄月骏，那个一脸青春痘的“脏”男孩。庄月骏也看到了她。从庄月骏惊讶的表情上，乔雨知道他发现她是演员了。

“愣着干什么？这雨势正好，准备开始。”

乔雨突然用坚决的口气说：“我退出，不演。”

“啥？那怎么行？”邓非非口气更坚决，“这场戏很重要，一个新娘，被她失踪多年的初恋找到了，初恋从仇人手里抢走了新娘，他们的激动，他们的激情，他们迫不及待更是燃到了爆点，不顾一切地逃进雨中，又不顾礼仪地惊扰了一对热恋中的情侣，这种激情上的叠加，更有冲击力，是本片的大看点，大高潮，怎么能不演？不行，一定要演！”

乔雨看着庄月骏，突然灵机一动地说：“换人。”

“这情侣也要般配才行啊……行行行，你说了算。”也许邓非非并不相信她临时能抓到谁，“你找个替换的人来。”

乔雨走到庄月骏面前，伸手拉住他。庄月骏不知道怎么回事，往后缩，惊讶得都不知所措了。乔雨强硬地把他拉到椅子上。乔雨把手里的伞降低，挡住两个人的脸，小声说：“我们在拍电影，需要一场吻戏，等会儿我们俩接吻，跟情侣一样，好不好？”看到懵懵懂懂的庄月骏点头了，乔雨把手里的伞狠狠地扔到一边，让两个人暴露在越来越密集的雨中。远处的灯打过来了，细密的雨丝在灯影中闪闪发亮。

这场吻戏一共拍了五次，第一次完全不成功，庄月骏太紧张，也或者说太胆小，只是碰了碰乔雨的嘴唇。这哪里是接吻啊，就是蜻蜓点水，甚至还没点到水。第二次乔雨主动迎上去，还搂住了他的肩，两人的唇算是碰到一起了，却生硬地像隔着什么，对方的唇也像是塑料制品一样。还是不成功。第三次开始之前，邓非非亲自对庄月骏和乔雨进行鼓励和指导："喂，小伙子，你这身衣服倒像一个时尚青年，怎么思想会这么封建落后？接吻都不会？没谈过女朋友吗？好好体会体会，下一次务必成功。乔雨你可以主动点，可以夸张些嘛。"乔雨也小声提醒庄月骏道："拍戏也可以跟真的一样。"第三次算是勉强通过了，乔雨能感觉到对方的回应。但是，邓非非在表扬之后，说再来一次。结果，不是再来一次，而是两次。最后一次相当成功，双方似乎带入了情感，体会到了接吻的甜蜜，在男女主角连人带雨冲进条椅欲挤走他们时，他们还都有不想停止的意思。但他们还是被吓着了。而不知情的庄月骏突然惊慌失措的样子也十分到位。这最后一次拍摄，邓非非非常满意。

4

是乔雨提出去图书馆把书还给庄月骏的——虽然短信已经留言了，庄月骏可以自取。但乔雨还是觉得，当面交还更郑重其事一些，何况她还想把戏继续演下去呢。

乔雨发现，庄月骏也从尴尬中走了出来，在穿过草坪时，还回头看看拍摄现场。现场还在拍戏，男女主人翁在雨中奔跑的镜头需要多拍几次。庄月骏可能对于拍电影这事还感觉新鲜吧，表情明显有些兴奋，人虽离开了草坪，心还留在拍摄现场。乔雨不想回头，她知道肯定有一双眼睛在看着她。她不愿意回头就是一种态度，表达的态度，是在不愿意和胡玮合作拍片的基础上又加强一次。她和庄月骏合打一把伞，在密集的小雨中，两个人紧挨着。由于草坪的不平加上雨水，乔雨脚下不时地滑沓，行走就别扭，她自然就挽住庄月骏的胳膊了。乔雨感觉庄月骏不高，肯定不到一米七，因为她是一米六七，他还没有自己高，而且瘦，还虾腰驼背。但乔雨喜欢庄月骏现在的样子，庄月骏身上透露出的亲和感和陌生感，给她带来久违的新鲜和好奇。

“谢谢你……”到了图书馆，乔雨把书还给庄月骏时，认真地说，“看了不少页，受益匪浅。”

“还可以继续看的。”庄月骏看服务员拿着酒水单过来，示意乔雨说，“再坐会儿，请你喝杯咖啡好吗?”

“好啊。”乔雨的话一箭双雕，既答应借他的书，也同意喝杯咖啡。

喝咖啡时，乔雨放在桌子上的手机响起微信提醒。乔雨不想看，她已经猜到，一定是胡玮发来的。如果是胡玮发来的，看和不看是一回事。乔雨抿一口咖啡，一笑，想说什么的，却一时没有想好，只好说：“这雨下的……”

“好像不下了。”庄月骏眼睛望着窗外。

咖啡店在筒子楼走道的这一边。这一边看不到大草坪，看到的是那丛鲜艳的蔷薇。乔雨看出去，雨确实小了。不是不下，是小了，成了牛毛细雨，5 月下旬北京的小雨，有点江南梅雨时的韵味，气温却比江南适宜多了。乔雨觉得这场小雨挺好，正适合泡咖啡馆。

“想骑马吗?”庄月骏突然说,“郊野公园里有骑马的地方。”

“是吗? 太好啦,当然想!”乔雨开心了,这次拍电影,新交一个朋友,拿到两本关于马的书,还可以有骑马的实践,这就完全解决她写作中遇到的困难了,真是赚大了。特别是骑马,太诱惑人了。而且这个新朋友也是搞艺术的,不仅弹吉他,唱歌也好,还挺奋斗地经营一间音乐教室,卖力地在步行街上招生,不就是自主创业的好青年嘛。还有一点,看是被邓非非和胡玮合伙算计(邓非非也许是好意),其实因此而公开向胡玮释放信号,也是很好的结果,有必要好好享受周末余下的时光了。乔雨迫不及待地说:“远吗? 骑马的地方。”

“不远,可以骑扫码单车。”

又是个好主意,乔雨脱口就说:“走!”

出小区东门,乔雨和庄月骏各扫了一辆单车,骑行而去。他们向左一拐,沿着朝阳北路骑行,走不多远就是通州的地界了,郊野公园和大片腾退区就在马路的北侧,几十平方公里连成一片,树木连绵,浩瀚无边。庄月骏熟练地选择一个出入口,骑进去了。乔雨也跟着骑了进去。

5

进去后环境就不一样了,窄而平整的柏油路面上,刷上朱红色的油漆,很醒目。道旁的树一眼望不透,乔雨认不出这是什么树,湿淋淋的，充满着鲜活的水汽，可能是阴雨的原因吧，路上鲜有人迹。乔雨心里突然有些害怕，越往深处骑行，林子越密，树也越高大，路况也发生了变化，不再是直的，而是呈无数个S形在林子里蜿蜒，突然出现一个步行者，反而让人更加的恐慌。雨又不识时务地下起来，还是那样细而绵密，这种雨，乔雨的老家（湖南）叫牛毛雨，天也随着小雨而暗了下来。乔雨赶紧猛蹬几脚，追上庄月骏，本想问他还有多远的，只见庄月骏把龙头一拐，拐进另一条便道。这条小道更窄，而且没有涂上颜色，两侧的林子也因而显得更密，天色更暗，自行车仿佛在树和树形成的洞里穿行。乔雨的骑行节奏被突然带偏，差一点没有别过来，又差一点一头撞进林子里，待她调好姿态，小路立即呈下坡状，而她已经落后庄月骏三四十米远了。待她再次追上去时，已经冲出了密集的树洞，小路伸进一片草地。没错，是林中一片郁郁葱葱的草地，还有一条小河横在前边，一座袖珍石拱桥飞架在小河的两岸。刚从惊悚中反应过来的乔雨，发现小桥的那边有一处网格式围栏，围栏里有两幢不大的彩色小屋，一个圆顶，一个多角形，像童话里的建筑。在小屋的后边，是一片湖泊，目测只有一个篮球场那么大，也是那条小河的源头。湖泊虽小，却很有神韵，也让这片区域活了起来。有一些动物，在围栏里的草地上转悠，几只羊，几头鹿，一群鹅，两只孔雀，还有两头四不像。栅栏入口处，是一个彩色廊亭式的通道。围栏里，彩色小屋前，有两个身穿塑料雨衣的人在忙着什么。乔雨一直紧张的心旋即放松了，她大声说："哈，还有这么好玩的神仙地方啊？"

"好吧？"庄月骏说。

“好！”乔雨说，“可没看见马呀？”

乔雨的话被其中一个中年女人听到了，她替庄月骏回答：“有马，叫小屋挡住了。下雨不营业，你们改天再来。”

听说有马，乔雨快乐得像个小小少女，蹦了起来。听说不营业，立马又不乐意了，看着门口的牌子，念道：“儿童六十元，成年人十元。没说下雨天不营业啊，我们交六十元还不行吗？我是儿童，他是成年人，要不他是儿童，我是成年人。我们就是来骑马的。”

“你们骑不了。”中年女人被乔雨的话逗乐了，她看看两个被雨淋湿的青年人，觉得他们不像情侣，身高不般配，颜值也有差异，便喜笑颜开地说：“要不每人交十块钱，让你们进来看看，喂喂小鹿小兔子。不过喂鹿喂兔子是要另外花钱的。”

让乔雨没想到的是，所谓马，并不是乔雨想象中的高头大马，而是一种外地引进的小矮马，还没有四不像大。工作人员介绍说，这是让孩子和动物亲近的亲子乐园，乐园里的小矮马、四不像、大绵羊、大山羊，都可以供孩子骑，六十块钱随便骑，还有羊拉车和喂鹿、喂小白兔、逗鹅等项目，都含在六十块钱以内，而且在两小时之内可以重复玩。因为下雨天不营业（雨天在草地上骑动物有危险），小彩车、鞍具等设备都存放进彩色小屋里了。小矮马的马厩就在彩色小屋的后边，不是一头，是两头。两头小矮马，好像也对不起乔雨似的，耷拉着眼皮子，不愿意看乔雨，只顾漫不经心地吃草。乔雨有点哭笑不得，又觉得这个庄月骏也太可爱了，他不说这儿是亲子乐园，也不说是小矮马，带有一点诱导或欺骗的意思，但似乎又无法跟他发个小脾气，这不是马又是什么？小矮马也是马啊。庄月骏也傻乐着，似乎在等着乔雨的批评。乔雨当然不会批评他了，不但不批评，还从心里感谢他，小矮马，还有其他动物，一下子能集中看这么多，也挺有趣的。便让庄月骏给他和小矮马照几张合影，然后，又买了一篮鲜蘑菇去喂小鹿。

小雨还在下着，唰唰唰的。乔雨拎着彩色小花篮子，走近小鹿。可能小鹿习惯人去喂它吧，大大小小四五头都围了上来。庄月骏善解人意地说："我打伞吧。"没等乔雨同意，他就从乔雨背着的黑色双肩包的边袋里拿出伞，撑在乔雨的头上。鲜蘑菇不多，每头小鹿两三个就所剩无几了。乔雨娇嗔地说："你们慢点吃啊，等等我，我要拍照，快帮我拍照。"庄月骏就把伞放到一边，给乔雨和小鹿拍照。突然一只大绵羊，照准乔雨就撞了上去。乔雨没有防备，庄月骏也没来得及提醒，就被大绵羊撞翻在草地上了，花篮里的鲜蘑菇散落一地。乔雨连滚带爬地要爬起来，大绵羊摆好架势，再次向她冲去。她趔趄着，滑沓着，尖叫着，一下就扑到庄月骏的怀里了。庄月骏受不了乔雨的猛烈冲撞，和乔雨一起摔倒在草地上。这可能也是和动物亲近游乐的一部分吧，两个工作人员只顾乐了，并没有来劝劝大绵羊的意思。只是乔雨和庄月骏都很狼狈。庄月骏躺在草地上，乔雨实实在在地压在他身上。乔雨正欲爬起来时，突然看到有人在看他们——网格栅栏外的小桥上，站着的人是谁？不是胡玮吗？胡玮手里扶着共享单车，正朝他们望来。这家伙，什么时候也跟踪而来啦？乔雨的心跳突然停跳一下，她不是怕胡玮，也不是紧张，而是条件反射般地做出决定——迅速伏下去，吻住了庄月骏。庄月骏被吓住了，这次可不是演戏。不过庄月骏的表现比演戏时好多了，他也投入地和乔雨吻到了一起。他们在草地上的亲吻，连两个工作人员都不忍看了，随即拿屁股朝着他们，并哧哧地偷笑起来。

乔雨吻累了，气喘吁吁了，再抬头看向桥头，那儿没有了人影。而那头大绵羊，一直在旁边等候多时，看乔雨有空，再次蓄力，向她冲来。乔雨为了躲避大绵羊，再次跌到庄月骏的身上了。

6

第二天是周日，正在睡懒觉的乔雨被手机铃声吵醒。

是邓非非打来的。邓非非开口就说："搞砸了。"

啥搞砸啦？乔雨首先想到了胡玮，莫非邓非非是说，她和胡玮一起策划的拙劣的表演搞砸啦？那是必然的。不过乔雨没有觉得邓非非做错了什么，她一定是不好拒绝胡玮让乔雨和胡玮演吻戏的主意。乔雨说："你活该，是不是被姓胡的收买啦？我要是遂了他的意，要是再来一个金发碧眼的外国小妞，他还会移情别恋，你就喜欢看我再受二遍苦再受二茬罪？我还不够惨吗？"

"什么呀，你哭啥呀小姐姐？不是那个事……那个事……都是朋友一场，我也不好拒绝啊。再说了，群演反正要找的嘛——唉，也是我一时心软，没把握好。好吧，要是伤害到你了，我道歉行吧？是那场戏搞砸了，我昨天晚上看了一晚片子，对男主演很不满意，他气质不对，演技也不到位。我决定换男一号。"

“那就换呗。你让我再睡一会儿好不好？昨天累坏了。”

“我要用你的搭档，那个一身脏衣服的男孩——是你新男朋友吧？他叫什么？”

“庄月骏——不会吧？他可是第一次拍戏。你怎么知道他是我男朋友？”

“这还看不出来——生瓜蛋子最好，那个抢新娘的男主角，就要生瓜蛋子演才到位，纯朴、天然、本真，还有一点点笨，对，就是他那个调调。”

“但是……”

“但是什么？有费用的，这个你放心。”

“不是这个……这个当然他也在意，主要是，我也有个要求，你只换男主角不行，你得换女主角，那个穿婚纱的新娘，得我去演。”

“哈，哈哈，原来是动这个心思啊，好，成全你，反正这部戏才开拍，你那双大长腿演新娘更棒，再想办法设计一场舞蹈，发挥你的特长……行，你就是那个女主角了。”

2023 年 2 月 8 日上午 8 点初稿于北京像素荷边小筑
2023 年 2 月 11 日上午修订

宝塔

1

时差已经完全倒过来了——夏欣天从德国回来的第二天，就消除了时差感，这有点出乎他的预料。可能是回国了，心情不一样了，思想还处在新鲜和亢奋的状态中。也或许是昨天晚上汪洪波的话，让他心里无法平静也未可知。

留学五年多，昨天刚到家，和一家人热热闹闹吃过晚饭，聊一些轻松的话题后，他就回房间准备休息了。躺在自己五年前睡过的床上，熟悉得仿佛就像一直没有离开一样，在德国艰苦求学的五年简直是白过了，母亲的饭菜还和五年前一样好吃，父亲还和五年前一样的沉默寡言，连家里的摆设都和五年前他离开时没有任何变化，于是，一些往日同学的印象便次第从眼前闪现，他们也是老样子吗？首先出现在他面前的是唐尼尼。唐尼尼是个可爱而调皮的小女生，因为话多，同学们就给她起了外号叫唐老鸭了。唐老鸭当然都是在私下里称呼了，当着她的面谁都不敢。高考那年，唐尼尼考上了北京的一所大学。夏欣天却考砸了，要到外地去读书。好在他父母早有备选计划，把他送到德国古老的小城魏玛的包豪斯大学学建筑，本硕连读。本来去年就拿到硕士学位了，就可以回国了。但是因为国内新冠疫情的管控加上他正在为一名瑞士学姐鲁蒂斯豪泽小姐的研究项目做助理，就听从了父母的建议暂缓回家。就在上周，他父母告诉他国内防疫政策有重大调整，而他读博的申请还没有回复，便回来了。回来了，心应该收收了，可以和同学们聚聚了。他首先想到的就是唐尼尼。但是他不能直接打唐尼尼的电话，他先打了汪洪波的电话。汪洪波和唐尼尼已经好了五年了，还是在大一的时候，汪洪波就得意地告诉夏欣天，他终于把唐尼尼追到手了。这么多年了，他们两人怎么样了呢？应该很好吧？应该琴瑟和鸣恩爱如初吧？于是拨通了汪洪波的手机。汪洪波好像比他还迫不及待似的，刚一振铃，就接通了。

“好家伙，怎么是你啊？回来啦？”汪洪波的嗓门很大，像是隔着很远的距离在呼喊。

“回来了，今天才到家。”

“够哥们，刚到家就给我电话——怎么不让我去接你？哪天有空，找几个同学聚聚。”

“好啊。”夏欣天满口答应了，汪洪波的父亲是某国企的高管，家里有钱，上高中时就牛烘烘的，经常带同学们去咖啡店写作业，不仅请大伙儿喝咖啡，还供应好吃的简餐。

“你看还要叫谁？你来定。”汪洪波果然不失大方的本色。

“你来定吧，是你请客……对了，把你家唐尼尼也叫上。”

“谁？唐尼尼？她疯了，不叫她——我们分手都几个世纪了。”汪洪波夸张的口气一点没变，“那就明天？明天晚上吧，我落实好饭店，把位置发你。”

昨天所说的明天，就是今天。不过昨天晚上的这个电话，让夏欣天的心里五味杂陈。唐尼尼疯了。汪洪波所说的“疯”，是通常人们认为的那样的疯吗？还是姓汪的为了和唐尼尼分手找个理由而已？夏欣天不能确定。夏欣天又在琢磨汪洪波的另一句话，分手都几个世纪了。几个世纪是多长时间？一年两年？还是三年五年？当年夏欣天刚到德国不久，也就是德语补习班刚刚结束吧，他接到汪洪波的电话，炫耀地告诉他，把唐尼尼追到手了。后来，夏欣天学业很重，主要是德语基础不牢，他花大量的时间恶补德语，也就渐渐疏远了国内的同学，关于汪洪波和唐尼尼的爱情也就不知道后续的结果了。时间对于夏欣天来说，虽然感觉就像在昨天，毕竟却是实实在在的五年多，从高中毕业那年的暑假，到现在的 12 月，五年零三个月，这可是个不短的人生，正常情况下，他们大学毕业都一年多了，而汪洪波所说的把唐尼尼追到手的话，也快五年了，这之间发生了什么，他并不知道，就是唐尼尼真疯了，也不是什么奇怪的事，这么大的世界里，发生什么都是有可能的。夏欣天的脑海里，就全是高中时期的唐尼尼了。唐尼尼是数学课代表，喜欢在上数学课时偷吃零食。因为数学老师最喜欢的学生就是她选定的课代表，自然也不会批评唐尼尼了。高三下学期，高考在即，夏欣天最差的科目就是数学，150 分的各种模拟卷子，他很少考到 80 分，为此而多次被数学老师单独辅导过。数学老师鼓励同学们多进行研究性学习，就是大家可以在一起讨论疑难问题。这样，夏欣天就曾有过几次，在数学模拟考之后，找唐尼尼讨教他不会的几个大题。每次，唐尼尼都能认真地辅导他。她不仅一丝不苟地教他，如果他领悟得快，还会奖赏他零食。唐尼尼不像别的女生那样喜欢膨化食品或棒棒糖一类的甜品，她喜欢吃豆子，黄豆、蚕豆、豇豆、红豆、黑豆，还有其他稀奇古怪的豆子，小包装的那种，每个彩色小包装里都有十几颗。夏欣天的数学成绩有没有提高不得而知，但在那段时间里，他的心情极其愉快，也吃了唐尼尼不少豆子。可惜这种美好的时光随着高考的到来而结束了。又因高考结束后忙于出国的各种准备而疏远了许多同学。本来，他想请唐尼尼吃饭，或者喝咖啡，就像汪洪波动不动请三五个同学到咖啡店写作业一样，以示感谢她的辅导。但是当他想好理由给唐尼尼打电话时，她却和父母一起，去呼伦贝尔大草原旅游去了，请客的话便也没有说出口。

夏欣天知道自己没有时差感的原因了，是他脑子里一直有事。他在想着要不要给唐尼尼打个电话。打电话又说什么呢？隔了五年多，总不能还是感谢她当年的数学辅导吧？虽然随着时间的推移，越发怀念那段学习生活的美好，越发觉得当年唐尼尼真的很美丽，可中断这么久了，说什么才不会突兀呢？正在这时候，手机响了，是远在德国的鲁蒂斯豪泽小姐给他打来的电话，夏欣天马上接通了。夏欣天这才想起来他和鲁蒂斯豪泽小姐的约定，说好飞机一落地就报平安的。夏欣天接通后问好了鲁蒂斯豪泽，还主动说他正在和同学联系，收集研究课题所需要的相关古塔的资料。鲁蒂斯豪泽表示感谢，并又强调一次，她把他的岗位给他留着了，希望他度假结束后早点回来。

结束了和鲁蒂斯豪泽的通话，夏欣天这才有理由给唐尼尼打电话——托她寻找关于古塔的资料，如能有机会登塔考察更好，因为唐尼尼的爸爸从事这方面的工作。

2

下午三点不到，夏欣天就来到位于东三环长虹桥外团结湖边上的一处住宅区。上午电话联系好了，唐尼尼在家等她。他来早了，约好四点的，这还不到三点。还有一个多小时，夏欣天只好在小区里转悠。唐尼尼家所住的楼房和单元已经找到了。他不急于上去，围着小区的便道走了一圈，看看时间，还是不到三点。时间太慢了。他有点心急，外边又冷，他仰望一眼五层，决定还是提前上楼。

给他开门的，是唐尼尼的妈妈。唐妈妈虽然一脸笑意，看出来脸色憔悴，精神萎靡。她一定是听唐尼尼说了，很客气地让进了夏欣天。

唐尼尼家的客厅不大，老式的小两居，摆设不算新，还略有点陈旧，但很整洁。夏欣天一眼没有看到唐尼尼，以为她在自己的房间里。坐下后，唐妈妈把茶几上的水果推到夏欣天面前，说尼尼洗澡呢。夏欣天有些拘谨，后悔上来早了。又觉得大白天洗澡也许就是让自己清爽些，以便欢迎他的到来。唐尼尼家的暖气好，屋里很暖和，可能是较长时间没有开窗透风吧，略有些闷。夏欣天马上就觉得热了，要出汗了。唐妈妈观察仔细，让他把羽绒服脱了，并帮他把羽绒服挂到了门边的衣架上。唐妈妈看夏欣天穿一件蓝灰色帽衫时，眉宇一挑，笑了。唐妈妈的笑让夏欣天的紧张平静下来。昨天在电话里，他就知道，唐尼尼并没有疯。唐尼尼在电话里一听是夏欣天时，也是吃惊的，还夸张地说你在德国留学挺厉害啊，怎么就回来啦？夏欣天本想贫两句，说看看你呀之类的话，转念一想，没说，觉得还没到说这个话的分上，毕竟五年多没联系了，不知道她的生活状态，夏欣天就说再好也是别人的国家，还是自己的国家亲。然后怕聊天冷场，赶紧说要找她帮个忙。唐尼尼谦虚地说就怕帮不上。夏欣天说，上高中时，听她说过，小时候跟她爸爸爬过两三座古塔，钻过只容一人通过的塔梯通道，吓死她了，吓得她都有心理阴影了，再不敢爬古塔了。夏欣天说他论文写作的需要，要考察国内的古塔，找她就是这个事。这真是个奇怪的事。唐尼尼说古塔有什么好爬的。唐尼尼的爸爸是区民宗局的一名工作人员，而古塔大多又归寺庙管，爬爬古塔也许并不难。但是夏欣天只说这是他写作论文的需要，没说是和鲁蒂斯豪泽共同研究的一个课题，即《中西方古塔比较中的美学元素及审美差异》，由他负责写作中国古塔介绍和历史沿革以及美学方面的相关内容，而且中国古塔的建筑史论也由他写。这个工作不轻松，不身临其境，怕是难以完成。本来，话说到这里可以截止了。但是唐尼尼说她不敢保证，最好让他当面跟她爸说，她爸也许会同意。这正是夏欣天求之不得的——也就是说，唐尼尼不但同意帮忙，还允许他到她家来。夏欣天有些激动，就约好时间，而且提前到了，没想到遇上了她在洗澡。

“我叫她快一点。”唐妈妈说。

“不用了吧……阿姨你不用催她。”夏欣天说。

“昨天听说你要来，尼尼可开心了。”唐妈妈转头望一眼卫生间，像是怕给唐尼尼听到似的，口气谨慎地说，“她平时可不这样……她平时，谁的。”

夏欣天没有听懂唐妈妈话里的意思，似乎又懂她的意思，正琢磨间，唐妈妈已经起身去卫生间门口敲门了。夏欣天听到卫生间里传出一个女声尖锐的嗓音：“干吗?”

唐妈妈赔着小心说：“同学到了。”

于是没有了声音，于是莲蓬洒水声随之消失——卫生间开的一条缝又合上了。唐妈妈回来了，她对夏欣天尴尬地笑笑，说：“马上好了。”

夏欣天听到唐尼尼责备她妈妈的声音了。夏欣天觉得他也这样，他妈妈也常在电话中没完没了地关照他这个那个的，也是要烦死的。但同时，夏欣天也知道，妈妈们都是这样关心子女的，哪怕被子女们烦来烦去。而子女们的烦，也不是真烦，只是说话的腔调没把握好而已。

接下来，唐妈妈和夏欣天都在等着唐尼尼快点结束。唐尼尼确实也快，不消几分钟，就听到卫生间方向传来开门声，紧接着又是关门声了，跟着便是嗒嗒的脚步声，唐妈妈和夏欣天同时转头，看到裹着浴巾的唐尼尼了。唐尼尼还把长发顶在头顶，用一个彩色塑料大夹子夹起来，脖颈和肩膀都是湿淋淋的，膝盖以下也是湿淋淋的，脚上套一双粉色拖鞋，她拖着小碎步，朝夏欣天一伸舌头：

"一会儿哈。"

几分钟，也许十多分钟，当唐尼尼出现在客厅时，她又完全变成了另一个人，头发流淌在肩上，还化了淡妆，一件蓝灰色帽衫，一条净色丝绒长裙，有一种寂静和沉默的味道。更巧合的是，她的帽衫居然和夏欣天的是同款——难怪唐妈妈看他帽衫时会心地一笑，原来撞衫了。让夏欣天惊异的不是撞衫，而是唐尼尼的相貌，居然和高中毕业那年没有丝毫变化，大眼，阔嘴，厚唇，尖下巴，单独看也许不是最漂亮，鼻子甚至还有点肉，但组合在一起整体地看，就是绝世的大美人。

"你怎么会有这件衣服?"唐尼尼先说了。

"我妈买的——她不想我带太多的行李，怕我累着，就帮我买了一大堆衣服。"

"你妈眼光不错啊，和我妈有一拼——你穿这款式挺合适。到我房间聊呗。妈，你怎么不给人家烧水?"唐尼尼的口气温顺多了。

"你看你看……忘了……你们聊去吧，把水果带上，我烧水沏茶。"唐妈妈端着水果递给女儿，一脸的开心。

3

夏欣天跟着唐尼尼来到她的房间。这是典型的女孩的房间，干净整洁，飘散着微微的香水气息。屋里的摆设居然还像一个高中生，小书柜里全是高中和大学时的教材，书桌上不光是化妆品，也有几本书，考研的书，还有日本的漫画集。几盒药也是特别的显眼。床上有抱枕，花瓶里插着干花，书桌前有一张椅子。夏欣天发现，除了药，其他摆设，居然和他的房间差不多。

“现在还不到四点——你来得真早啊，是不是晚上要赴宴？你坐椅子，我坐床上。”唐尼尼一进屋就说。她把手里的果盘放到桌子上。这果盘端来端去的，谁都没有吃，就像是消除尴尬的道具。

赴宴的事她都知道啦？夏欣天心里一惊——他没有把汪洪波晚上请客的事告诉她，她既然知道，有可能也受到邀请了，就说：“你也去？”

“谁爱去谁去。吴小丽问我去不去，我才懒得去呢，气死我了，说是为你接风，关我什么事？吴小丽，还记得吧？我们班的班花，爱唱歌的那个，她现在做时装设计，真是好命。”唐尼尼的话不太像是生气的样子。夏欣天也不知道为他接风她为什么会气死。但她嘴上说气死了，脸上却氤氲着笑意，有点嘲弄的笑意，又说：“可是你来太早了，我爸下班到家要七点半。我跟你说过了，你有事亲自问他，别指望我问啊，我才不管你的事呢，只是别耽误你晚上喝酒就行。”

“我等你爸……那个喝酒，我不去。”夏欣天突然就这么决定了。他已经接到汪洪波发来的请客的饭店和地址了，“汪洪波还说吃完饭再去唱歌呢，我可不会唱歌。”

“那又何苦呢？爬个古塔，有那么重要？连好同学的接风宴都不去？你是学建筑的，也许重要吧……我不明白啊，你这个洋学位，国内认不认？听说一年期的硕士，国内不认的。讲讲你这些年的生活呗，德国的……同学啊，老师啊，朋友啊，我喜欢金发的欧洲人……我可一点也想象不出来呀。德语是属于什么语系？好学吗？很难吗？你待的那个城市叫什么？昨天你电话里说过，我还上网查一下，对，魏玛，是个古城。给我讲讲嘛。”唐尼尼一脸的好奇，说话的密度很快，跳跃性也大，一句赶不上一句似的——她已经接受并很欣赏夏欣天的果断决定了，觉得他不去喝酒，不仅仅是因为要跟她爸请教登古塔的事，有可能也是因为她，所以话多不过是掩饰自己心里的小激动罢了。

讲国外的学习和生活，讲古城魏玛，这个很便利，时间又是这么的富余，夏欣天当然可以讲讲了。不过在讲学习德语时，他承认一开始确实很难，幸亏他认识了鲁蒂斯豪泽。鲁蒂斯豪泽比他高一届，他在德语补习班学习时，鲁蒂斯豪泽被老师要求来给学生做交流讲座，鲁蒂斯豪泽生活在瑞士的德语区，德语是她的母语，还精通英语和法语，意大利语也能熟练掌握，关键是，还略通汉语。她的汉语是跟一个中国台湾留学生学的，这个台湾的女学生还是个诗人，自费印过一本诗集，他后来在鲁蒂斯豪泽的住处看过这本黑白相间封面的诗集，叫《边境》，她毕业后去中国香港了。鲁蒂斯豪泽对班上新来一个中国大陆的留学生，特别高兴，很快就和夏欣天熟识了。她教夏欣天学德语特别用心，加上有学习汉语的需求，很快两个人就成为朋友。在魏玛的各个街头，大小公园里，都能看到夏欣天和鲁蒂斯豪泽一起学习的身影，能听到他们德语和汉语交流时的自然切换。夏欣天的德语水平提高很快，不久就融入正常的学习生活中了。

“这个鲁蒂斯豪泽漂亮吗？”唐尼尼突然来了这么一句。

“不漂亮。”夏欣天是说实话。鲁蒂斯豪泽金发，碧眼，微胖，胸大，臀肥，走路喜欢迈大步子，但自有一种迷人的魅力，比如爱笑，爱说话，受中国台湾女学生的影响，喜欢作几句汉语诗，比如在歌德公园一座小石桥上散步时，看着桥下奔腾的伊尔姆河，她就抒情地吟诵了她写作的一首汉语诗：“星夜桥上，两个重叠的人影儿，和星星一起落进了小河中，随着奔腾的浪花欢跳着，欢跳着，流进了草地的深处。”夏欣天对于汉语现代诗是个外行，对鲁蒂斯豪泽的汉语诗的水准也吃不透，只是大而化之地夸是好诗。

“根据我对你的了解，你说不漂亮就是漂亮。不漂亮还上人家里去？”唐尼尼的话很犀利，“怎么不漂亮，讲讲来。”

夏欣天谨慎了，他回忆着刚才的讲述，觉得并没有什么漏洞，不过是随意地说鲁蒂斯豪泽跟一个中国台湾的女诗人学过汉语，顺便说到这个女诗人送过诗集给鲁蒂斯豪泽，目的是强调鲁蒂斯豪泽学习汉语的兴趣。唐尼尼就能抓住要点，夏欣天要是再形容一番鲁蒂斯豪泽的相貌，不论如何描述，在唐尼尼听来，都是一种欣赏和赞美，都是不一样的感受。夏欣天决定换一个话题，就说建筑学专业吧，他所在的包豪斯大学建筑系，是全欧洲大学的同类学科中最顶级的，不仅有一流的师资，还有一流的理念。可夏欣天讲着讲着，觉得有吹嘘的嫌疑，立马删繁就简地一带而过后，问起了唐尼尼的大学生活和所学专业。唐尼尼被夏欣天突然一问，没有回过神来，愣了三秒，或者只有一秒，突然说：“我爸回来了。”

果然，夏欣天听到客厅有说话声。

“你现在就要问吗——爬古塔？关于古塔的材料？”唐尼尼突

然神色紧张起来，“我还没讲我们学校呢。等会儿我再讲哈。”

夏欣天立马意识到她为什么紧张了——本来说她爸要七点半后才能到家的，这还不到五点就回来了，怕夏欣天问了爬古塔的事后，就要走了，就要去和汪洪波他们聚餐了。唐尼尼显然不希望夏欣天去参加晚上的聚餐。

“要和你爸打个招呼吧？”夏欣天说，他觉得这样礼貌些，又对唐尼尼说，“等会儿听你慢慢讲，你的大学生活肯定精彩、有趣。”

“也就一般般吧。”唐尼尼说，“我爸那个人，不善于说话哦——走，我陪你去。”

于是唐尼尼和夏欣天一起出来了。

夏欣天看到唐爸爸唐妈妈正在咬着耳朵说悄悄话，看到他俩出来后，唐爸爸才把手里大大小小的一包包菜放到桌子上，笑容满面地说：“你们要吃什么？今晚我请客啊，都是尼尼爱吃的——让同学尝尝我的手艺。”

“辛苦老爸啦！”唐尼尼连说带笑着，话还没说完就回房间了，“做好喊我们啊。”

夏欣天还没来得及向唐爸爸问好，看唐尼尼回去了，还带着小跑，也只好跟着她的节奏跑回房间了。

4

“你怎么不问？”唐尼尼坐到那把唯一的椅子上，身体趴在椅背上，扭转身姿，侧着脸说，“爬古塔的事。”

“还说呢，你把我丢在外面。”夏欣天看她小得意的样子，小声抱怨道。

“哈哈，我回来你可以在外边啊，你就这么大胆?”唐尼尼的两只手没处放了，只好垫在自己的下巴上，她眨着眼睛看着夏欣天，口气突然温柔起来，轻声说：“你等着，我去给你问问哈。”

其实，刚才甫一照面，夏欣天就觉得唐爸爸提前回来，是因为他，肯定是唐妈妈打电话告诉唐爸爸家里来客了。夏欣天同时还意识到，唐爸爸和唐妈妈咬耳朵说悄悄话，一定也是因为他的到来。唐尼尼要去问，更好，要不当着唐爸爸的面，他还真紧张呢。“好呀，你去问。”

唐尼尼就从椅子上起身，向外走。夏欣天正好站在她出去的道上，但也不碍她的走，却还是有意蹭他一下。屋里就夏欣天一个人，那把椅子空着了，他却不敢过去坐，怕她马上回来。身边就是唐尼尼的床，他没经过唐尼尼的邀请，也不敢坐。床上的床单是淡青色，带暗花，被子也是这个色系，这种色系很新鲜，他怕把她床单坐脏了。别人正在坐的椅子他不能抢，别人的床不能随便坐，这些都是他从小就学会的道理。夏欣天就在屋里漫步，看到她枕头上有两根长长的头发，便把长发捏下来，放到纸篓里。枕头被他捏皱了，又把它抚平，她枕头很柔软、滑爽，他有一种奇妙的感觉，心慌了一下。他在地上又发现了一根长发，又去捏起来。他看到地上的长发不是一根，是好几根，他都一根一根捏起来。这样子，几分钟后，还不见唐尼尼回来。而他的微信不停地有信息来了。夏欣天看是汪洪波临时组织的一个晚上吃饭群，才突然想起，还没告诉汪洪波他晚上不去了。怎么跟他说呢？夏欣天便单独给汪洪波发微信，撒谎说他发烧了，不能赴宴了。微信发出去以后，夏欣天才松一口气。汪洪波的微信马上就回复了："那怎么成？你不来我们吃个屁啊。"夏欣天也不饶人，回对怼道："烧得厉害，不能动啊，你这家伙，就不能改个时间？故意不想让我吃是不是？"汪洪波便不再回复了。

唐尼尼回来了。

刚一进来的唐尼尼脸上的红晕还没有散就炫耀道："我亲自指导老爸做了个菜，猜猜什么菜？猜你也猜不着，告诉你吧，醋熘大白菜，怎么样？这道菜是为我定制的，减肥菜，不是给你吃的。"

原来这么简单的菜，夏欣天不稀罕，他稀罕爬古塔的事说好了没有。可唐尼尼像是故意卖关子，说："我爸说了，古塔是古代遗存，是重要文物，不对外开放，但是如果专家学者有学术考察和研究的需要，是允许登塔的，你既然是德国名牌建筑学院的高才生，又有合理的研究课题，自然符合登塔的条件，时间就定在明天，不过得有中方人员陪同。经过慎重研究，决定中方的陪同人员，就，是，我，哈哈哈，满意吗？"

这太让夏欣天惊喜了，岂止是满意啊，简直就是太满意了。夏欣天高兴得想去抱抱唐尼尼。而唐尼尼并没有善解人意地再顺着刚才的快乐继续说下去，而是坐到椅子上，拿起桌子上的药瓶，从瓶子里倒出两颗药片，又从另一盒药里抠出两粒药片。夏欣天以为她要吃药，没想到她把几粒白色的药丸放进喝水杯子里，杯子里有半杯冷开水。她把水杯拿起来，轻轻摇晃着，直到那几粒药丸消解于水中。夏欣天还没见过这样吃药的，既不好问她吃什么药，又不好问她为什么要这样吃药。

“站着干吗？坐呀。”唐尼尼还是笑吟吟的。

夏欣天刚一坐下，唐尼尼的手机就响了。

唐尼尼接通电话，平静道：“吴小丽，什么事？吃饭？……哦？姓夏的发烧啦？那正好嘛，正好取消嘛，发烧了谁还敢去啊……还省一笔钱。我呀？不爱去，你们吃吧，你把我那份也吃了，拣好吃的多吃点。”

夏欣天知道唐尼尼和吴小丽是说汪洪波请客的事，他心里过意不去，都是因为他的临时变卦，还有撒谎。这下好啦，同学们都知道他发烧了，只有唐尼尼知道他在撒谎。要不要解释一下？也许唐尼尼什么都明白。唐尼尼挂断电话，诡异地看着夏欣天，意思像是在问，你发烧啦？

夏欣天正想实话实说时，有人敲门了。随即，门就被推开了，进来的是唐妈妈。唐妈妈笑容可掬地说：“准备吃饭。”

“吃饭去。”唐尼尼呼应着妈妈的话，拿起那杯溶解几片药的水杯子。唐尼尼看唐妈妈盯着桌子上的药瓶和水杯子看，没好气地说：“看什么？吃了！”

唐尼尼和夏欣天先来到客厅。唐妈妈却落在了后边，有可能检查唐尼尼的药了。夏欣天发现，唐尼尼并没有把杯子里的水喝掉，而是倒进了水池里。夏欣天一头雾水，不知道这对母女为啥斗智斗勇。

5

第二天，夏欣天是在地铁口等到唐尼尼的。

唐尼尼穿一件长款的白色羽绒服，深蓝色牛仔裤，围一条浅黄色围巾。唐尼尼看到夏欣天，老远就说："你是不是早就来了呀？我没睡好，天要亮才睡着的——都怪昨晚喝了半杯红酒，你走时我都没有送送你，老妈还怪我失礼呢。你不怪我吧？"

"当然……怪你啦。我也刚到。"夏欣天被她逗乐了，看她嘴里喷着热气，脸上红扑扑的，看样子很急，其实时间还很充裕。夏欣天指着两幢楼缝间的一片蓝天，蓝天下的一座古塔，说："看，塔。"

"在哪儿——哇，是呀——"唐尼尼走近夏欣天，脑袋靠近他的手臂，顺着他手指的方向看去，"哇，漂亮——我也电话联系了，有人在塔门前等我们，走。"

他们走不多远，拐进一条都是大树的小街。冬天小街上十分萧条，几无人迹，街道很干净。一棵棵大树都是国槐，每棵树都很粗壮，很沧桑，至少都在百岁以上。有几个喜鹊窝分布在几棵大树上。街一侧是青砖的围墙。他们走在墙根树下，心里跟着威严起来。根据目测，古塔就在围墙里。又走不多远就到大门口了，安保人员问有没有预约。唐尼尼说有，报了手机号码。安保人员查验后，又登记了他们的身份证，放行了。

古塔就在眼前，八边形，南向，青灰色，很俊朗，很壮观，也很威严。外墙壁、平座腰檐、迭涩腰檐都是青砖，腰檐上所使用的斗拱、椽、枋等也都是仿木结构的砖质材料，很稀有。从第二层开始，每一层的正南正北、正东正西方向上都有券门。夏欣天事先查过资料了，这是一座九层砖塔，始建于宋代，是国内现存不多的全砖宋塔。看着威严耸立的砖塔，夏欣天立即拿出手机，拍了几张外景。唐尼尼也联系了等他们的管理员，也就是唐爸爸的朋友或者下属。至此，一切都很顺利。

但是，当他们登塔时，发生了意外。意外不是来自古塔本身，而是唐尼尼，开始还兴致勃勃的唐尼尼，突然感到不自在起来——从塔门进来后，给他们开门的管理员把锁挂在铁艺门上就离开了，当塔里只剩下他们两人时，夏欣天心里顿生一种庄严感，他看到一米多厚的外墙，看到了底层的一圈回廊，回廊顶部平座斗拱用五铺作双抄偷心造——这是中国传统建筑工艺，其原理非常复杂而科学。夏欣天有感于古人的智慧，迫不及待地用手机在回廊里拍照。而回廊里侧的塔心其实是一尊大型砖柱，也是砖砌八边形，一个只容一人爬行的梯级可以通到二楼回廊，这个通道黑洞洞的，夏欣天只是说一句“我们等会儿从这儿爬上去”就去别处拍照了。唐尼尼就是在梯级洞口前，朝上张望一眼，便感到压抑并开始战栗的，回廊里只偶尔传来夏欣天的感叹声和一言半语的夸赞，他并没有发现唐尼尼的反常。等他在回廊里走了一圈，才看到唐尼尼神色不对。唐尼尼倚靠在厚重的墙壁上，脸色发白，嘴唇发青，两只手在大腿两侧狠狠地抓着墙砖，这可是一千多年前的墙砖啊，坚硬如铁，即使这样，也被她抓出痕迹来了。她不过是伸头朝梯级里望一眼，就被黑洞洞的幽深的洞给吓住了。夏欣天看她神色不对，赶紧问："怎么啦?"

唐尼尼坚持着，一笑道："没……没什么……"

"没什么怎么这样?"夏欣天拿起她一只手，发现她的手柔软无力，在抖，而且像冰一样硬硬的凉，虽然是冬天，也不至于这么凉啊。夏欣天也心头一冷。

她把另一只手也放到了夏欣天的手中。让他紧紧握着。夏欣天想起她吃的药——不，她没有吃，只是做出吃的假象。她的战栗和她吃药有关吗？她不说，他也不便问，小声说："要不我们不爬塔了，拍几张照片就回吧。"

"那不行……你的研究不能半途而废……我没事，从这个洞上去，我可以。"唐尼尼说罢，情不自禁地伏进夏欣天的怀里。

夏欣天很感动于唐尼尼的信任，抱住了她，并听她继续喃喃道："没事，我没事……"她的声音很微弱，像是在给自己打气，又像是在安抚自己。其实她在说没事的时候，手又在战栗了。

"要吃点东西吗?"夏欣天觉得，也许吃点东西，打打岔，就好了。

夏欣天从随身的双肩包里拿出零食——他特地买的，是唐尼尼爱吃的零食，各种原豆类制品。他拿出几小袋，让她挑。她挑了一袋，笑了。她早就不吃这种零食了。但她知道他还记得她的爱好。她打开一袋，捏一颗到嘴里，又给了他一颗。他也打开一袋，先捏一颗送到她嘴里，自己再吃一颗。两个人你一颗我一颗地吃起来，嘴巴里嚼着豆子，咯吧咯吧声交替响起。

“你还记得你的外号吗?”夏欣天说。

唐尼尼说:“我还有外号?是不是叫我唐老鸭?我就知道哈哈。没事了,吃你这几颗豆子,比吃了药还灵——走,登塔!”

6

他们开始登塔。夏欣天在前边。塔洞大约有一米高,宽四十多厘米,夏欣天的衣服摩擦着两边的洞壁,发出奇怪的声音。脚下的台阶磨损很严重,高低不平。两边和头顶都有许多划痕,有的刻上人名,有的刻一句诗,还有刻一枚头像。梯级很陡,要手脚并用才能勉强攀爬。上一层也有回廊,并有四个券门,回廊里的光影暗幽幽地覆盖在头顶上。夏欣天爬了几级,回头看,后边黑黝黝的,能看到唐尼尼白色的羽绒服和她的肩膀,她看来是紧紧跟在他身后了,她的长发全散下来,像黑色的瀑布。夏欣天说:“没事吧?”没有听到回复,听到的是粗粗的喘息声。夏欣天继续向上爬。古塔的第一层比较高,还有几级就要来到二层的回廊了。夏欣天再次回头看。他看到唐尼尼不动了,粗粗的喘息声变成了哭声,嘤嘤的哭,声音不像来自于唐尼尼,像是从古塔的砖缝里挤出来似的,历经千年的挤压,显得隐忍、尖细而费力。夏欣天心里一惊,她哭啦?还是喘息?“可以吗?”夏欣天又问。还是没有回复,塔洞里倒是有他的回声,闷闷的,嗡嗡的,像古琴最后的余音。“嗨!?”夏欣天又大声地问。身后——也可以说是脚下,突然响声一声炸雷般的哭,决堤一样突然暴发,那一口气,半天才又收回去。哭声在逼仄的塔洞里回荡，整个塔身都受到了传染。夏欣天被吓住了。但他无法退回去。因为唐尼尼也没有退回去。他要是强行退回去，就要踩到她的头了。他试图伸手够她，拉她一把，可他无法曲过身来。他只能快速地爬上去，爬到了二层回廊。夏欣天趴在二层回廊里，把头探进塔洞，叫道："唐尼尼，唐尼尼……尼尼，瞧，我上来了。"唐尼尼的哭声变成了抽泣，抽泣也不畅，像有气堵在喉咙里出不来。夏欣天想回去查看，尝试一下，只能退回去，无法像正常下楼梯一样。他只好再次大声喊她。她终于抬起头来，瀑布一样的黑发还是遮在她的脸上。"看到我手了吗？再爬几步，我拉你上来。"她一边哭着一边向上爬。他的手终于够着她的手了。但其实无法拉动。她的手还得缩回去，撑着身体向上，在她的脑袋出现在回廊里时，他才一把抱住她。而她的前冲力很强，直接就把他撞翻压在身底下了。两个人牵扯着，纠缠着，在地上游动几下，靠着砖壁了。他把她的头发理了理，露出了脸。她的脸上并没有泪，但是却更加的苍白、灰暗。她喘息着，再次伏到他的怀里。隔着羽绒服，他能感觉到她急促的心跳。

"好些了……"过了许久，唐尼尼才说，"好些了好些了。"

"怎么会这样？"

"紧张……莫名其妙的……梦里好像来过这里，憋死了，仿佛还在噩梦里，出了一身冷汗……你试试我额头。"唐尼尼断断续续地说，把夏欣天的手拿到她的额头，"经常做这样的梦，也许不是梦，谁知道呢？那条黑暗中的隧道好长啊，怎么走都走不出去，怎么走都走不到头，越走隧道越窄，越走前方越黑……没想到梦里的场景会在这里重现……把你吓住了吧？”

“有点……”夏欣天的手在她的头脑上并没有拭到汗，却感觉到她脑门的冰凉。他想到她桌子上的那堆药，小声问道：“药带来了吗？”

“啥药？”

夏欣天后悔说药的事了，觉得冒失了，唐尼尼不提，他真不能提。不过她昨天下午不是当着他的面作弊了吗？把药化成水给倒掉了吗？看来她并不想隐瞒的。

“没有啊……我不相信他们，他们说我有抑郁症……我什么症都没有。他们就是想害死我。”唐尼尼说。

原来这样。夏欣天想起汪洪波说她疯了的话，又想起昨天晚上汪洪波的请客。夏欣天昨天在唐尼尼家吃饭时，收到汪洪波的微信，说大家都来了，连唐尼尼都来了。夏欣天知道汪洪波在说鬼话，明明他就在唐尼尼家里，唐尼尼就坐在他身边，汪洪波为什么要睁眼说瞎话呢？当时由于正在吃饭，他如果一直看手机，就有点不礼貌了，就没有回复。没想到他看手机时，唐尼尼也看到了，虽然只是瞄一眼，由于看到了自己的名字，还是很敏感的。夏欣天发现了她的敏感，就把手机又打开，给唐尼尼再看看。唐尼尼看后，哈哈乐了。这事心照不宣，都知道姓汪的在撒谎。本来此事到此为止了。但是夏欣天对五年前汪洪波所说的把唐尼尼追到手的话，还心存疑惑。昨天没有时机问，这会儿氛围很适合，就试探着说：“这个汪洪波挺有意思的……你说他说谎是什么目的呢？你也都瞧见了，他说你也赴他的饭局了，他还说你跟他……谈过恋爱……

以前。”

“啊？这家伙也太厚脸皮了吧？我什么时候理过他？”唐尼尼惊讶了，“他怎么说的？”

夏欣天说：“没怎么说……很早以前了，高中刚毕业那会儿……他的话里有过这个意思。”

“我想起来了，很久以前，对，就是高考不久后，他问我填志愿的事，还把他偷拍的一张照片发给我——他没发给你吧？我们两人的，这家伙鬼鬼祟祟的，不知怎么就让他偷拍到我们了。不过这张照片挺好呀，我很喜欢。”

“我没看过呀。”夏欣天说。

“这样啊……我手机里有，找给你看看哈。”唐尼尼的精神状态完全恢复了，她拿出手机，很快找出了一张照片，原来是他们两个人在教室里探讨学习时被拍下的，夏欣天正在一张试卷上写着什么，一边的唐尼尼倾向着他微欠着身子，看着他在写。这张照片的妙处是神态自然，光线自然，夏欣天的表情是仿佛听明白一样露出淡淡欣喜的样子，唐尼尼则是一脸成就感的微笑。夏欣天看着照片，仿佛回到了高三那年，心里荡漾着甜蜜和美好。夏欣天本想说后来怎么就没有联系呢？再一想，不是没有联系，是他得知汪洪波已经和唐尼尼在一起后，加上很快就出国了，一眨眼就是五年。当2020年年初，新冠疫情刚在全世界流行的时候，他在魏玛读大三，也想到了国内的疫情，想到了唐尼尼，但也只是想想而已。幸亏这次回来考察关于古塔的事，迫不得已才和唐尼尼联系上，否则，他还一直被汪洪波的话所蒙蔽着。夏欣天看着唐尼尼手机里的照片，仿佛回到了那年高考前的紧张而美好的时光里，禁不住说：“知道吗？我为什么有那么多题不会写吗？为什么要找你请教吗？”

唐尼尼看着他，带着杂音地说：“知道你为什么每次找我的时候，我都在教室吗？”

夏欣天听了，感动了，原来他们都在互相暗恋着对方。时空已经错乱，当年的教室成为了古塔的回廊。也可能是从古塔的回廊，回到了当年的教室。

两个人几乎同时拥抱向对方。

古塔二层的回廊比较宽敞，券门也比较阔大，券门上安装了破子直棂窗，此时，上午十点多钟的阳光已经照射到回廊上，明明暗暗的光影给回廊增加了许多神秘的色彩，也照射在夏欣天和唐尼尼的身上。

7

再次穿越塔洞，从二层向三层攀爬时，唐尼尼要求走在前边。但是，没有爬几步，唐尼尼就向后退了半步，屁股已经蹭到了夏欣天的头顶上。

“怎么啦？”夏欣天说。

“你在吗？”唐尼尼声音又颤抖了。

“我在。”夏欣天把两只手扶在她的腰上，“没事，我在，放心，继续前进！”

唐尼尼又向上攀爬了，每爬两步，都要问一声夏欣天。夏欣天也会回答他一句。其实夏欣天的手一直在触摸着她，轻推着她，他就像是她的传感器。

就这样，他们从二层来到了三层。唐尼尼脸上不是开始登塔时的苍白了，而是泛着桃花一样的红，她兴奋地抱了抱夏欣天，意思在说，我克服了心魔，我不怕了。夏欣天也抱了抱她，是进一步的鼓励和安慰。两个人开始看塔。三层的回廊上镶了几块古碑，塔柱的某一面也有古碑，每块古碑上都密密麻麻地刻着许多小字，还有许多人名。他们把手机上的手电筒功能打开，试图辨别这些小字，但很多字经过多年漫漶，加上繁体，都看不清了。但唐尼尼找到了一个“尼”，惊喜地说：“看，还有我！”

他们继续向古塔上攀登，通过每一层的回廊，夏欣天都要拍很多照片，还大致量了每一层回廊的直径，量了下周长，券门的高度也量了。他们一直爬到了顶层。顶层没有回廊，没有砖柱，而是一个八边形室，其东首的佛龛内有梯级。夏欣天告诉唐尼尼，再向上就是塔顶了，我们去塔顶看看吧。于是他们沿着佛龛内的梯级，登至塔顶。塔顶上的天窗并没有盖起来。夏欣天把头探出了天窗，探出了半个身位。

“哇！”夏欣天惊叹道。

唐尼尼也紧贴着夏欣天，探出了头。眼前的风景，真是豁然开朗啊，所有能看到的景物都是那么的美妙，周围没有高楼，有的是低矮的平房、长长的院墙、安静的街道、街道上的树木，还有一处小树林，难得的是，林子里有几棵常青树。正午的阳光照射在夏欣天和唐尼尼的身上，他们的衣服上虽然蹭满了灰尘，那灰尘却和衣服一起在阳光下闪着金灿灿的光芒。唐尼尼拿出手机，和夏欣天自拍了好几张照片，还拍了远处的风景。唐尼尼对着天空，放开喉咙大声地喊道："啊——"

唐尼尼声音清脆而嘹亮，引起了周围各种物体的共鸣，仿佛和她一样吐出了积郁在胸中多年的尘垢。在长啸声停止时，她和夏欣天紧紧相拥了。如果此时有人从远处看来，在塔刹边上的天窗处，有两个身穿浅色衣服的年轻人，正在亲吻，女孩的脸上正泪流满面。

此后的一些天，他们又考察了别的古塔。唐尼尼还在朋友圈里，发了好多组照片，每一组照片上，都有他们俩快乐的身影。这些图片，都引来旧时同学的点赞。这天，唐尼尼又发了一组去白塔寺的照片。吴小丽还和唐尼尼进行了互动，强烈要求唐尼尼请喜酒，要把喜酒一直吃到他们婚礼那天。回复吴小丽的不是唐尼尼，而是夏欣天，夏欣天回复了个 OK 的手势。随即引来同学们的围观，在这么多围观的同学中，也有汪洪波。

2022 年 12 月 22 日 19 时，发烧第 14 天，初稿完成于北京像素荷边小筑

2023 年 5 月 12 日修改于北京常营慢咖啡

跋

无法错过的偶遇

——陈武近期小说漫谈

李建军

1

近几年，陈武的小说创作呈井喷态势，每年都有十来部（篇）中短篇小说在全国重要文学期刊上发表，并被多家选刊和年选选载。仅2022年和2023年上半年，他就发表了六部中篇小说和十三篇短篇小说，其中短篇小说《难说的告别》《无法错过》、中篇小说《一封信与另一封信》被《小说选刊》选载。在此期间，中篇小说《街拍者的镜头》和短篇小说《三里屯的下午》还分别获得《山东文学》奖及《雨花》文学奖。

2

翻阅微信，陈武是在2022年5月23日下午发来短篇小说《菜园》的定稿文档。那时，我住在上海徐汇区番禺路一幢高层楼房里，每天除了做核酸，出不了门，下不了楼。他住在北京，较我来说逍遥得多。此前十来天，他发了一张照片给我，近景是小山包上的杂树和绕着山脚的一条土路，稍远些是大小不一、围着栅栏的一块块菜地，再远处便是密密麻麻如超大鸽子笼的一幢幢楼房。显然，这是他站在小山包上拍的照片。接着，他又发来两张：一张满是不知名的野花，一张是郁郁葱葱的杂草。我说老陈啊，我已经一个多月足不出户了，你这是馋我呀！老陈很是兴奋，说他此刻正在这个小土山上，这里离他居住的中弘·像素小区不远，是北京东郊一块被遗忘的角落，居然还有一块块被人打理出来的菜园。他最近常来走走看看，和种菜的人闲扯几句，由此产生灵感，写了名为《菜园》的小说，应是近期写得最好的短篇小说。

听他这一说，我颇为好奇，期待一睹为快。十来天后，他就把小说发来了。不过，他又说，刚写出来的新鲜感过了，又觉得一般化了。我说老陈，你对自己的要求太高了吧。

初读《菜园》，随手写了个题目《困境中，也要活得精彩》，列了几点：

一、都市里的菜园，场景选得很特别，让人惊讶，北京城竟还有这样的地方！小说的典型环境有了，堪称一绝。

二、偶遇和巧合。男女主角在菜园这一特定场合偶遇，奠定了小说的喜剧基调；女主角马株是个开诊所的牙医，和男主角的前女友朱株长得很像，男主角苏大智竟然也是牙医，这些巧合增强了喜剧效果。

三、快进和爆发。第三节结尾，小说情节突然快进，进入牙科门店后男女主角的激情燃烧，让故事变得精彩。特定时期，压抑太久，才会有这样的情感爆发。

四、人和物的描写，浓郁的生活气息，还是陈武特色（可参照赵大河的评论）。

五、小说的叙述语言如潺潺流水，清新、空灵、流畅，特别好读；人物关系的构成，时空交错，相互勾连，展现了小说架构的美感。

3

李惊涛、陈武、张亦辉和我，有一个四人微信群。发起人是惊涛兄，还是陈武？记不清了。群名叫“新四君”，是不是挺逗的？其实，我们是相处了近四十年的朋友。当年，李惊涛在北师大中文系毕业留校，为了爱情回到家乡小城，任《连云港文学》编辑部主任；张亦辉从杭州大学物理系毕业，分配在连云港矿专任教。对文学的热爱让年轻的我们聚到了一起。后来，惊涛和亦辉先后调到杭州的高校任教。现如今，两人都是著述丰硕、颇有建树的作家和文学评论家。

2022年6月中旬，第八届鲁迅文学奖参评作品公示目录，陈武的中篇小说《三姐妹》、短篇小说《三里屯的下午》进入公示榜单。过了一个月，陈武发表在《中国校园文学》的短篇小说《难说的告别》被《小说选刊》第8期选载，目录出来了。

惊涛说：这是高温中的一股清风，精神为之一爽。

陈武却说：这篇自我感觉并不突出呀，被选载有些意外。

我接道：既然被选，就不一般。估摸原因有三：一、故事情节虽不复杂，但生活细节描写、心理描写都特别到位，试衣、美发这些琐屑生活写得细腻生动，读来津津有味，充分展示了陈武风格——“现实主义写作可贵的精准品质”；二、人物出新。主人公唐池子是中戏女博士，新换的工作是语音剧编剧（或许是陈武独创的一个职业），职业亦出新。表现高级知识女性职场生活、情感生活和内心困惑迷惘的小说并不多见，唐池子这一人物形象较之陈武小说中吴小丽、汤图图等知识女性有所超越，有更深的挖掘。三、生活的无奈和难以逃脱的循环让读者产生共情和共振。说不定选刊的美女编辑就是个女博士女硕士，唐池子的生活际遇让她感同身受。

亦辉说：这篇小说又一次彰显了陈武融入生活的天赋以及让生活融入小说的能力。白描而自然准确的叙述，与生活平起平坐的共情视角及宽柔心态，不偏激不浮躁，这些都是小说所散发出来的若有若无的光芒。告别了什么，有没有告别其实并不重要，重要的也许是拥有告别自我、抵抗惯性的心力和行动，如此，生活就是一个积极的动词，像河一样不停流淌，展现活力和生机。

陈武接道：其实生活哪有什么告别，也不存在告别；再怎么告别，也摆脱不了自己和周遭的境遇。

亦辉又说：我一直觉得，对生活的耐心和与别人的共情，是小说家陈武身上弥足珍贵的品质和能力，也是他源源不断的创作的基础。

惊涛说：近年来，我一直注意到陈武小说（叙事）由异常而日常、由残酷而温情的变化。具体到这篇《难说的告别》，它的温情由于用了点误会和巧合，因而格外跌宕（有点小惊险）；这里的温情还内涵了“成长”和“成熟”的意味，因而犹为暖心，叫人心生欢喜。《小说选刊》是有眼力的。

我接道：偶遇、巧合和温情，的确是陈武近期小说的关键词。《街拍者》（《山东文学》2022 年第 1 期）和《送你一束玫瑰花》（《小说月报·原创版》2022 年第 2 期）开了今年的头。

陈武说：三位兄弟对我一直鼓励，让我非常感动。其实我至今还在怀疑自己的能力。之所以不断写，就是想摸到小说的门径，所以还在东一头西一头乱撞。《菜园》和《谁教谁说话》（《雨花》2022 年第 10 期，改名《说话》），可能是近期的一点变化，但变化并不大，希望得到你们真实有力的批评。

我接了一句：不用太担心，只要继续写，就会有变化。

4

2022 年 7 月 15 日晚，微信群关于《菜园》的讨论。

张亦辉：读完《菜园》，更让人喜欢。从马株到朱株的巧合，马株与朱株的合一，不只有形式或结构的功能与价值。在陈武温馨而动情的叙述里，这个巧合散发出一种感人的力量，一种内在的灵韵与美好。是的，这是一篇美好的小说，关于爱情关于感动关于牙齿关于蔬菜。在疫情的当下，陈武依然能捕获并恰到好处地呈现这样一份美好，而且毫不煽情、恬静内敛地呈现在整个文本之中。这份温馨与感动，是《拉车人车小民的日常生活》的延续与生长，也是陈武小说的精华！

李惊涛：说得正是！文学和生命的本质是一致的，需要生生不息的延续，需要创造生命的行为，那种欢乐才是本质的欢乐。《菜园》是篇好小说，它的温情甚至带上了欢乐的色彩，连巧合都那么欢乐，一切都刚刚好！

张亦辉：如果说《难说的告别》里的巧合偏于叙事结构的需要，《菜园》的巧合则不然。它既是形式的，又是内涵的。当然，这篇小说的情节与叙事，可以说别致可爱，另辟蹊径，绝无雷同，属于陈武的发现创造。

李惊涛：《菜园》的结尾是神来之笔，没有比这更好的结尾了。我这把年纪，最理解最追求的就是这样的，天然的，唯一的，微妙的。

张亦辉：三个萝卜，让人想起迟子建《亲亲土豆》结尾那几颗从坟尖滚落的土豆。

李建军：从菜园开始，最后回到菜园，这是完美的回归。结尾处，葛大智、马株和小株株三个人都抱着大红萝卜，不仅温情，感人，而且是欢乐颂，简直有光明从天而降！

李惊涛：我很看重小说的调性。《菜园》的调性是欢乐的，那种欢乐与生命本质息息相关。葛大智与马株相识与对暗号，对上暗号的激情，激情后怀上宝宝，是欢乐的；老两口察知蛛丝马迹后，主动为马株种菜园，是欢乐的。结尾处他们在菜园里相见，大家一起拔大红萝卜照相，更是欢乐中的欢乐，是生命创造与延续的欢乐，是欢乐的本质与本色。马株在菜园里挺着个大肚子见公婆，“敢不敢拔萝卜”的话语，在欢乐中加入了骄傲的成分；三人人手一只大红萝卜，由未来的老公公拍照，这样的结尾，不仅欢乐，而且神妙、天然、唯一，让这篇小说叭叭两三步，便踏入了当代小说短篇经典的行列！

小说的起幅调性虽然涩重，但那是为了后来“叙述的起飞”（亦辉叙述学术语）蓄势，十分必要。人生苦涩，这是真相。为什么苦涩也要活着，是因为总有些节点在等待着人们，如洞房花烛，如宝宝降生，如孩子金榜题名，如他们又恋爱、结婚、生宝宝……那是苦日子的奔头，也是生命的重要表征，表明生命虽苦，但是值得。以前年轻，不免对苦难的思考表达有一种偏执，也取得过一些“片面的深刻”，但对生命中的欢乐理解肤浅，重视不够。日本文学对生命韧度的表达，如今让我有了纠偏的想法。所以，对陈武在变化中写出《菜园》，十分欣喜。

张亦辉：小说可以描摹生活状写苦难，但还不够，还缺艺术的飞翔。《菜园》有生活，有当下的状态，但马株与朱株的恩赐般合一，对暗号及之后的爱的涌现，结尾充满生机的菜园以及三人抱着大红萝卜的特写镜头，使这个短篇从生活跃向文学，从走路变成了飞翔。这篇小说的调性依然非常陈武，许多细部也很棒。比如，对小株株从假哭变真哭，既表现了葛大智那一刻的真实的内心状态，事后复又成了马株对葛大智萌生爱意的细节，这个细节举重若轻，如有神助。

李惊涛：我越来越信，每个作品都会有最适合它的唯一的形态。找到了它，或是天启，或如神助。《菜园》找到了，便是天人合一之作。

时隔半年，《中国作家》2023 年第 2 期发表了陈武的短篇小说《无法错过》，《小说选刊》很快予以转载。据说将《菜园》改名为《无法错过》的是主编程绍武先生。我以为《无法错过》这个名字更具冲击力，也更能吸引读者。不过，将这篇小说收入小说集《偶遇》时，陈武恢复用了《菜园》这个名字。他说因为这个集子里的小说名字都是两三个字。我想这个理由有些牵强，恐怕更多的是一种恋恋不舍的情结吧。

5

单说偶遇。

偶遇是陈武近期小说里最重要最特别的关键词。

陈武小说中的偶遇已“无法错过”！

当然，偶遇也是我们许多耳熟能详的文学和影视作品的经典桥段。如梁山伯与祝英台的偶遇，许仙与白娘子的偶遇，罗密欧与朱丽叶的偶遇，《魂断蓝桥》里陆军上尉克罗宁与芭蕾舞女郎玛拉的偶遇，《廊桥遗梦》里罗伯特与弗朗西斯卡的偶遇……这些偶遇是故事情节的起点，是叙述的“起飞”，影响并导向整个作品。

张亦辉的《爱情发生学》指出：爱情的发生，似乎总是伴随着偶然性。正是爱情与偶然的形影不离，让爱情超越了烂熟的日常，通向了迥异之境，通向德勒兹所说的“域外”，通向命运与传奇，从而像打开了魔盒一样，为我们的生活打开梦幻般的可能性和复杂性。

近几年是陈武小说创作的第三波“风暴潮”，或者说是第三个高峰期。这一波“风暴潮”的起点应该从2018年算起，最先出现偶遇情节的有短篇小说《拼车记》《三里屯的下午》、中篇小说《朱拉睡过的床》《上青海》等。

《雨花》文学奖的授奖词写道：在短篇小说《三里屯的下午》中，作者凭借敏锐的观察力，将视角聚焦于都市繁华背景之下漂泊在异乡的小人物，再现了他们在承受物质困顿与精神贫瘠之双重压迫时的奋力挣扎。……（作者）以悲悯之情怀为笔下的无名之辈创造一个镜像，使两个穷困潦倒的人得以相互依偎、抱团取暖，不至被时代的洪流冲散。

短篇小说《说话》和《偶遇》一前一后发表于2022年第10期《雨花》和第6期《钟山》。《说话》里的陆大海只有三十五岁，突患脑血栓，住进双人病房，偶遇住在同室的女病友庞小朵。年轻漂亮的庞小朵因脑梗后遗症总是不停地自言自语，说着无人能够听懂的“鸟语”。陆大海陡然涌起怜悯之情，对庞小朵照顾有加，陪她练习说话、纠正发音，帮她走出自卑。与此同时，两人的感情不断升温。“陆大海把嘴凑过去，反复示范着。庞小朵也凑上来。两个人的嘴型在发音之后，都保持张开状，在练习了几次之后，随着心跳节奏的不断加速，情不自禁地粘到一起，发出的是另一种声音了。”作家到最后幽了一默：陆大海说的话连护士小姐姐都听不懂了，他竟然说的是和庞小朵一样的“鸟语”——这到底是谁教谁说话？

《滑板》发表于新创刊的《万松浦》2023年第1期。青年艺术家孙夜在超市门前广场被一个少女的滑板铲翻在地。这次偶遇让他心旌摇荡，进而逐步介入滑板女孩苏辛辛的隐秘生活，并在一条德牧犬的引领下，拯救了处于险境中的苏辛辛。这篇小说让我联想起《送你一束玫瑰花》：庞雁与顾大前的偶遇，是因为一路小跑送外卖的庞雁一头撞到了“来势凶猛”“像一堵移动的墙”的顾大前，庞雁受了轻伤；不撞不相识，两人的情缘由此展开。《滑板》的结尾是开放式的，孙夜与苏辛辛的未来指向不明，而庞雁最终赢得了顾大前的一束红玫瑰。

在上述作品里，偶遇仿佛成了每一篇小说的引擎，成了发动机，拉动或牵引着小说这部时空列车奔向目的地。偶遇的力量如此强大，偶遇的结局又是如此温暖。陈武终于按捺不住，直接以“偶遇”命名小说。

《偶遇》中的董二豆是潮街上的“潮人”，留着“罗纳尔多的莫西干式发型”；他办了个绿叶图书馆的VIP会员，天天泡在图书馆的一个自修空间里读书写作。疫情期间，在图书馆隔壁的卫生间通道口，董二豆与银行女职员许晨晨邂逅。不过，这次偶遇并非初见，他是去年在银行营业厅认识许晨晨的，并在许晨晨的建议下，购买了银行的理财产品。卫生间走道口的偶遇，让董二豆对美丽的许晨晨浮想联翩，让他的心里“长出一棵胖草芽”，一天天不断生长。但董二豆很清楚，“偶遇不是计划的。计划了，还叫偶遇吗？”当董二豆得知许晨晨的难言婚史，得知她单身一人还带着一个不是自己亲生的女儿之后，“他想到了从未想过的爱情，一个自认为不会再有爱情或不配再有爱情的极简主义者，在突然而至的爱情面前，既不敢相信自己，又处于凌乱状态……”在一个雷暴雨的傍晚，董二豆将许晨晨送回家……

最终，读者看到如此温馨的一幕：“许晨晨的心里战栗了，便把一大（董）一小（女儿）两颗脑袋揽在了怀里。”

陈武不止一次地跟我说过：偶遇，是小说的秘密，也是小说家的秘密。

我相信，陈武小说创作的秘密（武器）还有很多。

2023 年 9 月 8 日于徐汇番禺小区